OPÉRATION BRISE-GLACE

DU MÊME AUTEUR

Mission particulière, Belfond 1985

IAN FLEMING'S
JAMES BOND
dans
Opération brise-glace
de
JOHN GARDNER

*Traduit de l'anglais par Armand Roth
avec la collaboration d'Hervé Proulx*

PIERRE BELFOND
216, boulevard Saint-Germain
75007 Paris

Ce livre a été publié sous le titre original
ICEBREAKER
par Jonathan Cape Ltd Londres
et Hodder & Stoughton Ltd Londres

Si vous souhaitez recevoir notre catalogue
et être tenu au courant de nos publications,
envoyez vos nom et adresse, en citant ce livre,
aux Éditions Pierre Belfond,
216, bd Saint-Germain, 75007 Paris.
Et pour le Canada à
EDIPRESSE (1983) INC., 8382, St-Denis,
Montréal P.Q. H2P 2G8, Canada.

ISBN 2.7144.1814.7

Copyright © Glidrose Publications Ltd 1983
Copyright © Belfond 1986 pour la traduction française

*Pour Peter Janson-Smith
Avec mes remerciements*

NOTE DE L'AUTEUR ET REMERCIEMENTS

J'aimerais remercier ceux qui m'ont aidé dans la préparation de ce livre. Mes bons amis Erik Carlsson et Simon Lampinen, pour leur patience avec moi dans l'Arctique ; John Edwards, qui m'a suggéré de me rendre en Finlande ; Ian Adcock, qui n'a jamais perdu son flegme, lorsque, au cours d'un voyage dans le Nord du pays, au début de février 1982, je l'ai conduit trois fois dans des congères.

Mes remerciements vont également à Bernhard Flander, qui m'a soutenu dans des circonstances délicates sur la frontière russo-finlandaise. Nous remercions tous deux l'armée finlandaise de nous avoir dégagés.

Ces remerciements ne seraient pas complets si je ne mentionnais Philip Hall qui m'a constamment encouragé.

John Gardner, 1983

1

L'INCIDENT DE TRIPOLI

Le Complexe de la Mission commerciale militaire de la République socialiste populaire de Libye est situé près de la côte, à une quinzaine de kilomètres au sud-est de Tripoli. Un rideau d'eucalyptus, de cyprès et de pins le dissimule aux regards indiscrets. Vu du ciel, on dirait une prison. trois clôtures anti-cyclones d'une hauteur de six mètres, surmontées d'un mètre de barbelé et de fil électrique, en forment l'enceinte.

La nuit, des chiens sont lâchés entre les clôtures et des patrouilles, en voitures blindées Cascavel, font des rondes régulières.

Les bâtiments du quartier sont avant tout fonctionnels. Une caserne basse, construite en bois, abrite les forces de sécurité ; deux immeubles plus confortables font office d'« hôtels » ; le premier héberge les délégués militaires étrangers, le second leurs homologues libyens.

Entre les hôtels se dresse une imposante construction sans étage. Les murs ont plus d'un mètre d'épaisseur, mais le crépi rose et les arcades de la façade ne laissent pas soupçonner leur solidité.

Quelques marches mènent à l'entrée principale et un couloir central dessert des bureaux et une salle de radio avant d'aboutir à une lourde porte à double battant. Celle-ci s'ouvre sur une longue pièce étroite qui ne contient qu'une table massive, des sièges et du matériel de projection.

Cette pièce, la plus importante du complexe, n'a pas de fenêtres. La climatisation y maintient une température constante ; à l'autre extrémité, une petite porte métallique, qu'emprunte le personnel de nettoyage ou de sécurité, constitue la seconde entrée. Cinq ou six fois par an, le Complexe de la Mission commerciale militaire est en effervescence et les services de Renseignement des démocraties occidentales essaient alors de savoir ce qui s'y passe.

Le matin de l'incident, cent quarante personnes environ travaillaient dans l'enceinte.

Ceux qui, dans les capitales occidentales, se tiennent informés des événements du Proche-Orient savaient qu'un marché venait d'être conclu. Bien qu'il fût à peu près inutile d'attendre un communiqué officiel, la Libye n'en recevrait pas moins de nouveaux avions et missiles ainsi que diverses armes destinées à grossir un arsenal déjà impressionnant.

La dernière séance des négociations était prévue pour 9 h 15, et les deux partenaires s'en tinrent strictement au protocole. Les délégations libyenne et soviétique, composées chacune d'une vingtaine d'hommes, se retrouvèrent devant l'édifice au crépi rose. Après les salutations d'usage, elles pénétrèrent dans le bâtiment et empruntèrent le corridor menant aux hautes portes qui furent ouvertes sans bruit par deux gardes armés.

La moitié des membres des deux délégations s'étaient déjà avancés dans la salle, lorsque le groupe tout entier s'arrêta net, pétrifié par le spectacle qu'il découvrait.

Dix silhouettes, pareillement vêtues, formaient un grand arc de cercle à l'autre bout de la salle. Elles portaient des blousons de combat et des pantalons en coton gris rentrés dans des bottes de cuir. Leur aspect sinistre était encore accentué par le mince filet de camouflage qui leur couvrait le visage et que retenait un béret noir orné d'une plaque d'argent poli. L'insigne représentait une tête de mort surmontée des lettres AANS, le tout bordé d's runiques. Cette intrusion paraissait incroyable, des officiers libyens ayant inspecté la salle moins de dix minutes avant l'arrivée des délégations.

Les dix silhouettes se mirent en position de tir : la jambe droite en avant, le genou replié, la crosse de la mitraillette ou du fusil mitrailleur appuyée contre la cuisse. Dix armes étaient braquées sur les délégués déjà dans la salle, et sur ceux restés dans le couloir. Pendant quelques secondes la scène resta figée. Puis, au milieu du chaos et de la panique, la fusillade commença.

Les dix armes automatiques arrosèrent copieusement l'entrée. Des balles transperçaient les corps dans un crépitement qu'amplifiait leur ricochet sur les murs.

La fusillade dura moins d'une minute, et lorsqu'elle prit fin, seuls six délégués avaient échappé à la mort. Ce n'est qu'à ce moment-là que les troupes libyennes et les officiers de la sécurité entrèrent en action.

Le commando était particulièrement discipliné et bien entraîné. La mitraillade qui dura une quinzaine de minutes ne fit que trois victimes parmi les intrus. Les autres se sauvèrent par la porte arrière et se mirent en position de défense dans la cour du quartier. Les coups de feu continus échangés par la suite firent encore vingt morts. Les dix hommes du commando gisaient au milieu de leurs victimes.

Le lendemain, à 9 h, heure de Greenwhich, l'agence Reuters reçut un message téléphonique. Et quelques minutes plus tard le texte suivant fut communiqué aux média du monde entier :

« Aux premières heures de la matinée d'hier, volant à basse altitude pour éviter d'être repérés par les radars, trois avions légers ont coupé leurs moteurs, passant en vol plané au-dessus du Complexe de la Mission commerciale militaire, près de Tripoli, capitale de la République socialiste populaire de Libye.

Une unité de Service actif de l'Armée d'action national-socialiste a été parachutée, sans être repérée, à l'intérieur du Complexe.

Plus tard dans la journée, la même unité a frappé un grand coup au nom de l'Internationale fasciste en exécutant un nombre important de personnes occupées à propager la néfaste idéologie communiste qui est une menace pour la paix et la stabilité mondiales.

C'est avec fierté que nous pleurons la mort de cette unité du Service actif tombée alors qu'elle accomplissait sa noble mission. L'unité avait été recrutée parmi notre Première division d'élite.

Toute entente, tout commerce entre pays ou individus communistes et non communistes recevra un châtiment rapide. Nous isolerons le bloc communiste du monde libre.

Ceci est le communiqué numéro 1 du Haut Commandement de l'AANS. »

A l'époque, personne ne s'inquiéta de ce que les armes dont s'était servie l'unité de l'AANS étaient toutes d'origine russe : dix mitraillettes RPK Kalashnikov et quatre armes plus petites de la même marque, des carabines d'assaut AKM, légères et particulièrement efficaces. Dans un monde habitué au terrorisme, ce raid ne représentait qu'un titre de plus dans des journaux pour qui l'AANS n'était qu'un groupuscule de fascistes fanatisés.

Moins d'un mois après ce qu'on appela « l'Incident de Tripoli », cinq membres du Parti Communiste britannique donnaient un dîner en l'honneur de trois visiteurs russes, membres du Parti, qui se trouvaient à Londres en mission de conciliation.

Le dîner eut lieu dans une maison à proximité de Trafalgar

Square. On venait de servir le café lorsque la sonnette de la porte d'entrée retentit. L'hôte se leva de table. Tous les convives avaient absorbé une grande quantité de vodka apportée par les Russes.

Les quatre hommes devant la porte d'entrée arboraient un uniforme paramilitaire semblable à celui que portaient les membres du commando de Tripoli.

L'hôte, un membre éminent du Parti Communiste britannique, connu pour ses prises de position violentes, fut tué sur le pas de sa porte. Les autres dîneurs, quatre Britanniques et trois Russes, furent abattus en l'espace de quelques secondes.

Les tueurs disparurent et ne purent être retrouvés.

L'enquête balistique détermina que les balles avaient été tirées par des armes de fabrication russe, probablement des pistolets automatiques Makarov ou Stechkin. Les munitions furent également identifiées comme venant d'URSS.

Le Communiqué numéro 2, émanant du Haut Commandement de l'AANS, fut rendu public le lendemain à 9 h, heure de Greenwich. Cette fois-ci, il précisa que l'unité du Service actif appartenait au « Commando Adolf Hitler ».

Au cours des douze mois qui suivirent, plus de trente « incidents », parmi lesquels de nombreuses exécutions ordonnées par le Haut Commandement de l'AANS, retinrent l'attention des média.

A Berlin-Ouest, Bonn, Paris, Washington, Rome, New York, à Londres pour la seconde fois, à Madrid, Milan et dans plusieurs villes du Proche-Orient, d'importantes personnalités communistes furent assassinées en même temps que des hommes avec lesquels elles entretenaient des relations officielles ou amicales. Parmi ces dernières victimes se trouvaient trois syndicalistes britanniques et américains réputés pour leur franc-parler.

Certains membres des commandos d'exécution furent également tués, mais aucun ne fut fait prisonnier. A quatre reprises, des hommes de l'AANS se donnèrent la mort pour ne pas être pris vivants.

Toutes ces actions furent exécutées avec soin, rapidité et précision. Chaque incident était suivi de l'inévitable communiqué du Haut Commandement rédigé dans le style guindé caractéristique de toutes les idéologies extrémistes. Chaque communiqué donnait également des détails sur l'unité du Service actif qui était censée avoir participé à l'opération.

Des noms empruntés au passé ravivèrent le cauchemar du

Troisième Reich : la Division SS Heinrich Himmler, le Bataillon Heydrich, l'Escadrille d'assaut Hermann Goering, le Premier commando Eichmann. Pour les services de police et de sécurité du monde entier, ces noms constituaient la seule piste exploitable. Les cadavres des hommes et des femmes de l'AANS ne révélaient rien. Ils semblaient être nés adultes au sein de l'organisation. Pas un seul corps ne put être identifié. Les médecins légistes décelèrent quelques maigres indices qu'examinèrent en vain les agences de sécurité ; les bureaux des personnes manquantes firent des recherches parallèles. Sans succès.

Un journal fit paraître un éditorial qui, par son ton mélodramatique, rappelait les affiches des films des années 40 :

« Ils surgissent du néant, frappent, meurent ou disparaissent, s'en retournant dans leur antre. Ces fantômes de l'âge barbare nazi sont-ils sortis de leur tombe pour se venger de leurs anciens vainqueurs ? Jusqu'à présent la plupart des actes de terrorisme urbain étaient inspirés par des idéaux d'extrême gauche. Par son efficacité, la prétendue AANS donne une nouvelle et troublante dimension à ce terrorisme. »

Cependant, dans le monde secret des organismes de Renseignement et de Sécurité, des hommes commençaient à se réveiller péniblement, comme après une nuit de cauchemars, et découvraient que leurs rêves étaient réels. Cela débuta par un échange d'opinions suivies, peu à peu, par des renseignements. Puis, insensiblement, on s'achemina vers une alliance étrange et sans précédent.

2

L'HOMME QUI A UN FAIBLE POUR LES BLONDES

Bien avant de travailler pour les services secrets, James Bond employait une méthode mnémotechnique particulière pour se rappeler les numéros de téléphone. Il avait maintenant confié à sa mémoire, comme à un ordinateur consultable à chaque instant, les numéros d'un millier de personnes.

La plupart de ces numéros se classaient sous la rubrique travail : il valait donc mieux ne pas les noter.

Il n'en allait pas de même pour celui de Paula Vacker. Paula n'avait rien à voir avec le travail, mais représentait le délassement et le plaisir.

Dans sa chambre de l'hôtel Intercontinental, situé à l'extrémité nord de la Mannerheimintie, Bond composa ce numéro. La sonnerie retentit deux fois et une jeune fille répondit en finnois. Bond s'exprima en anglais sur un ton respectueux.

— Pourrais-je parler à Paula Vacker, s'il vous plaît ?

La standardiste finlandaise passa avec aisance du finnois à la langue maternelle de Bond.

— Qui dois-je annoncer ?

— Je m'appelle Bond. James Bond.

— Un instant, monsieur Bond, je vais voir si Mlle Vacker est là.

Un silence. Puis un déclic, et une voix familière :

— James ? James, d'où m'appelez-vous ?

La voix était à peine marquée par l'accent chantant si répandu dans les pays scandinaves.

Bond dit qu'il était descendu à l'Intercontinental.

— En ville ? Ici, à Helsinki ?

Elle ne chercha pas à dissimuler sa satisfaction.

Bond confirma :

— Oui, ici à Helsinki. A moins que Finnair ne se soit trompé de route.

— Les avions de Finnair sont de vrais pigeons voyageurs. Ils s'égarent rarement. Mais quelle bonne surprise ! Pourquoi ne pas m'avoir avertie de votre venue ?

Bond mentit.

— Je l'ignorais moi-même. Il y a eu un changement de dernière minute. (Cela du moins était en partie vrai.) Comme je devais passer par Helsinki, j'ai pensé que j'y ferais escale. Une sorte de fantaisie.

— Une fantaisie ?

— Un caprice. Une idée soudaine. Comment pouvais-je passer par Helsinki et ne pas revoir la Belle Paula ?

Elle rit. Bond imagina la tête rejetée en arrière, la bouche entrouverte découvrant les belles dents blanches et la fine langue rose. Le nom de Paula Vacker suggérait qu'elle avait des origines suédoises. Une traduction littérale du suédois en faisait la Belle Paula. Le nom lui allait bien.

— Vous êtes libre ce soir ?

La soirée était morne si Paula avait déjà pris des engagements.

Elle fit entendre une nouvelle fois ce rire particulier, empreint d'humour et qui, contrairement à celui de tant de femmes assumant de lourdes responsabilités, n'avait rien de strident.

— James, pour vous je suis toujours libre, mais jamais facile.

C'était une vieille plaisanterie dont Bond lui-même était l'auteur. A l'époque elle avait été plus que pertinente.

Ils se connaissaient maintenant depuis cinq ans. Ils s'étaient rencontrés à Londres, par un de ces printemps où les employées de bureau semblent être heureuses de se rendre à leur travail et où, dans les parcs, fleurissent des jonquilles dorées.

Les journées allongèrent et le Foreign Office donnait une soirée destinée à encourager le commerce international. Bond s'y trouvait en mission, chargé d'épier les visages. En fait, il y avait eu quelques tiraillements, car la sûreté intérieure était la responsabilité de MI 5, et ne relevait pas des services de Bond. Cependant, le Foreign Office, qui patronnait la soirée, l'avait emporté. A contrecœur MI 5 accepta un compromis : il fut entendu qu'ils dépêcheraient également quelques hommes.

D'un point de vue professionnel ç'avait été un fiasco. En ce qui concerne Paula, cependant, c'était différent.

Il était impossible que James ne la vît pas à l'autre bout de la pièce pourtant surpeuplée ; on ne pouvait pas ne pas la remarquer. C'est comme si elle avait été la seule femme invitée ; et les autres n'en étaient guère enchantées, surtout celles d'un certain âge ainsi que les « Femmes Fatales » du Foreign Service qui ne manquent jamais ce genre de réjouissances.

Paula était habillée de blanc. Son bronzage ne devait rien aux lotions, et son teint, s'il avait pu être imité, aurait entraîné la perte des fabricants de cosmétiques ; quant à son épaisse chevelure blonde, elle était si lourde qu'elle semblait devoir toujours retomber à sa place. Enfin, elle était svelte, sexy, avec de grands yeux tachetés de gris, et des lèvres qui appelaient les baisers.

La première réaction de Bond fut celle de l'homme de métier. Quel merveilleux appât elle ferait, pensa-t-il, sachant qu'il était difficile d'en trouver de bons en Finlande. Il garda ses distances pendant quelque temps pour s'assurer qu'elle n'était pas accompagnée. Puis il entra en scène, se présenta, disant que le ministre lui avait demandé de s'occuper d'elle. Deux ans plus tard, à Rome, Paula lui confia que le ministre en personne avait essayé, tôt dans la soirée, de « s'occuper d'elle » avant l'arrivée de Madame.

Elle était à Londres pour la semaine. Ce premier soir, Bond l'emmena dîner au Ritz qu'elle trouva « original ». De retour à son hôtel, elle le congédia, en douceur mais sans équivoque.

Bond entreprit alors de l'assiéger. Tout d'abord, il chercha à l'impressionner, mais elle n'aima pas le Connaught, ni le Inn on the Park, le Tiberio, le Dorchester, le Savoy ou le Royal Roof ; quant au thé chez Brown, elle le trouva simplement « amusant ». Il s'apprêtait à poursuivre la tournée avec Tramps et Annabelle lorsqu'elle découvrit seule Au Savarin, dans Charlotte Street. C'était « son » genre d'endroit, et, à la fin du repas, le patron vint s'asseoir à leur table, afin de pouvoir échanger avec eux quelques histoires osées. Bond ne savait trop comment prendre la chose.

Ils devinrent vite d'excellents amis, se découvrant des intérêts communs : la voile, le jazz et les œuvres d'Eric Ambler. A cela s'ajoutait un autre sport qu'ils en vinrent à pratiquer ensemble lors de leur quatrième soirée. Exigeant en la matière, Bond reconnut qu'elle méritait l'étoile d'or avec feuilles de chêne. De son côté, elle lui décerna le bouquet de feuilles de chêne. Là non plus, Bond ne savait trop comment prendre la chose.

Au cours des années qui suivirent ils restèrent en excellents termes. Ils se rencontraient, souvent par hasard, dans des endroits aussi différents que New York ou le port de Dieppe où il l'avait vue pour la dernière fois l'automne précédent. Ce soir, à Helsinki, Bond allait avoir pour la première fois l'occasion de voir Paula chez elle.

Il demanda :

— On dîne ensemble ?
— Si vous me permettez de choisir le restaurant ?
— Est-ce que ça n'a pas toujours été le cas ?
— Vous venez me prendre ?
— Oui, entre autres choses.
— Chez moi donc. A six heures et demie. Vous avez mon adresse ?
— Gravée au plus profond de mon cœur, ma Belle Paula.
— Vous dites cela à toutes les femmes.
— Dans la plupart des cas, je le reconnais ; et vous savez que j'ai un faible pour les blondes.
— Vous êtes un scélérat de loger à l'Intercontinental. Pourquoi ne descendez-vous pas dans un hôtel finlandais, nommé l'Hesperia ?
— Les boutons d'ascenseur vous envoient des décharges électriques.
— A l'Intercontinental aussi. C'est dû au froid et au chauffage central...
— ... et à la moquette, je sais. Mais à l'Intercontinental les décharges électriques sont plus chères et plus luxueuses. Or, je les reçois gratis, puisque je les porte sur ma note de frais. Alors, autant en profiter.
— Faites attention à ce que vous touchez. A cette époque de l'année, tout contact avec du métal provoque une décharge. Et, prudence dans la salle de bain, James.
— Je vais chausser des caoutchoucs.
— Je ne pensais pas à vos pieds. Ravie de vous connaître une fantaisie, James. A six heures et demie donc.

Et elle raccrocha avant qu'il ait eu le temps de trouver une repartie.

Dehors, le thermomètre affichait moins 25. Bond s'étira, puis s'accorda un moment de détente en prenant sur la table de nuit son étui en bronze et en allumant une cigarette, l'une des « spéciales » que fabriquait pour lui seul H. Simmons de la Burlington Arcade.

La chambre était bien chauffée et il éprouva une profonde satisfaction en envoyant un nuage de fumée en direction du plafond. Son travail avait de bons côtés. Le matin même, il avait laissé derrière lui des températures de moins 40, car la véritable raison de sa présence à Helsinki était liée à un récent voyage dans la zone polaire.

Janvier n'est pas le meilleur moment de l'année pour visiter l'Arctique. Mais, pour un entraînement à la survie par grand froid, la région finlandaise du cercle polaire est idéale.

Les services secrets tenaient à conserver leurs agents en excellente forme et à les familiariser à toutes les techniques modernes. Ce qui, chaque année, expliquait la disparition de Bond qui allait suivre l'entraînement avec le 22e régiment des Services spéciaux de l'Air, près de Hereford ; ou encore ses voyages occasionnels à Poole, dans le Dorset, pour se familiariser avec le matériel et les tactiques de l'Escadre d'embarcations spéciales de la Marine Royale.

L'ancienne section d'élite 00, « autorisée à tirer dans l'exécution de sa mission », avait bien été supprimée par étapes ; mais Bond n'en continuait pas moins à devoir jouer le rôle de l'agent secret 007. Le chef des services secrets, un personnage bourru que tout le monde appelait « M », avait été très explicite : « En ce qui me concerne, vous continuerez à être 007. J'en prendrai l'entière responsabilité et, comme par le passé, vous n'accepterez d'ordres et de missions que de moi. Notre pays a besoin de quelqu'un prêt à intervenir en cas de coup dur et, ma foi, il aura cet homme-là. »

En termes plus officiels, Bond était ce que les services secrets américains appellent un « singleton », un agent secret itinérant qui a toute latitude pour exécuter des tâches spéciales, comme l'ingénieuse mission secrète qu'il avait accomplie pendant la guerre des Malouines en 1982. A cette occasion, Bond était même apparu, incognito, à la télévision ; mais tout cela appartenait au passé.

Pour s'assurer du haut niveau de compétence de Bond, M s'arrangeait pour lui faire accomplir au moins un exercice éreintant par année. Cette fois-ci, il s'était encore agi d'un entraînement par température polaire et les ordres étaient si pressants qu'il n'avait eu que peu de temps pour se préparer à l'épreuve.

Pendant l'hiver, des hommes appartenant aux unités des SSA s'entraînaient régulièrement en Norvège. Cette année, pour corser les choses, M avait prévu que Bond participerait à un exercice à l'intérieur du Cercle polaire arctique à l'insu du pays où se trouvait le théâtre des opérations, à savoir la Finlande.

La mission, qui n'avait rien d'inquiétant ou même de menaçant, comportait une semaine d'exercices de survivance en compagnie de deux hommes des SSA et de deux officiers de l'EES.

Ce personnel des deux armes souffrirait plus que Bond, car sa tâche consisterait en deux traversées clandestines de la frontière, pour passer de Norvège en Suède, puis en Finlande, et rejoindre Bond en Laponie.

Sept jours durant il leur faudrait « vivre de la ceinture », selon l'expression consacrée : survivre avec le strict nécessaire qu'ils porteraient dans des ceinturons spécialement conçus. Leur mission : subsister dans des conditions difficiles sans être vus ni identifiés.

Cette première semaine serait suivie de quatre jours où, sous le commandement de Bond, ils prendraient des photos et noteraient tout mouvement le long de la frontière russo-finlandaise. Après quoi ils se sépareraient : les hommes des SSA et de l'EES devaient être récupérés par un hélicoptère dans un endroit isolé ; Bond partait dans une autre direction.

Il n'aurait aucun mal à passer inaperçu en Finlande. Il souhaitait essayer sa Saab Turbo, la « Bête d'argent », comme il l'appelait, dans un climat froid. Tous les ans Saab-Scania organise un cours de conduite d'hiver à proximité de la station de ski finlandaise de Rovaniemi. Cela justifierait sa présence.

Quelques coups de téléphone suffirent à Bond pour se faire inviter au cours. Vingt-quatre heures après, sa voiture lui était livrée équipée à ses frais de tous les « accessoires » secrets par Communications Control Systems. Puis il s'envola pour Rovaniemi, faisant escale à Helsinki, afin de rejoindre des conducteurs chevronnés comme son vieil ami Erik Carlson et le fringant Simon Lampinen.

Le cours de conduite ne dura que quelques jours ; puis, après avoir prévenu Erik Carlson, qui promit de veiller sur la Bête d'argent, il quitta son hôtel aux premières heures d'une matinée glaciale.

Il songeait que sa tenue d'hiver ne lui ferait aucune publicité auprès des femmes de sa connaissance. Les sous-vêtements Damart se prêtent mal à certaines activités. Par-dessus son caleçon long, il portait un survêtement de sport, un chandail épais à col roulé, un pantalon et une veste de ski molletonnés, tandis que ses pieds étaient pris dans des bottes Mukluk. Un capuchon, une écharpe, un bonnet de laine et des lunettes protégeaient son visage ; des gants Damart enfilés sous des gants de cuir à manchettes lui protégeaient les mains. Un petit paquetage contenait les accessoires indispensables y compris son ceinturon en toile SSA/ESS.

Bond se fraya péniblement un chemin à travers la neige qui, dans le meilleur des cas, lui arrivait jusqu'aux genoux. Il prit soin de ne pas s'écarter de la piste étroite qu'il avait explorée de jour.

Un faux mouvement vers la droite ou vers la gauche risquait de le précipiter dans des congères plus hautes qu'une petite voiture.

La motoneige se trouvait bien à l'emplacement indiqué par les officiers lors du briefing. Personne ne demanderait comment elle était arrivée là. Les motoneiges sont difficiles à déplacer quand leur moteur est arrêté, et Bond mit dix minutes à extraire celle-ci des branches de sapin qui la dissimulaient et qui refusaient de céder. Puis il la hissa au sommet de la longue pente qui descendait sur presque un kilomètre. Une forte poussée, et l'engin se mit en mouvement. Bond eut à peine le temps de l'enfourcher et d'abriter ses genoux dans les garde-jambes.

Sans bruit, la motoneige glissa jusqu'au bas de la pente, puis s'immobilisa. Le son se propage facilement sur la neige, mais Bond était maintenant assez loin de l'hôtel pour mettre le moteur en marche sans crainte d'être entendu. Il prit un relevé au compas et consulta une carte en s'éclairant avec sa lampe de poche.

Le petit moteur démarra. Bond tira le starter, embraya et se mit en route. Il lui fallut vingt-quatre heures pour rejoindre ses collègues.

Rovaniemi était apparu comme l'endroit idéal. En quittant la ville en direction du nord, on gagne rapidement les régions les plus désertiques. De même, les endroits les plus accessibles situés le long de la frontière russo-finlandaise — comme Salla, théâtre des grandes batailles entre Russes et Finlandais en 1939-1940 — ne sont qu'à quelques heures de motoneige. Plus au nord, la zone frontalière présente un caractère de moins en moins hospitalier.

Durant l'été, cette partie du Cercle polaire arctique n'a rien de déplaisant ; mais en hiver, lorsque les tempêtes de neige et le gel intense prennent le dessus, le pays se révèle traître et fatal aux imprudents.

L'entraînement et les deux exercices en compagnie des SSA et de l'EES terminés, Bond avait prévu qu'il serait épuisé et qu'il aurait besoin de repos, de sommeil, de détente, ce qu'il ne pensait pouvoir obtenir qu'à Londres. De fait, aux pires moments de l'épreuve, sa pensée le ramenait au confort de son appartement de Chelsea.

Il ne s'attendait donc nullement, lorsqu'il revint à Rovaniemi quelques semaines plus tard, à découvrir que son corps débordait d'une énergie qu'il ne connaissait plus depuis longtemps.

De retour aux premières heures du matin, il se rendit

discrètement à l'hôtel « Polaire » d'Ounasvaara où Saab avait installé le quartier général de son cours de conduite d'hiver, y laissa un mot à l'intention d'Erik Carlson pour lui dire qu'il enverrait des instructions précises concernant la Bête d'argent, et se rendit en stop à l'aéroport qu'il quitta par le premier vol à destination d'Helsinki. A ce moment-là il avait l'intention de prendre une correspondance directe pour Londres.

C'est seulement lorsque le DC9 50 s'apprêta à atterrir sur l'aéroport Vantaa d'Helsinki — il devait être midi trente — que James Bond pensa à Paula Vacker. La sensation de bien-être physique retrouvé était sans doute pour quelque chose dans cette évocation.

Lorsque l'avion toucha le sol, Bond avait entièrement changé d'idée. Il n'était pas tenu de retourner à Londres un jour précis ; de toute façon, il avait bien mérité de prendre quelques vacances, même si les instructions de M lui demandaient de revenir de Finlande dès que possible. Personne ne s'inquiéterait de son absence avant quelques jours.

Devant l'aéroport, il prit un taxi qui le mena directement à l'Intercontinental.

Dès que le porteur eut monté sa valise, Bond se jeta sur le lit et appela Paula. Six heures et demie chez elle. Il sourit à l'idée de la revoir.

Bond ne pouvait savoir que le simple fait d'appeler une vieille amie pour l'inviter à dîner allait bouleverser son existence au cours des semaines à venir.

3

DES POIGNARDS AU DÎNER

Après avoir pris une douche chaude et s'être rasé, Bond s'habilla avec soin. Il éprouva du plaisir à revêtir l'un de ses complets en gabardine grise, à la coupe impeccable, une chemise bleue unie Coles avec l'une de ses cravates tricotées Jacques Fath. Même au plus fort de l'hiver, dans les hôtels et bons restaurants d'Helsinki, on préfère que les hommes portent la cravate.

Le Heckler & Koch P7, qui remplaçait maintenant le lourd VP 70, commodément disposé dans son étui à ressort sous l'aisselle gauche, Bond descendit dans le hall de l'hôtel, couvert de son Crombie British Warm pour se protéger du froid humide qui régnait au-dehors. Cela lui donnait un air martial, surtout le couvre-chef en fourrure qui est toujours un atout dans les pays scandinaves.

Le taxi roulait à une vitesse régulière vers le sud de la Mannerheimintie. La neige avait été soigneusement repoussée au bord des principaux trottoirs et les arbres ployaient sous son poids, décorés de longs glaçons, comme pour Noël. Près de la tour effilée du Musée national, un arbre faisait penser à un moine en cagoule blanche, accroupi, la main refermée sur une dague étincelante. A travers le givre, Bond put voir, surplombant la ville, les dômes illuminés de la cathédrale Uspensky, la Grande Eglise, et il comprit alors pourquoi les cinéastes, quand ils veulent filmer des scènes se passant à Moscou, vont tourner à Helsinki.

En fait, les deux villes sont aussi différentes que le désert et la jungle ; comparés aux édifices modernes de la capitale finlandaise où prédominent la grâce et la sensibilité, ceux de Moscou sont des monstres hideux. C'est dans les vieux quartiers des deux villes que la ressemblance devient troublante ; dans les rues latérales et sur les petites places où les maisons s'appuient les unes contre les autres et où les façades décorées rappellent ce qu'était Moscou au bon vieux mauvais temps des tsars, des princes et de l'inégalité. Bond se prit à songer que maintenant il y avait le Politburo, les commissaires, le KGB et... l'inégalité.

Paula habitait dans un immeuble qui donnait sur le parc de l'Esplanade, à l'extrémité sud-est de la Mannerheimintie. Bond n'avait encore jamais visité ce quartier, de sorte que ce qu'il découvrit lui procura un mélange de surprise et de plaisir.

Le parc est une longue bande de terre aménagée par les architectes-paysagistes et qui se déroule entre les maisons. A certains signes on pouvait deviner que l'été en ferait un endroit idyllique avec des arbres, des rocailles et des sentiers. A présent, au cœur de l'hiver, il remplissait une fonction originale. Des artistes d'âges et de talents divers avaient transformé les lieux en une galerie de neige sculptée.

De la neige fraîchement tombée émergeaient des formes et des silhouettes créées avec amour au début de la saison : des masses abstraites, des pièces si fines qu'on les croyait sculptées dans le bois ou travaillées avec patience dans du métal. Les arêtes vives de l'agressivité y voisinaient avec les courbes paisibles de la contemplation, tandis que des animaux, réalistes ou simplement suggérés par des blocs angulaires, s'opposaient, menaçants, ou avançaient leur gueule vide en direction des passants pressés, emmitouflés dans leurs fourrures.

Le taxi s'arrêta devant une œuvre qui représentait un homme et une femme grandeur nature enlacés dans une étreinte que seules les températures clémentes du printemps pouvaient interrompre.

La plupart des immeubles qui entouraient le parc étaient anciens.

Sans savoir pourquoi, Bond s'était imaginé que Paula vivait dans un appartement flambant neuf. Elle logeait, au contraire, dans une maison de quatre étages, aux fenêtres munies de volets, peinte en vert et décorée de fleurs de neige suspendues comme des plantes en pot au rebord des fenêtres, et figées autour des gouttières et de l'ornementation de la façade.

La maison possédait deux pignons incurvés, mais une seule porte vitrée qu'on ne fermait jamais à clé. Dans l'entrée, une rangée de boîtes aux lettres métalliques vous renseignait sur les occupants, grâce aux cartes de visite glissées dans de petits cadres.

Aucun tapis ne recouvrait le sol de l'entrée ou l'escalier. Un parquet reluisant dégageait une odeur de cire qui se mêlait à d'appétissants fumets.

Paula habitait le troisième, appartement 3 A, et Bond,

déboutonnant son British Warm, se mit à gravir l'escalier.

De part et d'autre de chaque palier il remarqua une porte solide, avec une sonnette et, en dessous, une carte encadrée semblable à celles des boîtes aux lettres.

Au troisième étage le nom de Paula Vacker se trouvait élégamment gravé sur une carte de visite sous la sonnette du 3A. Par curiosité, Bond jeta un coup d'œil au 3B. Son locataire était un certain commandant A. Nyblin. Il se représenta un officier retraité, entouré de tableaux militaires, de livres de stratégie et de romans de guerre, une spécialité de l'édition finlandaise. Ces romans évoquaient les trois guerres d'indépendance au cours desquelles la nation s'était battue contre la Russie : tout d'abord contre la Révolution, ensuite contre l'invasion, enfin aux côtés de la Wehrmacht.

Bond appuya longuement sur la sonnette de Paula, puis se campa droit devant le judas.

De l'intérieur lui parvint le cliquetis d'une chaînette ; puis la porte s'ouvrit, et Paula lui apparut dans un long peignoir de soie à la ceinture élégamment nouée, toujours aussi séduisante.

Bond la vit remuer les lèvres comme pour lui adresser des paroles de bienvenue. En une fraction de seconde il comprit qu'il n'avait pas devant lui la Paula habituelle. Ses joues étaient exsangues, la main appuyée sur la porte tremblait. Au plus profond des yeux tachetés de gris se lisait le signe évident de la peur.

Dans les services secrets, il avait appris que l'on acquiert l'intuition avec l'expérience, qu'elle n'est pas disposée dans votre berceau comme un sixième sens.

D'une voix forte Bond dit :

— Ce n'est que moi, le type d'outre-mer.

En même temps il avança un pied, bloquant la porte avec sa chaussure.

— Vous êtes contente de me voir ?

De la main gauche, il saisit Paula par l'épaule, la fit virevolter et l'attira sur le palier. La main droite avait déjà saisi l'automatique. En moins de trois secondes, Paula se trouva plaquée contre le mur près de la porte du commandant Nyblin, tandis que Bond avait fait un pas de côté, pénétrant dans l'appartement, le Heckler & Koch au poing.

Ils étaient deux. Un nabot, le visage maigre et grêlé, se tenait sur la gauche, appuyé contre le mur d'où il avait braqué sur Paula un petit revolver qui ressemblait à un Charter Arms Undercover Special 0,38. A l'autre bout de la pièce, un homme grand, aux mains larges et au visage de boxeur raté, se tenait à côté d'un élégant ensemble chromé, sofa et fauteuil de cuir. Parmi ses signes distinctifs, un nez qui ressemblait à un bourgeon près d'éclater. Il ne semblait pas porter d'arme.

Le nabot pointa son revolver sur Bond et le boxeur s'avança.

Bond s'occupa d'abord du revolver. Le gros Heckler & Koch donna à peine l'impression de bouger dans la main de Bond lorsqu'il s'abattit avec force sur le poignet du nabot qui lâcha son arme. On entendit un cri de douleur qui couvrit le craquement sec des os.

Braquant le H & K sur le plus grand des deux hommes, Bond se servit de son bras gauche pour attirer le nabot devant lui à la façon d'un bouclier. En même temps, il leva son genou d'un coup sec.

Le petit homme se plia en deux, alors que sa main valide faisait de vains mouvements pour protéger son aine. Poussant des cris aigus, il tomba aux pieds de Bond en se tortillant.

Etait-ce de l'héroïsme ou du crétinisme ? Le plus grand des deux hommes ne semblait pas impressionné par le revolver. A cette distance pourtant, le H & K pouvait causer de gros dégâts.

Bond enjamba le corps du nabot en sautant. Puis, braquant l'automatique, les bras étendus, il cria à l'adresse de son adversaire qui avançait toujours :

— Un pas de plus et tu es mort.

C'était plus un ordre qu'un avertissement ; le doigt de Bond appuyait déjà sur la détente.

Au lieu d'obéir, le type au nez en bourgeon débita en mauvais russe une obscénité qui concernait la mère de Bond.

Celui-ci le vit à peine faire un écart. L'homme était plus redoutable qu'il ne l'avait imaginé, et particulièrement rapide. Bond suivit le geste avec l'automatique. Ce n'est qu'à ce moment qu'il sentit une douleur vive dans l'épaule droite.

Pendant une seconde la douleur aiguë lui fit perdre l'équilibre. Ses bras retombèrent, tandis que Nez-de-Bourgeon leva le pied. Bond comprit qu'on pouvait parfois se tromper sur les gens. Ce type était vivant, authentique : un tueur, entraîné, précis, expérimenté. En outre, Bond prit simultanément conscience de trois choses : la douleur dans son épaule ; le coup de pied qui lui arracha l'arme de la main pour la faire voler contre le mur ; et, derrière lui, les geignements décroissants du nabot fuyant dans l'escalier.

Nez-de-Bourgeon revint à la charge, une épaule abaissée, le corps de biais.

Bond fit un rapide pas en arrière pour s'aplatir contre le mur. Il vit alors ce qui avait provoqué la douleur à son épaule.

Un couteau de huit pouces, à la poignée en corne et à la lame incurvée vers le bout, était fiché dans le linteau de la porte. C'était le genre de couteau dont se servent les Lapons pour dépouiller un renne.

Tendant le bras, Bond se saisit du manche. A présent la douleur lui engourdissait l'épaule. Il fit un rapide mouvement de côté, tenant fermement le couteau de la main droite, la lame tournée vers le haut, le pouce et l'index dirigés vers l'avant dans la position de combat. On lui avait appris à toujours tenir le couteau dans la position du lancer, jamais avec le pouce sur le dos de la lame. Le couteau n'est pas une arme défensive, mais offensive.

Bond pivota, fit face à Nez-de-Bourgeon, les genoux pliés, un pied en avant pour assurer l'équilibre, dans la position classique de la lutte au couteau.

— Qu'est-ce que tu as dit à propos de ma mère ? gronda-t-il dans un russe qui était meilleur que celui de son adversaire.

Nez-de-Bourgeon sourit en grimaçant, découvrant des dents gâtées.

— A présent, nous allons voir, monsieur Bond, dit-il.

Ils tournèrent l'un autour de l'autre. D'un coup de pied, Bond écarta une chaise pour se donner plus de champ. Nez-de-Bourgeon sortit un nouveau couteau qu'il fit sauter d'une main dans l'autre, en incessant va-et-vient, le pied léger, toujours en mouvement et resserrant le cercle. La tactique n'avait rien d'original : il s'agissait d'étourdir l'adversaire, de le faire approcher et de le frapper.

Avance donc, pensa Bond, avance ; plus près, amène-toi. C'est précisément ce que faisait Nez-de-Bourgeon, oubliant le danger qu'il y avait à trop resserrer la spirale. Bond gardait les yeux rivés sur ceux du colosse, concentrant son attention sur le couteau dont la lame, à chaque changement de main, décrivait un arc argenté alors que la poignée produisait un claquement sec chaque fois qu'elle passait d'une paume à l'autre.

Le dénouement fut aussi imprévu que rapide.

Nez-de-Bourgeon se rapprochait insensiblement de Bond tout en continuant à faire danser le couteau.

Soudain Bond allongea la jambe droite et planta le pied entre ceux de son adversaire. Au même instant il fit sauter son couteau de la main droite dans la gauche. Puis il feignit de le faire repasser dans la droite comme son adversaire s'y attendait.

C'était le moment ou jamais. Bond vit le regard du colosse se déplacer légèrement dans la direction que le couteau devait emprunter. Pendant une fraction de seconde Nez-de-Bourgeon hésita. La main gauche de Bond remonta de deux pouces, puis, rapide comme l'éclair, s'abattit. On entendit le choc sonore de l'acier rencontrant l'acier.

Nez-de-Bourgeon faisait passer son couteau d'une main dans l'autre. Celui de Bond vint frapper l'arme à mi-chemin, la projetant à terre.

D'un geste machinal, le colosse se baissa, tendit la main vers le couteau.

Celui de Bond remonta.

Le colosse se redressa brusquement en poussant un grognement. Il porta la main à sa joue dans laquelle le couteau de Bond venait d'ouvrir une vilaine entaille rouge, de l'oreille au menton.

Vite, le couteau remonta une nouvelle fois. Nez-de-Bourgeon fit entendre un cri où se mêlaient douleur et colère.

Bond ne voulait pas tuer — pas en Finlande, pas dans ces circonstances. Mais il ne pouvait en rester là. Le colosse écarquilla les yeux, incrédule et terrorisé, lorsque Bond avança une fois de plus. Rapide, la lame remonta deux fois encore, laissant une entaille vive sur l'autre joue et coupant un lobe d'oreille. Nez-De-Bourgeon en avait visiblement assez. Titubant, il fit un pas de côté puis, le souffle rauque, gagna la porte. Bond se dit que l'homme était plus intelligent qu'il ne l'avait d'abord pensé.

Il ressentit à nouveau la douleur dans son épaule, en même temps qu'il éprouva un vertige. Il n'avait pas l'intention de poursuivre son agresseur dont les pas chancelants s'éloignaient dans l'escalier de bois.

— James ? Que dois-je faire ? Appeler la police, ou... ?

Paula était revenue dans la pièce. La peur se lisait sur son visage blême. Bond pensa que lui-même ne devait pas avoir meilleure mine.

— Non, non, pas la police, Paula. (Il se laissa tomber dans le fauteuil le plus proche.) Fermez la porte, mettez la chaîne de sûreté et allez voir à la fenêtre.

Tout semblait se brouiller autour de lui. Il fut vaguement surpris de voir Paula s'exécuter. D'habitude elle discutait. Elle n'était pas le genre de femme à accepter des ordres.

— Vous voyez quelque chose ?

Sa voix lui parut lointaine.

— Il y a une voiture qui part, d'autres qui stationnent, je ne peux voir personne...

La pièce bascula, puis reprit sa position normale.

— James, votre épaule.

Il put sentir son parfum à côté de lui.

— Dites-moi seulement ce qui s'est passé, Paula. C'est important. Comment sont-ils entrés ? Qu'ont-ils fait ?

— Votre épaule, James.

Il examina son épaule. L'épais tissu de son British Warm lui avait évité d'être blessé trop profondément. Cependant, le couteau avait transpercé l'épaulette, et du sang imprégnait le tissu, dessinant une tache sombre et humide.

— Racontez-moi ce qui s'est passé, répéta Bond.

— Vous êtes blessé. Laissez-moi faire.

Bond accepta ce compromis et se déshabilla jusqu'à la ceinture. Une vilaine entaille s'étendait en travers de l'épaule. Le couteau avait pénétré d'un centimètre dans la chair.

A l'aide d'un désinfectant, de sparadrap, d'eau chaude et de gaze, Paula nettoya et pansa la blessure en racontant tout ce qu'elle savait. Elle semblait calme, mais Bond remarqua que ses mains tremblaient légèrement.

Les deux tueurs étaient arrivés quelques minutes seulement avant son coup de sonnette.

— J'avais pris un peu de retard, dit-elle en désignant d'un geste vague son peignoir de soie. Stupide de ma part. Je n'avais pas mis la chaîne et pensais tout simplement que c'était vous. Je n'ai même pas regardé à travers le judas.

Les intrus étaient entrés par la force, avaient repoussé Paula dans la pièce et lui avaient dit ce qu'elle aurait à faire. Ils avaient également précisé en détail ce qu'il adviendrait d'elle si elle refusait d'obéir.

Bond estima que, dans ces circonstances, obtempérer était la sagesse même. Cependant, il y avait certaines questions auxquelles seuls les services secrets pouvaient apporter une réponse ; ce qui signifiait que malgré son désir de prolonger son séjour en Finlande il lui faudrait rentrer à Londres. Une chose était certaine : le fait que les deux hommes se soient trouvés dans l'appartement de Paula quelques minutes avant son arrivée lui permit de conclure qu'ils avaient probablement attendu pour monter que son taxi s'arrête dans le parc de l'Esplanade.

— Merci de m'avoir averti à l'entrée, dit Bond en appuyant son épaule pansée contre le dossier du fauteuil.

Paula fit la moue.

— Je n'avais pas l'intention de vous avertir. J'avais tout simplement peur.

— Oh ! vous avez seulement agi comme si vous aviez peur, dit Bond en souriant. Je sais quand les gens ont réellement peur.

Elle se pencha vers lui, l'embrassa, puis fronça les sourcils.

— James, j'ai *encore* peur. Terriblement peur, si vous voulez savoir la vérité. Et ce revolver ? Et votre réaction ? Je pensais que vous étiez un simple haut fonctionnaire.

— Oui, je fonctionne bien.

Il marqua une pause, s'apprêtant à poser les seules questions qui importaient vraiment, mais Paula traversa la pièce pour récupérer l'automatique qu'elle lui rendit avec une expression craintive.

— Est-ce qu'ils vont revenir ? demanda-t-elle. Et vont-ils m'attaquer une nouvelle fois ?

— Ecoutez, lui dit Bond, en étendant les mains : pour une raison quelconque, deux voyous ont été lancés à mes trousses. J'ignore vraiment pourquoi. Oui, quelquefois il m'arrive de faire un boulot quelque peu dangereux, ce qui explique que je porte une arme. Mais je ne vois pas pourquoi ces deux types s'en prennent à moi à Helsinki.

Il ajouta qu'il éclaircirait peut-être ce mystère à Londres et qu'après son départ Paula serait certainement en sécurité. Comme il était trop tard ce soir pour rentrer par le vol des British Airways, il serait obligé d'emprunter la liaison régulière de Finnair, le lendemain matin, à neuf heures.

— Il faudra faire votre deuil du dîner.

Il sourit pour se faire pardonner.

Paula lui dit qu'elle pouvait préparer un repas. Sa voix s'était mise à trembler. Bond comprit qu'il valait mieux adopter une attitude apaisante avant d'en venir à la question essentielle : comment les deux tueurs avaient-ils pu savoir qu'il était à Helsinki et, plus précisément, qu'il devait se rendre chez Paula.

— Vous avez une voiture garée près d'ici ? demanda-t-il pour commencer.

Oui, elle avait une voiture et disposait d'une place de stationnement réservée.

— Il se pourrait que j'aie un service à vous demander plus tard.

— Je l'espère bien. Elle lui adressa un sourire engageant.

— Bon, mais avant d'en venir à cela, il y a certaines choses plus importantes.

Bond lui posa à brûle-pourpoint les questions qui le

préoccupaient sans lui donner le temps d'esquiver quoi que ce soit ou de réfléchir à ce qu'elle allait répondre.

Depuis leur première rencontre, avait-elle parlé de lui à des amis ou à des collègues, ici en Finlande ? Bien entendu. Avait-elle parlé de lui dans d'autres pays ? Oui. Pouvait-elle se rappeler les personnes à qui elle s'était confiée. Elle lui donna quelques noms qu'imposait la logique, ceux d'amis intimes et de collègues. Se souvenait-elle si d'autres gens étaient présents lorsqu'elle avait parlé de Bond ? Des gens qu'elle ne connaissait pas ? C'était fort possible, mais Paula ne put donner de détails.

Bond en vint aux événements récents. Quelqu'un était-il présent au bureau lorsqu'il avait téléphoné de l'Intercontinental ? Non. Y avait-il moyen de surprendre la conversation téléphonique ? Peut-être au standard. Avait-elle parlé à quelqu'un après son appel, mentionné à cette personne la présence de Bond à Helsinki et le fait qu'il venait la prendre à six heures et demie ? Une seule personne.

— Je devais dîner avec une collègue d'un autre service. Nous étions convenues de discuter d'un travail après dîner.

Cette femme s'appelait Anni Tudeer, et Bond se renseigna longuement sur son compte. Enfin, il se tut, se leva, approcha de la fenêtre et écarta le rideau.

Dehors, la ville était morne et sinistre, les sculptures blanches et figées projetaient des ombres sur le givre qui recouvrait le sol. Deux petites formes emmitouflées dans leurs fourrures avançaient en traînant les pieds sur le trottoir d'en face. Plusieurs voitures stationnaient dans la rue. Deux d'entre elles auraient fait un poste d'observation idéal : de l'endroit où elles étaient placées, on pouvait surveiller la porte d'entrée et ne rien perdre des allées et venues. Bond crut distinguer un mouvement à l'intérieur de l'une d'entre elles mais décida de ne pas y penser avant le moment opportun.

Il retourna à son fauteuil.

— L'interrogatoire est terminé ? demanda Paula.

— Ce n'était pas un interrogatoire. (Bond sortit l'étui en bronze et lui offrit l'une de ses Simmons spéciales). Peut-être un jour vous ferai-je assister à un véritable interrogatoire. N'oubliez pas que j'aurai peut-être une faveur à vous demander.

— Demandez, et elle vous sera accordée.

Bond lui dit qu'il devait prendre ses bagages à l'hôtel et se rendre ensuite à l'aéroport. Pouvait-il rester dans l'appartement jusqu'à quatre heures du matin, puis aller à l'hôtel en voiture, régler sa note, et se changer avant de gagner l'aéroport.

— Je peux vous faire ramener la voiture ici.

— Vous n'irez nulle part tout seul, James. (Son ton était sérieux et obstiné.) Vous avez une vilaine blessure à l'épaule. Il faudra la faire soigner tôt ou tard. Oui, restez donc ici jusqu'à quatre heures du matin ; ensuite je vous conduirai moi-même à l'hôtel et à l'aéroport. Mais pourquoi si tôt ? votre avion ne part qu'à neuf heures. Vous pouvez réserver d'ici.

Une fois de plus Bond répéta qu'elle ne serait vraiment en sécurité que lorsqu'il l'aurait quittée.

— Si je me rends à l'aéroport aux premières heures de la matinée, vous serez débarrassée de moi. De plus, j'aurai pris l'avantage. Dans un hall d'aéroport, il y a moyen d'éviter les surprises désagréables. Et je ne tiens pas à utiliser votre téléphone pour des raisons que vous comprendrez.

Elle fut d'accord, mais s'obstina à vouloir lui servir de chauffeur. Connaissant Paula, Bond céda.

— Vous avez l'air d'aller mieux. (Paula l'embrassa sur la joue.) Vous prenez un verre ?

— Vous savez ce que j'aime.

Elle se rendit à la cuisine et prépara son cocktail préféré. Cela faisait plus de trois ans qu'à Londres il lui avait communiqué la recette qui pour beaucoup de gens, à cause de certaines revues, était devenue l'apéritif à la mode. Après le premier verre, la douleur lancinante dans son épaule était devenue moins vive. Après le second, il eut l'impression d'avoir presque recouvré sa forme habituelle.

— J'adore ce peignoir.

Son cerveau commençait à envoyer des signaux à son corps qui, en dépit de la blessure, accusait réception.

Elle dit avec un sourire timide :

— A vrai dire j'ai déjà tout préparé pour le dîner. Je n'avais pas envie de sortir. J'étais vraiment prête pour vous... lorsque ces brutes se sont présentées. Comment va votre épaule ?

— Elle ne m'empêcherait pas de jouer aux échecs ou à tout autre jeu d'intérieur que vous pourriez me proposer.

D'un seul geste elle dénoua sa ceinture, et son peignoir s'ouvrit.

— Vous avez dit que je savais ce que vous aimez, dit-elle sur un ton léger. C'est-à-dire, si vous vous sentez de taille.

— De taille est le mot, répliqua Bond.

Il était presque minuit lorsqu'il dînèrent aux chandelles. Paula dressa la table et servit un festin mémorable : aspic de perdrix des neiges, saumon doré en friture et une délicieuse mousse au chocolat. Puis, à quatre heures du matin, habillée pour affronter le froid intense de l'aube, elle descendit l'escalier à la suite de Bond.

Le P7 dégainé, Bond profita des ombres pour se faufiler sans être vu dans la rue que le gel nocturne avait rendue glissante, traversa et s'immobilisa d'abord à côté d'une Volvo, puis d'une Audi.

Un homme dormait dans la Volvo, la tête renversée et la bouche ouverte, perdu dans les rêves auxquels se laissent aller les mauvais agents de surveillance.

L'Audi était vide.

Bond fit un signe à Paula qui, sans hésiter, traversa la chaussée. Sa voiture démarra au quart de tour en envoyant d'épais nuages dans l'air glacial.

Paula conduisait avec une adresse qui témoignait de son habitude de rouler sur la neige et la glace pendant une bonne partie de l'année. Ils prirent les bagages et payèrent la note de l'hôtel sans encombre et ils ne furent pas suivis lorsque Paula prit la direction de Vantaa.

Officiellement, l'aéroport de Vantaa n'ouvre qu'à sept heures du matin, mais on y trouve toujours du monde. A cinq heures du matin il y régnait une ambiance que, partout dans le monde, on associe au goût amer d'innombrables cigarettes et tasses de café, et à la fatigue causée par l'attente des trains de nuit et des avions.

Bond ne permit pas à Paula de s'attarder. Il lui promit de l'appeler de Londres dès que possible, et ils s'embrassèrent tendrement.

Des hommes balayaient le hall des départs où Bond s'installa dans un coin alors que son épaule redevenait douloureuse. Plusieurs passagers qui avaient raté leur correspondance essayaient de dormir dans les sièges confortables, et de nombreux policiers se promenaient deux par deux, à l'affût d'improbables désordres.

A sept heures précises, le hall s'anima. Bond avait déjà pris place au comptoir de Finnair afin d'être le premier de la queue. Les places ne manquaient pas sur le vol 831 de 9 h 10.

Vers huit heures, il commença à neiger. Et c'étaient de gros flocons qui tombaient lorsque à 9 h 12, le DC9-50 quitta la piste d'envol dans un grondement. Helsinki s'estompa rapidement comme sous une tempête de confettis blancs qui fit bientôt place à une immense étendue de nuages sous un ciel d'un bleu étincelant.

A 10 h 10, heure de Londres, l'appareil descendit vers la piste

28 Gauche de Heathrow. Les spoilers se rétractèrent, le sifflement des réacteurs se transforma en plainte lorsqu'ils inversèrent leur mouvement, et l'avion réduisit progressivement sa vitesse jusqu'à ce qu'il s'immobilise devant son terminal.

Une heure plus tard, James Bond parvenait au grand édifice qui domine Hyde Park et abrite le quartier général des services secrets. La douleur dans l'épaule était toujours lancinante, comme une rage de dent, son front ruisselait de sueur et il se sentait au bord du malaise.

4

UN VERRE DE MADÈRE

— Vous êtes sûr que c'étaient des professionnels ?
C'était la troisième fois que M posait cette question.
— Cela ne fait pas l'ombre d'un doute, répéta James Bond. Et dois-je souligner, une fois de plus, que c'est à moi qu'ils en voulaient.

M fit entendre un grognement.

Ils étaient installés dans le bureau de M, au huitième étage du bâtiment : M, Bond, et Bill Tanner, le chef d'état-major de M.

En pénétrant dans l'édifice, Bond avait pris l'ascenseur jusqu'au huitième étage où, titubant, il était entré dans le premier bureau, domaine de Miss Monneypenny, une femme efficace et ordonnée, attachée au service personnel de M.

Elle leva les yeux et sourit de plaisir.

— James, dit-elle ; puis, le voyant chanceler, elle quitta précipitamment son bureau pour l'aider à s'installer dans un fauteuil.

— C'est formidable, Penny, dit Bond, étourdi de douleur et de fatigue. Vous sentez bon. Comme une vraie femme.

— Non, James, comme du vrai Chanel ; alors que vous, vous sentez la sueur, l'antiseptique, avec un soupçon d'eau de toilette, de chez Patou, je crois.

M s'était absenté pour assister à un briefing de la Commission mixte des services de Renseignement ; aussi, aidé par Miss Monneypenny, Bond descendit-il à l'infirmerie où deux infirmières de permanence s'occupèrent de lui. Le médecin de service était déjà en route.

Paula avait raison : la blessure nécessitait soins, antiseptiques et points de suture.

A trois heures de l'après-midi, Bond se sentit beaucoup mieux, assez bien du moins pour pouvoir quitter l'infirmerie et subir un interrogatoire de M et du chef d'état-major.

M ne se laissait jamais emporter, mais, en cette occasion, il eut du mal à se contenir.

— Parlez-moi encore de cette femme... de cette Vacker.

Il se pencha vers le bureau en bourrant sa pipe et en lançant un regard gris et tranchant, comme si Bond n'était pas digne de confiance.

Péniblement, celui-ci passa en revue tout ce qu'il savait sur Paula.

— Et l'amie ? Celle qu'elle a mentionnée ?

— Anni Tudeer. Elle occupe un poste semblable à celui de Paula dans la même agence. En ce moment, elles collaborent, semble-t-il, à un projet de création d'un organisme pour la recherche chimique, dont le siège serait à Kemi. C'est dans le Nord, mais au-delà du Cercle polaire.

— Je sais où se trouve Kemi, dit M sur un ton presque hargneux. On y fait escale pour se rendre à Rovaniemi et dans le Nord.

Il se tourna vers Tanner.

— Monsieur le chef d'état-major, pourriez-vous vérifier ces noms sur l'ordinateur et voir si nous pouvons en tirer quelque chose. Vous pouvez même vous adresser à « Cinq », avec toutes les courbettes nécessaires, et leur demander s'ils ont quelque chose à ce sujet.

Bill Tanner acquiesça et quitta le bureau.

Quand la porte se referma, M s'installa confortablement dans son fauteuil.

— Alors, quel est votre sentiment personnel, 007 ?

Les yeux gris de M étincelèrent, et Bond devina qu'il possédait déjà la clé de l'énigme, en même temps qu'un millier d'autres secrets.

Bond choisit ses mots avec soin.

— Je crois que j'ai été repéré, soit pendant l'entraînement dans l'Arctique, soit à mon retour à Helsinki. Ils ont réussi à se brancher sur mon téléphone à l'hôtel. Ou alors — mais j'aurais du mal à le croire — Paula ou quelqu'un d'autre a parlé. C'était certainement une opération improvisée, parce que, avant d'atterrir à Helsinki, j'ignorais moi-même que j'allais y rester. Mais ils ont été rapides, et ils avaient certainement l'intention d'en finir avec moi.

M retira la pipe de sa bouche et en pointa le tuyau vers Bond.

— C'est qui, *ils* ?

Bond haussa les épaules, dont l'une fut traversée d'une douleur cuisante.

— Paula m'a dit qu'ils s'étaient adressés à elle en bon finnois. Avec moi ils ont essayé le russe ; mais quel accent ! Paula a

pensé qu'ils étaient scandinaves, mais en aucun cas finlandais.
— Ce n'est pas une réponse, Bond. J'ai demandé : c'est qui, *ils* ?
— Des gens qui peuvent se permettre d'exploiter les ressources locales non finlandaises, des gens qui emploient des tueurs à gages.
— Alors, qui les a embauchés ? et pourquoi ?
M resta complètement immobile. Sa voix était calme.
— Je ne me fais pas facilement des amis.
— Soyons sérieux, 007.
— Eh bien, soupira Bond. Je suppose qu'on a pu mettre ma tête à prix. Des rescapés de SPECTRE. Certainement pas le KGB. Du moins, c'est peu probable. Cela peut venir d'une demi-douzaine de bandes d'amateurs.
— Pour vous, l'Armée d'action national-socialiste serait-elle une bande d'amateurs ?
— Non, ce n'est pas leur genre. Ils s'en prennent à des objectifs communistes ; ils veulent réaliser le grand exploit, avec toute la publicité qui s'ensuit.
M se permit un léger sourire.
— Ils pourraient bien se servir d'une agence, n'est-ce pas, 007 ? D'une agence publicitaire comme celle pour laquelle travaille votre Mlle Vacker.
— Chef ! dit-il sur un ton neutre, comme si M était devenu fou.
— Non, Bond. Ce n'est pas leur genre, à moins qu'ils n'aient voulu se débarrasser rapidement de quelqu'un en qui ils voyaient une menace.
— Mais je ne suis pas...
— Ils ne pouvaient pas le savoir. Ils ne pouvaient pas savoir que vous aviez fait escale à Helsinki pour aller jouer au play-boy, un rôle qui m'exaspère de plus en plus, 007. Ne vous avions-nous pas ordonné de revenir directement à Londres une fois l'entraînement dans l'Arctique terminé ?
— Personne ne me l'avait explicitement demandé. Je pensais...
— Je me fiche absolument de ce que vous pensiez, 007. Nous voulions que vous rentriez. Et vous avez préféré aller vous promener à Helsinki. Vous avez pu compromettre les services secrets et vous-même.
— Je...
— Vous ne pouviez pas le savoir.
M semblait s'être calmé.

— Après tout, je vous avais simplement expédié pour un exercice d'acclimatation au grand froid. J'en prends la responsabilité. J'aurais dû être plus précis.

— Plus précis ?

M resta silencieux pendant une minute. Au-dessus de sa tête, l'original de *Trafalgar* de Robert Taylor correspondait assez bien au caractère résolu et à la personnalité de M. Ce tableau était accroché sur ce mur depuis deux ans. Avant, il y avait eu le *Cap Saint-Vincent* de Cooper, prêté par le National Maritime Museum, et avant... Bond ne s'en souvenait plus, mais c'étaient toujours des représentations de victoires navales britanniques. M était le dépositaire de cette arrogance fondamentale qui place au-dessus de tout la fidélité à la patrie ; il avait aussi une foi inébranlable dans l'invincibilité des forces britanniques.

Enfin, M reprit la parole.

— En ce moment même, 007, nous sommes engagés dans une opération d'une certaine envergure dans l'Arctique. L'exercice, si j'ose dire, était un exercice d'échauffement. Pour *vous*. En un mot, vous ferez partie de l'opération.

— Contre qui ?

Bond s'attendait à l'évidence.

— L'Armée d'action national-socialiste.

— En Finlande ?

— Près de la frontière russe.

M se pencha, comme quelqu'un qui ne veut pas qu'on surprenne sa conversation.

— Nous y avons déjà quelqu'un, ou, devrais-je dire, nous y *avions* quelqu'un. Il est sur le chemin du retour. Inutile pour l'instant d'entrer dans les détails. Il y a surtout eu des conflits de personnalités avec nos alliés. L'équipe entière se regroupe et va vous rencontrer pour vous mettre au courant de la situation. Je ferai d'abord une mise au point.

— L'équipe entière, c'est qui ?

— Des associés bizarres, 007. Oui, bizarres. Il se peut maintenant que votre équipée sentimentale à Helsinki nous ait un peu fait perdre l'avantage de la surprise. Nous avions espéré que vous y arriveriez sans vous faire remarquer. Que vous rejoindriez l'équipe sans donner l'alerte à cette bande de néo-fascistes.

— L'équipe ? répéta Bond.

M toussa pour se donner du temps.

— Une opération conjointe, 007 ; une opération inhabituelle, déclenchée à la demande de l'Union soviétique.

Bond fronça les sourcils.

— Nous collaborons avec la Centrale de Moscou ?

M acquiesça.

— Oui. (Il semblait lui aussi désapprouver la chose.) Et pas seulement avec la Centrale. Nous sommes également engagés aux côtés de Langley et Tel-Aviv.

Bond émit un petit sifflement et M fronça les sourcils et pinça les lèvres.

— Je vous l'avais dit, des associés bizarres, Bond.

Celui-ci murmura entre ses dents comme pour se convaincre à haute voix que la chose était impossible.

— Nous, le KGB, la CIA et le Mossad, les Israéliens.

— Exactement.

A présent que le grand mot était lâché, M s'anima.

— L'opération Brise-Glace ; ce sont bien entendu les Américains qui l'ont baptisée ainsi. Les Soviétiques ont suivi parce que c'est d'eux que venait la requête.

— Le KGB a *sollicité* la coopération ? Bond semblait toujours incrédule.

— Oui, par des voies secrètes. Lorsque la nouvelle a été connue, les quelques rares personnes qui étaient au courant sont restées sceptiques. Puis on m'a demandé de passer à Grosvenor Square.

M faisait allusion à l'ambassade des Etats-Unis à Grosvenor Square.

— Et ils avaient été sollicités ?

— Oui, et comme c'étaient eux la Compagnie, ils savaient que le Mossad l'avait également été. Dans les vingt-quatre heures nous avions organisé une réunion tripartite.

Bond demanda la permission de fumer. D'un geste, M l'accorda, tout en continuant à parler, et il ne s'interrompit que pour allumer ou rallumer sa pipe.

— Nous avons étudié le problème sous tous ses angles. Nous avons cherché les pièges, et, bien entendu, il y en a ; puis nous avons examiné les autres solutions au cas où la chose tournerait mal ; enfin, nous avons désigné des agents spéciaux. Nous en voulions au moins trois chacun. Les Soviétiques ont regimbé à cause du nombre ; cela faisait trop de monde ; il fallait limiter, etc. ; nous avons finalement rencontré l'émissaire du KGB, Anatoli Pavlovich Grinev...

D'un air entendu, Bond fit un signe de la tête.

— Colonel de la Première Direction, Troisième Bureau. Se

fait passer pour le Premier secrétaire de la mission commerciale à KPG.

— C'est bien lui, reconnut M. KPG désignait Kensington Palace Garden et, plus exactement, le n° 13, l'ambassade soviétique. Le Troisième Bureau de la Troisième Direction du KGB s'occupait exclusivement d'activités de Renseignement concernant le Royaume-Uni, l'Australie, la Nouvelle-Zélande et la Scandinavie. C'est bien lui. Un petit bonhomme, aux oreilles en feuilles de choux.

C'était là une bonne description du rusé colonel Grinev. Bond avait déjà eu affaire à ce monsieur et s'en méfiait comme de la peste.

— Et il a expliqué ?

Ce n'était pas vraiment une question.

— Expliqué pourquoi le KGB voulait mener avec nous, la CIA et le Mossad une opération secrète en territoire finlandais ? Ils s'entendent suffisamment bien avec SUPO pour agir directement.

— Pas tout à fait, répliqua M. (SUPO désignait les services secrets finlandais.) Vous avez lu tout ce que nous avons sur l'AANS, 007 ?

Bond répondit par l'affirmative et ajouta :

— Les rares informations dont nous disposons, les rapports détaillés concernant leur implication dans une trentaine d'assassinats. Il n'y a guère plus...

— Il y a l'analyse des services de Renseignement conjoints. Vous avez lu ces cinquante pages, je suppose ?

— En effet. Cette analyse présente la petite organisation de terroristes fanatiques qu'est l'Armée d'action national-socialiste comme infiniment plus dangereuse. Je ne sais si les conclusions en sont exactes.

— Vraiment, dit M en reniflant. Eh bien, moi, 007, je sais une chose. L'AANS est une bande de fanatiques, mais les principaux organismes de Renseignement et de Sécurité sont d'accord sur un point : l'AANS s'inspire des théories nazies ; elle ne se contente pas de parler, elle agit ; et il semble qu'elle réussisse chaque jour à gagner plus de monde à sa cause. Ce que nous savons indique que ses chefs se considèrent comme les bâtisseurs du Quatrième Reich. Leur cible, pour l'instant, est le communisme. Mais deux nouveaux éléments sont récemment venus s'ajouter à nos informations.

— Quels éléments ?

— Les récentes manifestations antisémites à travers l'Europe et les Etats-Unis...

— Rien ne prouve qu'il y ait une relation...

D'un geste de la main M lui imposa silence.

— Deuxièmement, nous tenons l'un d'entre eux.

— Un membre de l'AANS ? Personne...

— ... ne l'a annoncé ou n'en a parlé... Il est mieux emballé qu'une momie.

Bond demanda si le « nous » désignait le Royaume-Uni.

— Oh, oui ! Il est là, dans ce bâtiment même. Dans l'aile réservée aux invités.

M pointa l'index vers le plancher pour indiquer le grand centre des interrogatoires installé au sous-sol. Les lieux avaient été réaménagés lorsque, par souci d'économies, le gouvernement avait repris aux services secrets leur « maison de campagne » où se déroulaient habituellement les interrogatoires.

M poursuivit : on avait arrêté l'homme en question « après la dernière affaire de Londres », ce qui signifiait le massacre, en plein jour, de trois fonctionnaires britanniques qui venaient de quitter l'ambassade soviétique après avoir eu des entretiens commerciaux. Il y avait six mois de cela, et l'un des assassins encerclé par des membres de la SPG avait essayé de se tuer.

— Il a mal visé, dit M en souriant sans malice. Nous avons veillé à ce qu'il vive. L'essentiel de ce que nous savons repose sur ce qu'il nous a dit.

— Il a parlé ?

— A peine, dit M en haussant les épaules. Mais ce qu'il nous a appris nous permet de lire entre les lignes. Très peu de gens sont au courant, 007. Je vous donne ces quelques indications pour que vous ne doutiez pas que nous sommes sur la bonne voie. Nous avons la quasi-certitude que l'AANS est une organisation mondiale, en pleine croissance, qui, si elle n'est pas arrêtée, finira par agir à découvert et séduire l'électorat de nombreuses démocraties. Bien entendu, les Soviétiques sont les premiers intéressés.

— Alors, pourquoi travailler avec eux ?

— Parce que aucun service de Renseignement, du *Bundesnachrichtendienst* au SDECE, n'a réussi à découvrir d'autres indices...

— Alors... ?

— Aucun, si ce n'est le KGB.

Bond resta impassible.

— Eux, naturellement, ne savent pas ce que nous savons,

continua M. Mais ils nous ont livré une information capitale sur la façon dont l'AANS se procure ses armes.

Bond hocha la tête.

— Ils se sont toujours servis de matériel russe, donc il faut supposer...

— Ne supposez rien du tout, 007 ; c'est là une des règles stratégiques fondamentales. Le KGB possède des preuves convaincantes que l'équipement de l'AANS est volé en l'Union soviétique et acheminé, sans doute par un ressortissant finlandais, vers différents points de livraison. C'est la raison pour laquelle ils tiennent au secret : pour que le gouvernement finlandais ne soit pas informé.

— Et pourquoi nous ?

Bond commençait à y voir clair.

— Parce que, dit M, selon eux, il doit y avoir un consensus avec des pays qui n'appartiennent pas au bloc de l'Est. L'appui des Israéliens est logique, puisque leur pays risque d'être la prochaine cible. Quant à la Grande-Bretagne et à l'Amérique, elles présenteraient un front puissant aux yeux du monde si elles donnaient l'impression d'être engagées. Ils font également valoir qu'il est de l'intérêt de tous de partager les responsabilités.

— Et vous leur faites confiance, chef ?

M lui renvoya un regard inexpressif.

— Non, pas entièrement ; mais je ne pense pas qu'ils aient de mauvaises intentions, ou qu'ils veuillent, par exemple, attirer, par des manœuvres compliquées, trois services secrets dans un même piège.

— Et depuis quand l'opération Brise-Glace est-elle engagée ?

— Depuis six semaines. Ils ont réclamé votre participation dès le début, mais j'ai voulu tâter le terrain, si vous voyez ce que je veux dire.

— Et vous avez accepté ?

— Vous en serez un élément essentiel, 007. Du moins je l'espère. Bien entendu, après ce qui s'est passé à Helsinki les risques n'en seront que plus grands.

Il y eut une minute de silence. Au loin, derrière l'épaisse porte de bureau, un téléphone sonna.

Bond rompit le silence.

— L'homme que vous y aviez envoyé... ?

— Deux hommes à vrai dire. Chaque organisation dispose d'un directeur des opérations qui se cache quelque part à Helsinki. C'est l'agent en mission que nous rappelons. Dudley.

Clifford Arthur Dudley. Etabli à Stockholm depuis quelque temps.

— C'est un type compétent. (Bond alluma une autre cigarette.) Nous avons travaillé ensemble. (En effet, quelques années plus tôt, ils avaient collaboré dans une affaire compliquée visant à surveiller et à discréditer un diplomate roumain.) Très adroit, ajouta Bond. Il a des talents variés. Vous dites qu'il y a eu un conflit de personnalités... ?

M évita le regard de Bond. Il se leva, se dirigea vers la fenêtre, les mains dans le dos, et contempla Regent's Park.

— Oui, dit-il posément. Oui, il a cassé la figure à notre allié américain.

— Cliff Dudley ?

M se retourna, une lueur de ruse dans le regard.

— Oh ! Il a agi sur mes instructions. Pour gagner du temps, comme j'ai dit ; pour tâter le terrain, en attendant que vous soyez prêt à prendre la relève.

Il y eut un nouveau silence qu'interrompit Bond.

— Et je dois faire partie de l'équipe ?

— Oui.

M prit un air distrait.

— Oui, oui. On les a tous rappelés. Vous devez les rencontrer dès que possible. A propos, j'ai choisi le lieu de rendez-vous. L'hôtel Reid's à Funchal, Madère, est-ce que cela vous convient ?

— Mieux qu'un *kota* lapon dans l'Arctique.

— Bon. Alors, nous organiserons ici un briefing complet, et, si le cœur vous en dit, vous partirez demain soir. J'ai peur qu'après Madère ce ne soit l'Arctique, sans transition. Eh bien, il y a du pain sur la planche, et il faudra vous faire à l'idée que toute cette affaire ne sera pas un plaisir.

— Comme celui de déguster un verre de madère.

Bond sourit. Il avait réussi à arracher un petit rire à M.

5

LE RENDEZ-VOUS AU REID'S

James Bond ne put quitter Londres aussi vite que prévu. Il était déjà très pris par les préparatifs, mais les médecins insistèrent pour faire un bilan complet. Enfin, Bill Tanner apporta des renseignements sur Paula Vacker et son amie, Anni Tudeer.

Certains étaient intéressants et inquiétants. Il s'avérait que Paula était suédoise de naissance bien qu'elle eût adopté par la suite la nationalité finlandaise. Apparemment, son père avait, à un moment donné, fait partie du Corps diplomatique suédois, encore qu'une note lui attribuât des « sympathies pour l'extrême droite ».

— Ce qui veut probablement dire que l'homme est un nazi, grommela M.

L'idée tourmenta Bond, mais ce que Bill Tanner ajouta le troubla davantage.

— Peut-être, dit le chef d'état-major ; mais le père de son amie est ou a indiscutablement été un nazi.

Ces révélations donnèrent à Bond l'envie de revoir Paula, et, plus encore, de rencontrer Anni Tudeer.

Les ordinateurs ne livrèrent que peu d'informations sur la jeune fille, mais beaucoup, en revanche, concernant son père, autrefois officier supérieur dans l'armée finlandaise. En fait, le colonel Aarne Tudeer avait été, en 1943, membre de l'état-major du célèbre maréchal finlandais Mannerheim ; et, la même année, alors que les Finlandais se battaient contre les Russes aux côtés des armée allemandes, Tudeer avait accepté un poste dans la Waffen SS.

Même si Tudeer était d'abord soldat, il était clair que son admiration pour l'Allemagne nazie et pour Adolf Hitler n'avait pas de bornes. Vers la fin de 1943 Aarne Tudeer avait été promu au grade de SS Oberführer et muté à un poste en Allemagne. Il disparut à la fin de la guerre, mais tout portait à croire qu'il était encore en vie. Les chasseurs de nazis ne l'avaient pas rayé de leurs listes, car parmi les nombreuses opérations dans lesquelles il avait joué un rôle de premier plan figurait « l'exécution » de cinquante prisonniers de guerre, repris après la « Grande Évasion » du Stalag Luft III à Sagan, en mars 1944, atrocité dûment enregistrée dans les annales.

Plus tard, Tudeer se battit avec bravoure pendant la sanglante marche de la 2ᵉ SS Panzer Division (« Das Reich ») de Montauban jusqu'en Normandie. Il est de notoriété publique qu'au cours de ces deux semaines de juin 1944 furent perpétrés des actes inhumains défiant les lois normales de la guerre. L'un d'eux fut commis dans le village d'Oradour-sur-Glane où 643 hommes, femmes et enfants furent brûlés vifs. Aarne Tudeer ne s'était pas contenté de participer à ce seul épisode.

— Oui, cet homme fut d'abord un soldat, expliqua Tanner, mais également un criminel de guerre et, même s'il touche maintenant une pension, les chasseurs de nazis sont toujours à ses trousses. On l'a vu en Amérique du Sud dans les années 1950, mais il est presque sûr qu'il est revenu en Europe dans les années 1960, après avoir changé d'identité.

Bond mémorisa ces renseignements et demanda s'il lui serait permis d'étudier les documents et les photographies disponibles.

— Je suppose qu'il n'est pas question que je file à Helsinki pour revoir Paula et cette Tudeer ?

M secoua la tête.

— Je regrette, 007. Le facteur temps est essentiel. Tous les membres de l'équipe ont quitté la zone d'opération. Ils doivent vous rencontrer, vous mettre au courant de la situation, et planifier ce qu'ils considèrent comme l'étape finale de leur mission. Voyez-vous, ils croient savoir d'où proviennent les armes, comment elles passent entre les mains de l'AANS ; ils croient surtout savoir qui dirige les opérations et à partir de quel endroit.

M remit du tabac dans sa pipe, se cala dans son fauteuil et reprit la parole. Ce qu'il apprit à Bond était, sur bien des points, de nature à lui faire dresser les cheveux sur la tête.

Ils veillèrent tard cette nuit-là, après quoi Bond se fit reconduire à son appartement de Chelsea et s'abandonna à la douce sollicitude de May, sa redoutable gouvernante, qui, voyant sa mine, lui ordonna d'aller se coucher, avec l'autorité d'une nurse de la vieille école :

— Vous avez l'air épuisé, monsieur James. Alors, au lit ! Je vous servirai une collation dans votre chambre.

Bond n'était pas d'humeur à discuter. May apparut bientôt,

portant un plateau sur lequel elle avait disposé du saumon fumé et des œufs brouillés qu'il mangea en dépouillant la pile de courrier qui l'attendait. Il avait à peine fini le repas qu'il fut terrassé par la fatigue et sombra dans un sommeil réparateur.

Lorsqu'il se réveilla, Bond comprit que May lui avait permis de faire la grasse matinée. Le réveil à affichage numérique indiquait presque dix heures. Il appela May pour lui demander de préparer le petit déjeuner. Quelques minutes plus tard, le téléphone sonna.

C'était M qui le réclamait d'urgence.

Le temps supplémentaire passé à Londres se révéla profitable. Bond reçut non seulement un compte rendu détaillé sur ses partenaires de l'opération Brise-Glace, mais il eut encore l'occasion de s'entretenir longuement avec Cliff Dudley, l'agent dont il prenait la relève.

Dudley était un petit Ecossais, dur et bagarreur, pour qui Bond éprouvait respect et sympathie.

— Si j'avais eu plus de temps, lui dit Dudley, j'aurais probablement découvert le pot aux roses. En fait, c'est vous qu'ils réclamaient. M me l'avait dit très clairement avant mon départ. Cependant, méfiez-vous, James, il vous faudra assurer vos arrières. Les autres ne le feront pas pour vous. La Centrale de Moscou est sur une piste importante, cela ne fait aucun doute. Cependant il est possible qu'elle joue un double jeu. J'ai peut-être tendance à être trop méfiant, mais leur type nous cache quelque chose. Il a une douzaine d'as dans son jeu, tous de la même couleur, j'en suis convaincu.

« Leur type », comme l'appelait Dudley, Bond le connaissait de réputation. Et la réputation de Nicolaï Mosolov était dans l'ensemble peu ragoûtante.

Connu de ses amis du KGB sous le nom de Kolya, Mosolov parlait couramment l'anglais, l'américain, l'allemand, le néerlandais, le suédois, l'italien, l'espagnol et le finnois. Proche de la quarantaine, l'homme avait été le meilleur élève de l'école de formation de base située à Novosibirsk, et avait travaillé pendant quelque temps avec le Groupe de soutien technique expert de la Deuxième Direction principale de ses services de Renseignement ; celle-ci était, en fait, une unité de cambrioleurs professionnels.

Dans le bâtiment qui donnait sur Regent's Park on connaissait également Mosolov sous différents noms d'emprunt. Aux Etats-Unis il était Nicholas S. Mosterlane, en Suède et dans d'autres pays scandinaves, Sven Flanders. A Londres, on le connaissait, mais on ne l'avait jamais pincé, même pas sous le nom de Nicholas Mortimer Smith.

— Le type de l'homme invisible, dit M. Un caméléon. Se fond dans son milieu et disparaît au moment même où vous pensez l'avoir repéré.

Bond n'était pas davantage satisfait de son homologue américain dans l'opération Brise-Glace. Brad Tirpitz, connu dans les milieux des services de Renseignement comme « le vilain Brad », était un ancien de la CIA, vieux genre, rescapé de multiples purges qui avaient eu lieu au quartier général de son organisation à Langley, en Virginie. Certains voyaient en lui le type du héros fanfaron et casse-cou : une légende vivante. D'autres, au contraire, le considéraient comme le modèle de l'agent en mission, susceptible d'employer des méthodes très discutables, un homme pour qui la fin justifie les moyens. Et ces moyens, selon l'expression d'un de ses collègues, pouvaient être « extrêmement bas ». Il possédait « l'instinct d'un loup affamé et le cœur d'un scorpion ».

Bond se prit à songer que son avenir éait lié à celui d'un poids lourd de la Centrale de Moscou et d'un tireur d'élite de Langley qui avait tendance à faire feu avant même de poser des questions.

La suite du briefing et l'examen médical occupèrent le restant de la journée, ainsi qu'une partie de la matinée suivante. Ce n'est donc que dans l'après-midi de cette troisième journée que Bond prit le vol TAP de quatorze heures, pour Lisbonne, où il monterait dans l'un des Boeing 727 qui assuraient la navette avec Funchal.

Le soleil baissait à l'horizon, touchant presque l'eau et éclaboussant les roches de grandes taches rouges et chaudes. L'avion de Bond qui ne se trouvait plus qu'à six cents pieds franchit le promontoire de Ponta de São Lourenço pour amorcer à basse altitude ce virage exaltant qui est le seul moyen de s'engager sur la petite piste précaire, pas plus large que le pont d'un porte-avions, et perchée sur les rochers de Funchal.

Une heure plus tard, un taxi déposait Bond à l'hôtel Reid's et, le lendemain matin, il partait à la recherche de Mosolov ou de Tirpitz, ou du troisième membre de l'équipe Brise-Glace, l'agent du Mossad, que Dudley lui avait décrit comme « une jeune femme absolument sensationnelle, d'environ cinq pieds six pouces, à la peau blanche. Le corps de la Vénus de Milo, avec les deux bras en plus, et une tête différente ».

— Très différente ? avait demandé Bond.

— Fantastique. Approchant la trentaine. Très, très compétente. Je n'aimerais pas me frotter à elle...

— Au sens professionnel, bien entendu, précisa Bond avec un sourire.

D'après M, l'agent israélien était une inconnue. Elle s'appelait Rivke Ingber. Son dossier mentionnait « Rien à signaler ».

A présent, Bond avait à ses pieds les deux piscines de l'hôtel, et derrière ses lunettes de soleil il scrutait corps et visages.

Son regard se posa un instant sur une grande blonde portant un bikini Pierre Cardin et dont le corps défiait toute description. Eh bien, se dit Bond alors que la jeune fille plongeait, il n'est pas défendu de regarder.

Il s'étira sur le transat, grimaçant légèrement en sentant la douleur dans son épaule pratiquement guérie, et continua à observer la jeune nageuse dont les longues jambes s'ouvraient et se refermaient en même temps que ses bras glissaient paresseusement dans l'eau en un mouvement d'une sensualité étudiée.

Bond sourit une fois de plus en pensant au lieu de rendez-vous choisi par M. De tous les pièges à prix forfaitaire dans lesquels on essaie d'attirer les touristes entre les Canaries et Corfou, Reid's est un des rares hôtels à avoir préservé une cuisine, un service et un confort dignes des années 30.

La boutique de l'hôtel vend des souvenirs du bon vieux temps, des photographies de Sir Winston et de Lady Churchill prises dans les jardins luxuriants. Des messieurs d'un certain âge, droits comme un i, la moustache taillée, lisent, confortablement installés, dans les salons ; de jeunes couples, habillés par YSL et Kenzo, fraient avec de vieilles dames de la haute société sur la célèbre terrasse réservée au thé. Bond pensa qu'il se trouvait dans un cadre digne d'un roman policier ; il était clair que les amis de M fréquentaient ce lieu idyllique, situé hors du temps, avec la précision d'une montre Patek Philippe.

Toujours étendu, Bond surveillait la piscine et ses alentours. Pas de Mosolov, ni de Tirpitz. Il les reconnaîtrait assez facilement d'après les photos examinées à Londres.

Il n'avait pas vu de portrait de Rivke, Cliff Dudley s'étant contenté de sourire d'un air entendu et de lui dire qu'il découvrirait assez tôt de quoi elle avait l'air.

Les gens s'acheminaient à présent vers le restaurant de la piscine, ouvert sur deux côtés et protégé par des arcades en pierre rose. Les tables étaient dressées, les garçons attendaient, un bar était à la disposition des clients ; on avait préparé une longue table avec toutes les salades et toute la charcuterie imaginables, ou, selon le désir des hôtes, avec du potage chaud, de la quiche, des lasagnes ou des cannellonis.

C'était l'heure de déjeuner. Même à Madère, Bond ne dérogeait pas à ses vieilles habitudes. L'air chaud et ensoleillé de cette matinée passée à surveiller la piscine lui avait ouvert l'appétit.

Il enfila un peignoir de bain, se rendit au buffet, prit quelques minces tranches de jambon et choisit parmi la gamme de salades aux couleurs vives.

— Ne prendrez-vous pas un verre, monsieur Bond ? Pour briser la glace ?

La voix derrière lui était douce et sans accent.

— Mademoiselle Ingber ?

Bond ne se retourna pas.

— Oui, je vous observe depuis quelque temps et vous aussi, je crois. Est-ce que nous déjeunons ensemble ? Les autres sont également arrivés.

Bond se retourna. C'était la blonde sensationnelle qu'il avait vue dans la piscine. Elle avait passé un bikini sec, noir, et sa peau était de la même couleur de bronze que les feuilles de hêtre à l'automne. Le contraste des teintes : la peau, la mince étoffe noire et les splendides cheveux dorés, courts et bouclés rendaient Rivke Ingber extrêmement désirable. Son visage resplendissait de santé, avec son teint immaculé, son profil classique, presque nordique, sa bouche énergique et ses yeux noirs pleins de malice.

— Eh bien, reconnut Bond, vous m'avez battu, mademoiselle Ingber. Shalom.

— Shalom, monsieur Bond...

Les lèvres roses esquissèrent un sourire naturel, engageant et sincère.

— Appelez-moi James.

Elle tenait déjà à la main une assiette avec une cuisse de poulet, quelques tranches de tomates, ainsi qu'une salade de riz et de pommes. Bond indiqua l'une des tables qui se trouvaient à proximité. Elle le précéda, le corps souple, avec un léger déhanchement presque impudique. Après avoir posé son assiette sur la table, Rivke Ingber remonta le slip de son bikini d'un geste machinal en faisant glisser ses pouces à l'intérieur de l'élastique du maillot. C'était le geste naturel que font quotidiennement de nombreuses femmes sur les plages et au bord des piscines ; mais, tel que l'avait exécuté Rivke Ingber, il devenait une invitation à caractère manifestement sexuel.

A présent, installée en face de Bond, elle sourit en passant le bout de sa langue sur sa lèvre supérieure.

— Bienvenue à bord, James. Cela faisait longtemps que je désirais travailler avec vous. (Puis, après une courte pause :) Sans que je puisse en dire autant de mes collègues.

Bond la regarda, essayant de lire dans ses yeux noirs. Sa fourchette resta en suspens lorsqu'il demanda :

— A ce point ?

Elle fit entendre un rire mélodieux.

— Pire, dit-elle. Je suppose qu'on vous a dit pourquoi votre prédécesseur nous a quittés ?

— Non. (Bond lui jeta un regard innocent.) Tout ce que je sais, c'est que je me suis soudain trouvé mêlé à cette affaire. Sans avoir le temps de me renseigner comme je l'aurais voulu. On m'a dit que l'équipe, qui me semble un mélange plutôt bizarre, me ferait un compte rendu détaillé.

Elle rit de nouveau.

— Il y a eu ce qu'on pourrait appeler un conflit de personnalités. Brad Tirpitz avait, comme d'habitude, fait l'orang-outang ; cela à mes dépens. Votre ami lui a cassé la figure. J'étais un peu embêtée. Je veux dire que j'aurais pu m'occuper moi-même de Tirpitz.

Bond avala une bouchée, puis posa quelques questions sur l'opération.

Les paupières légèrement baissées, Rivke lui coula un regard enjôleur.

— Oh ! dit-elle, un doigt moqueur appuyé sur ses lèvres, ça c'est tabou. Moi, je ne suis que l'appât. Je suis censée vous faire tomber entre les mains des experts. Nous sommes tous *obligés* d'assister au briefing. A dire vrai, je ne pense pas qu'ils me prennent très au sérieux.

Bond sourit d'un air mécontent.

— C'est qu'ils n'ont jamais entendu l'adage le plus important concernant vos services...

— Nous excellons dans notre mission parce que les autres solutions sont trop horribles à envisager.

Elle débita ces mots sur un ton neutre, comme une récitation.

— Et *vous*, Rivke Ingber, excellez-vous ?

Bond mâcha une nouvelle bouchée.

— Apprend-on à voler à un oiseau ?

— Nos collègues doivent donc être particulièrement stupides.

Elle soupira.

49

— Non, pas stupides, James. Misogynes. Ils n'ont pas la réputation de faire confiance aux femmes.

— En ce qui me concerne, je n'ai jamais eu ce genre de préjugé.

Le visage de Bond resta inexpressif.

— C'est ce que j'ai entendu dire.

Rivke prit soudain un ton pincé. Peut-être voulait-elle lui faire comprendre qu'il devait garder ses distances.

— Donc, on ne parle pas de Brise-Glace ?

Elle secoua la tête :

— Ne vous en faites pas ; vous en apprendrez toujours assez, là-haut, lorsque nous rencontrerons ces messieurs.

A la façon dont elle le regardait, Bond eut l'impression qu'elle cherchait à le mettre en garde. C'était un peu comme si, après lui avoir fait miroiter la possibilité d'être amis, elle avait brusquement anéanti cet espoir. Tout aussi rapidement, Rivke redevint elle-même et plongea ses yeux noirs dans les yeux bleus de James Bond.

Ils achevèrent leur repas sans que Bond eût fait une nouvelle allusion à Brise-Glace. Il lui parla de son pays, des nombreux obstacles qu'il rencontrait dans son développement, mais n'essaya pas de faire dévier la conversation sur le chapitre de sa vie privée.

— Il est l'heure d'aller à la rencontre de ces messieurs, James.

Elle se tapota les lèvres avec la serviette en levant brusquement les yeux vers l'hôtel.

Mosolov et Tirpitz les avaient vraisemblablement observés de leur balcon, dit Rivke. Les chambres, situées au troisième, étaient voisines, et des balcons on avait une excellente vue sur les jardins et l'on pouvait ainsi surveiller constamment les alentours de la piscine.

Ils se dirigèrent vers des vestiaires différents d'où ils ressortirent portant des vêtements appropriés : Rivke, une jupe plissée sombre avec chemisier blanc, Bond son pantalon favori, bleu marine, une chemise en coton Sea Island, et une paire de mocassins. Ils entrèrent dans l'hôtel et prirent l'ascenseur jusqu'au troisième étage.

— Ah ! Monsieur James Bond.

Mosolov était aussi inclassable que l'affirmaient les spécialistes. Il pouvait avoir n'importe quel âge entre vingt-cinq et quarante ans. Son visage semblait se métamorphoser selon son humeur ou l'éclairage du moment : chaque changement entraînait un rajeunissement ou un vieillissement. Son anglais était impeccable, marqué seulement d'un soupçon d'accent de la banlieue londonienne et saupoudré de quelques expressions familières.

— Kolya Mosolov.

Il se présenta en tendant la main à Bond. La poignée de main elle-même était neutre, et les yeux, d'un gris nébuleux, avaient une expression terne et fuyante.

— Heureux de travailler avec vous.

Bond afficha son sourire le plus gracieux tout en examinant le personnage : de petite taille, les cheveux blonds sans coupe particulière. L'homme et ses vêtements semblaient manquer de personnalité : une chemisette à carreaux bruns, et un pantalon qui avait dû être confectionné par un apprenti tailleur mal inspiré.

Kolya indiqua un fauteuil, encore que Bond vît mal comment il avait pu le faire sans geste ou mouvement du corps.

— Vous connaissez Brad Tirpitz ?

Dans le fauteuil était affalé Tirpitz, un homme de grande taille, aux mains larges et rugueuses et au visage qui semblait taillé dans le granit. Il avait des cheveux gris, coupés court, presque à ras, et Bond remarqua avec satisfaction les traces d'une contusion et une légère entaille sur le côté gauche d'une bouche anormalement petite.

Tirpitz leva paresseusement une main en guise de salutation.

— Salut, grogna-t-il d'une voix rauque, comme s'il s'était longtemps exercé à imiter l'accent des gangsters de cinéma. Heureux de vous savoir de la bande, James.

Bond ne put discerner aucun signe de satisfaction chez le personnage.

— Heureux de faire votre connaissance, monsieur Tirpitz.

Bond appuya sur le *monsieur.*

— Brad, grommela Tirpitz en retour.

Cette fois-ci un soupçon de sourire apparut aux commissures de ses lèvres. Bond fit un signe de la tête.

— Vous savez de quoi il est question ?

Kolya prit un ton d'excuse :

— Un peu.

Rivke intervint en souriant à Bond.

— James me dit avoir été envoyé à la dernière minute, sans briefing de ses supérieurs.

Mosolov haussa les épaules, s'assit et désigna un autre fauteuil. Rivke se laissa tomber sur le lit, repliant les jambes sous elle comme pour se mettre à l'aise.

Bond prit le fauteuil qu'on lui offrait, le repoussa contre le mur afin de pouvoir regarder les trois autres. De là il avait également une bonne vue sur la fenêtre et le balcon.

Mosolov respira profondément.

— Nous n'avons pas beaucoup de temps, dit-il en préambule. Il nous faudra avoir quitté ces lieux dans les vingt-quatre heures et rejoindre la zone d'opération.

Bond fit un geste de la main.

— Peut-on parler sans crainte ici ?

Tirpitz éclata de rire.

— Ne vous en faites pas. Nous avons fouillé les lieux. Ma chambre est à côté ; celle-ci se situe à l'angle du bâtiment ; et je passe constamment le détecteur.

Bond se retourna vers Mosolov qui avait attendu patiemment, presque obséquieusement, pendant la courte interruption. Le Russe attendit une seconde de plus avant de parler.

— Vous trouvez cela étrange ? La CIA, le Mossad, mon organisation, la vôtre, travaillant la main dans la main ?

— Un peu surprenant, au début.

Bond sembla se décontracter. Le moment dont lui avait parlé M était arrivé. Mosolov cacherait probablement quelque chose. Et, s'il en était ainsi, Bond devrait être très prudent.

— Au début, j'ai trouvé cela étrange ; mais, réflexion faite, nous sommes tous là pour défendre la même cause. Nos points de vue peuvent différer, mais cela ne nous empêche pas de travailler ensemble pour le bien commun.

— Exact, dit sèchement Mosolov. Donc, je vous livre l'essentiel de mes renseignements.

Il fit une pause, regarda autour de lui, imitant de façon convaincante le type du professeur myope et distrait.

— Rivke, Brad. Je vous demanderai de bien vouloir apporter toutes les précisions que vous jugerez utiles.

Rivke acquiesça d'un signe de tête, et Tirpitz fit entendre un rire désagréable.

— Bien.

Il y eut une nouvelle métamorphose : le professeur apathique se transforma en administrateur perspicace, résolu, maître de la situation. Cet homme fait plaisir à voir, pensa Bond.

— Bien. N'y allons pas par quatre chemins. L'affaire, comme vous devez le savoir, monsieur Bond, concerne l'Armée d'action national-socialiste, organisation terroriste extrêmement habile, ennemie jurée de mon pays, et qui menace également les vôtres. Des fascistes de la pire espèce.

Tirpitz fit une fois de plus résonner son rire désagréable.
— Des fascistes sentant le moisi.

Mosolov fit semblant de ne pas l'entendre. C'était l'unique façon de contrer les astuces de Brad Tirpitz.

— Les différents gouvernements qui, un peu partout dans le monde, ont été les victimes des agressions de l'AANS ont publiquement déclaré qu'ils ne disposaient d'aucun indice.

Il regarda autour de lui, hésitant une seconde devant chacun d'entre eux, captant leur regard pour être sûr d'être suivi.

— Mais, il s'est *trouvé* des indices, cependant. Les militants de l'AANS sont des néo-nazis. Cela est indiscutable. Nos gouvernements ont mis tous leurs renseignements en commun : ces hommes sont recrutés en Grande-Bretagne, en Suède, en Allemagne et dans les Républiques sud-américaines qui ont aidé et abrité une partie du rebut le plus détestable du Troisième Reich à la fin de la grande guerre patriotique, de la Seconde Guerre mondiale.

Bond sourit intérieurement. Mosolov s'était volontairement servi de l'expression russe pour désigner la Seconde Guerre mondiale, il n'avait pas commis de lapsus.

— Je ne suis pas un fanatique. (Kolya baissa la voix.) Je ne suis pas non plus obsédé par l'AANS. Cependant, tout comme vos gouvernements respectifs, je crois que cette organisation est étendue et qu'elle grandit de jour en jour. Elle représente une menace...

— A qui le dites-vous ?

Brad Tirpitz sortit un paquet de Camel, en tapota l'extrémité contre son pouce, prit une cigarette et l'approcha de la flamme d'une allumette arrachée à une pochette.

— Simplifions les choses, Kolya. L'Armée d'action national-socialiste a fichu la trouille aux Soviétiques.

— Elle représente une *menace*, répéta Kolya, pour le monde entier. Pas seulement pour la Russie soviétique et les pays du bloc de l'Est

— Vous êtes la principale cible, grogna Tirpitz.

— Et nous ne nous laisserons pas faire, Brad, vous le savez. C'est pourquoi mon gouvernement a pris contact avec le vôtre et avec la Knesset de Rivke ; et avec le gouvernement de M. Bond.

Il se retourna vers Bond.

— Vous le savez peut-être ; toutes les armes dont se sert l'AANS pour ses coups de main sont de fabrication soviétique. Le Comité central n'en a été averti qu'après le cinquième incident. Les autres gouvernements et agences nous soupçonnaient de fournir des armes à une organisation, probablement au Moyen-Orient, qui les revendait à quelqu'un d'autre. Cela n'était pas le cas. Les renseignements obtenus ont résolu un de nos problèmes.

— Quelqu'un a été pris la main dans le sac, remarqua Tirpitz.

— C'est juste, dit Kolya d'un ton sec. Au printemps dernier, au cours d'une inspection imprévue — il n'y en avait pas eu depuis deux ans —, un officier supérieur de l'Armée Rouge a constaté une importante erreur dans l'inventaire : du matériel de guerre avait disparu sans qu'on puisse expliquer comment.

Il se leva, traversa la pièce, prit dans sa serviette une grande carte qu'il déplia sur la moquette devant James Bond.

— Ici. (Du doigt il montra le papier.) Ici, près d'Alakurtti, nous avons un gros dépôt d'artillerie.

Alakurtti est situé à une soixantaine de kilomètres à l'est de la frontière finlandaise, à l'intérieur du Cercle polaire, à plus de deux cents kilomètres au nord-est de Rovaniemi où Bond avait établi sa base avant de monter vers le nord au cours de sa récente expédition. Un pays morne et désertique couvert de neige et de glace en cette période de l'année, avec quelques rares sapins.

Kolya poursuivit.

— Au cours de l'hiver dernier, ce dépôt a été pillé. Nous avons pu identifier, d'après leurs numéros de série, les armes abandonnées par les commandos de l'AANS. Elles proviennent toutes d'Alakurtti.

Bond demanda ce qui manquait.

Le visage de Kolya se figea lorsqu'il énuméra à toute vitesse une liste approximative :

— Des Kalashnikovs ; des RPK ; des AKM ; des pistolets Makarov et Stechkin ; des grenades RDG-5 et RG-42 en grande quantité, et d'autres munitions...

— Rien de plus lourd ?

Bond posa la question sur un ton anodin.

Mosolov secoua la tête.

Raté, pensa Bond. Renseigné par M, qui disposait de ses propres informateurs, il savait déjà que Kolya Mosolov avait omis les armes les plus importantes : une grande quantité de lanceurs antichars RPG avec roquettes, dotées de différents types de tête : conventionnelles, chimiques et nucléaires tactiques, de quoi détruire une petite ville et tout dévaster dans un rayon de quatre-vingts kilomètres à partir du point d'impact.

— Ce matériel a disparu au cours de l'hiver, alors que la base dite du Lièvre bleu n'était gardée que par une garnison réduite.

Le colonel qui a découvert le vol a fait preuve de bon sens. Il n'en a parlé à personne, mais a envoyé directement un rapport au GRU.

Bond inclina la tête. Il avait compris : le *Glavnoye Razvedyvatelnoye Upravleniye*, les services de Renseignement militaires soviétiques, organisme lié au KGB, devait tout naturellement en être informé.

— Le GRU y dépêcha un couple de *moines*. C'est ainsi que nous appelons les agents secrets qui travaillent dans les bureaux du gouvernement ou dans les unités de l'armée.

— Et ils ont été fidèles à leur ordre ? demanda Bond sans esquisser le moindre sourire.

— Bien plus. Ils ont réussi à identifier les meneurs, un groupe de sous-officiers cupides.

— Donc, dit Bond, vous savez comment le matériel a disparu.

Kolya sourit.

— Oui, et même le chemin qu'il a emprunté. Nous sommes presque sûrs qu'au cours de l'hiver dernier le matériel a été transporté au-delà de la frontière finlandaise. C'est une frontière difficile à surveiller. Nous avons beau miner certains secteurs et abattre les arbres sur des kilomètres, les contrebandiers la franchissent tous les jours. Nous pensons que le matériel est passé par là.

— Vous n'en connaissez donc pas précisément la première destination ?

C'était la seconde fois que Bond mettait Kolya à l'épreuve. Mosolov hésita.

— Nous n'en sommes pas certains. Nos satellites essaient de localiser un endroit susceptible de servir d'entrepôt, et nos gens sont à l'affût du suspect n° 1. Mais les faits restent vagues.

James Bond se retourna vers les autres.

— Et la chose est aussi vague pour vous deux ?

— Nous ne savons que ce que Kolya nous a appris, dit calmement Rivke. L'opération repose sur la confiance amicale.

— Langley m'a indiqué un nom que personne n'a encore prononcé, c'est tout.

Il était clair que Brad Tirpitz n'en dirait pas plus, de sorte que Bond demanda à Mosolov s'il savait quelque chose.

Il y eut un long silence. Bond attendit que quelqu'un prononce le nom que M lui avait indiqué au cours de leur dernière soirée, dans le bureau du huitième étage du bâtiment qui donnait sur Regent's Park.

— La chose est si peu certaine.

Mosolov refusait d'être plus loquace.
Bond allait reprendre la parole, mais Kolya ajouta :
— La semaine prochaine. La semaine prochaine, à cette heure-ci, il se peut que nous possédions la clé de l'énigme. Les moines du GRU nous ont appris qu'un autre chargement devait être volé. C'est pourquoi nous avons si peu de temps. Notre équipe a pour mission d'obtenir des preuves du vol, puis de surveiller l'itinéraire qu'emprunteront les armes jusqu'à leur destination finale. Il est clair que cette livraison doit servir à une nouvelle campagne de l'AANS.
— Et vous pensez que l'homme qui la réceptionnera est le comte Konrad von Glöda ?
Bond fit un large sourire.
Kolya Mosolov ne manifesta aucun signe d'émotion ou de surprise.
Brad Tirpitz fit entendre un gloussement.
— Donc, Londres possède les mêmes renseignements que Langley.
— Qui est von Glöda ? demanda Rivke sans essayer de cacher sa stupéfaction. Personne ne m'a parlé d'un comte von Glöda.
Bond retira l'étui à cigarettes en bronze de la poche intérieure de son veston, plaça une longue H. Simmons blanche entre ses lèvres, l'alluma, aspira la fumée.
— Nos services et, semble-t-il, la CIA possèdent des renseignements selon lesquels un certain comte Konrad von Glöda serait l'agent principal de l'AANS en Finlande. Pas vrai, Kolya ?
Le regard de Mosolov sembla se voiler légèrement.
— C'est un nom codé. Un cryptonyme, tout simplement. Il était trop tôt pour vous fournir ce renseignement.
— Pourquoi pas ? Vous nous cachez quelque chose d'autre, Kolya ?
Cette fois-ci, Bond ne souriait plus.
— Non, mais j'aimerais vous mener, la semaine prochaine, jusqu'au refuge de von Glöda, en Finlande, lorsque nous commencerons notre mission de surveillance de Lièvre bleu, monsieur Bond. J'avais espéré que vous m'accompagneriez en Russie pour que vous puissiez tout vérifier par vous-même.
James Bond n'en croyait pas ses oreilles. Un membre du KGB l'invitait à pénétrer dans le filet sous prétexte de pouvoir témoigner du vol d'une grande quantité d'armes. Et il lui était actuellement impossible de savoir si l'invitation de Kolya

Mosolov faisait sincèrement partie de l'opération Brise-Glace ou si Brise-Glace n'était qu'un subterfuge soigneusement élaboré pour retenir Bond en territoire soviétique.

C'est cette dernière possibilité qu'avait redoutée M, et contre laquelle il avait mis Bond en garde avant le départ de 007 pour Madère.

6

ARGENT CONTRE JAUNE

Les quatre membres de l'équipe Brise-Glace étaient convenus de dîner ensemble, mais Bond avait d'autres projets. Les mises en garde de M concernant la possibilité d'un double jeu dangereux au sein du groupe ne s'étaient révélées que trop justifiées lors de la brève entrevue dans la chambre de Kolya.

Sans l'allusion voilée de Brad Tirpitz, le comte Konrad von Glöda n'aurait pas été nommé ; et, selon M, toute enquête conjointe de sécurité devrait, à un moment ou à un autre, s'intéresser à ce mystérieux personnage. Kolya avait également négligé de fournir des détails sur le matériel lourd qui avait été dérobé au dépôt d'artillerie de Lièvre bleu.

Si Brad Tirpitz était aussi bien renseigné que Bond, Rivke semblait plus ignorante. Tout ce qui avait été projeté du côté russe, y compris cette surveillance dans l'hypothèse d'un second vol d'armes, ne présageait rien de bon.

En dépit du fait qu'ils devaient se revoir au dîner, Kolya avait insisté pour que les quatre membres de Brise-Glace quittent l'île dans les vingt-quatre heures pour se rendre dans la zone d'opération en Finlande. Tout le monde avait accepté un rendez-vous.

Bond savait qu'il lui faudrait régler certaines questions avant de rejoindre les autres dans le rude climat de l'Arctique. Plusieurs avions partaient de Madère le dimanche matin. Au cours du dîner, Kolya ne manquerait pas de suggérer qu'il valait mieux prendre chacun un vol distinct. Bond n'avait aucunement l'intention d'attendre les instructions de Mosolov.

En quittant la chambre il s'excusa auprès de Rivke, qui l'avait invité à prendre un verre en bas, et regagna sa propre chambre. Quinze minutes plus tard, il était dans un taxi roulant en direction de l'aéroport de Funchal.

Il y eut une longue attente. C'était un samedi, et il venait de manquer le vol de quinze heures. Il ne put quitter l'île qu'avec le dernier vol du soir, à vingt-deux heures, qui, à cette époque de l'année, n'avait lieu que les mercredi, vendredi et samedi.

Pendant le vol, Bond réfléchit à ce qu'il convenait de faire. Ses collègues commenceraient certainement à arriver à Lisbonne avec le premier avion du dimanche. Bond serait déjà loin. Il préférait partir pour Helsinki avant l'arrivée des autres sur le continent.

La chance ne l'abandonna pas. Il n'y avait normalement plus de vol au départ de Lisbonne après l'arrivée du dernier avion de Funchal. Mais le vol KLM pour Amsterdam, qui aurait dû partir l'après-midi, avait un retard considérable à cause du mauvais temps sur la Hollande, et il restait une place à bord.

Bond arriva finalement à l'aéroport de Schiphol, Amsterdam, à quatre heures du matin. Un taxi le conduisit au Hilton International d'où, même à cette heure matinale, il put réserver une place sur le vol Finnair 846, en partance pour Helsinki à 17 h 30.

Dans sa chambre, Bond inspecta rapidement son sac de voyage et la serviette spécialement confectionnée, avec ses poches secrètes pour les deux couteaux de commando Sykes Fairbairn et le pistolet automatique ; ceux-ci étaient protégés par un écran, de manière à ne pas être détectés par les appareils des aéroports ou au cours des inspections de sécurité. L'adjoint de l'armurier du Service Q, Ann Reilly (surnommée Mademoiselle Astuce), avait porté le système à un tel degré de perfection qu'elle hésitait à en fournir les détails techniques aux membres de son propre service.

A la suite d'une longue discussion, au cours de laquelle Bond avait dû se montrer très persuasif, l'armurier avait accepté qu'il utilise l'automatique 9mm, P7 de Heckler & Koch, de préférence au VP 70, trop encombrant. L'arme était plus légère et ressemblait au vieux Walther PPK qu'il affectionnait, mais qui était désormais interdit par les services secrets.

Avant de prendre une douche et de se coucher, Bond télégraphia à Erik Carlson à Rovaniemi des instructions concernant la Saab ; puis il demanda qu'on le réveille et qu'on lui serve le petit déjeuner à onze heures et quart.

Son sommeil fut paisible, bien qu'il ne cessât de penser à Mosolov, à Tirpitz et à Ingber — surtout à Mosolov. Il se réveilla dispos, mais encore préoccupé.

Après avoir achevé son petit déjeuner, composé d'œufs brouillés au bacon, de pain grillé, de confiture d'oranges et de café, il appela, à Londres, un numéro où il savait qu'il pourrait joindre M un dimanche matin.

Il s'ensuivit une conversation à mots couverts comme Bond et son chef en avaient souvent eu lorsque, au cours d'une mission, ils ne pouvaient communiquer autrement que par le téléphone.

Bond rendit compte de la situation dans ses grandes lignes :

— J'ai parlé aux trois clients, chef. Ils sont intéressés, mais je ne suis pas absolument certain qu'ils passeront commande.

— Vous ont-ils tout dit de leurs intentions ?

La voix de M faisait exceptionnellement jeune au téléphone.

— Non. Monsieur Est a été particulièrement réticent en ce qui concerne l'Affaire principale dont nous avons parlé. Je dois dire que Virginie semblait connaître la plupart des détails, alors qu'Abraham donnait l'impression d'être complètement perdu.

— Ah ! M attendit.

— Monsieur Est tient beaucoup à ce que j'aille voir le lieu d'origine de la dernière livraison. Il me dit qu'une autre doit partir incessamment.

— C'est fort possible.

— Mais je dois vous dire qu'il ne m'a *pas* donné tous les détails sur le dernier envoi.

— Je vous avais prévenu qu'il pourrait cacher quelque chose.

La voix trahissait le sourire satisfait qu'affichait M à l'idée d'avoir eu raison.

— En tout cas, je retourne dans le Nord en fin d'après-midi.

— Vous avez des chiffres à m'indiquer ? demanda M, donnant ainsi l'occasion à Bond de lui préciser les coordonnées géographiques du lieu de rencontre qui avait été fixé.

Celui-ci avait déjà calculé les points de repère, de sorte qu'il débita les chiffres à toute vitesse, les répétant pour permettre à M de noter les nombres qui étaient embrouillés à dessein, chaque paire étant inversée.

— J'y suis, dit M. Vous prenez l'avion ?

— L'avion et la voiture. J'ai fait le nécessaire pour que la voiture soit prête.

Bond hésita :

— J'ai encore une question, chef.

— Oui ?

— Vous vous rappelez la dame ? celle qui nous avait causé quelques soucis, avec un visage en lame de couteau ?

— Oui.

— Eh bien, son amie. Celle qui a un père bizarre.

Bond faisait allusion à Anni Tudeer. M poussa un grognement affirmatif.

60

— J'ai besoin d'une photo pour l'identifier. Cela pourrait être utile.

— Je ne sais pas. Cela pourrait aussi entraîner des difficultés. Pour vous comme pour nous.

— Je vous en serais vraiment reconnaissant, chef. Je crois que c'est capital.

— Je vais voir ce que je peux faire.

M ne semblait pas convaincu.

— Envoyez-la-moi, si possible. S'il vous plaît, chef.

— Eh bien...

— Si possible. Je vous tiendrai au courant.

Bond raccrocha brusquement. Une fois de plus il avait surpris chez M une certaine réticence, qu'il ne lui avait jamais connue par le passé. Cela s'était manifesté une première fois lorsque Rivke Ingber avait été mentionnée au cours du briefing à Londres. Et voilà que cela revenait à propos d'Anni Tudeer qui, pour Bond, n'était qu'un nom cité par Paula Vacker.

Le DC9-50 de Finnair vol 846 d'Amsterdam à Helsinki s'apprêtait à atterrir à 21 h 45. Contemplant au-dessous de lui les lumières rendues diffuses par le froid et la neige, Bond se demanda si les trois autres avaient déjà regagné la Finlande. Depuis sa dernière visite, il avait encore neigé, et l'avion atterrit sur une piste déblayée qui, en fait, n'était qu'une tranchée ouverte au travers des congères plus hautes que le DC9.

Dès l'instant où Bond posa le pied dans le hall d'arrivée, ses sens se mirent aux aguets. Il épiait le moindre signe qui aurait pu trahir la présence de ses trois partenaires, mais il s'assurait également qu'il n'était pas suivi. Il avait d'excellentes raisons de se souvenir de sa dernière rencontre avec les deux tueurs dans cette belle ville.

Bond prit un taxi pour l'hôtel Hesperia. C'était là un choix délibéré. Il tenait à se rendre seul au lieu du rendez-vous, car il était probable que Mosolov, Tirpitz et Rivke Ingber étaient en route, chacun de son côté. Peut-être même étaient-ils déjà arrivés dans la capitale finlandaise. Or, si un membre de l'équipe recherchait Bond, il y avait gros à parier que ce serait l'Intercontinental qu'il surveillerait.

Absorbé dans ses pensées, Bond fit cependant très attention à ses gestes. En payant le taxi, il regarda autour de lui et, malgré le froid glacial, il s'arrêta un instant devant l'entrée principale de l'hôtel. En pénétrant dans le hall, il s'assura qu'il n'y avait aucun danger.

Bond demanda à la réceptionniste si elle avait des nouvelles de sa Saab Turbo.

— Je crois, en effet, qu'on nous a laissé une voiture, une Saab 900 Turbo. Argent. Au nom de Bond. James Bond.

Derrière le long comptoir la jeune fille fronça les sourcils d'un air irrité, comme pour montrer qu'elle avait autre chose à faire que de s'occuper de voitures livrées à l'hôtel pour des clients étrangers.

Bond prit une chambre et paya d'avance pour une nuit, mais il n'avait nullement l'intention de la passer à Helsinki puisque sa voiture était là. A cette époque de l'année, il fallait compter vingt-quatre heures pour aller de Rovaniemi à Helsinki, si toutefois on ne rencontrait pas de tempêtes de neige ou de routes bloquées. Grâce à son adresse et à son expérience de pilote de rallye, Erik Carlson aurait parcouru ce trajet sans trop de difficultés.

Et, il l'avait déjà prouvé, dans un temps record. Bond, qui s'attendait à devoir patienter, vit la réceptionniste agiter le trousseau de clés de sa voiture.

Dans sa chambre, Bond fit un somme d'une heure, puis se prépara à la tâche qui l'attendait. Il mit les vêtements qu'exigeait l'Arctique : un survêtement de sport par-dessus des sous-vêtements Damart, un pantalon de ski molletonné, des bottes Mukluk, un épais chandail à col roulé et l'anorak rembourré fabriqué par Tol-ma Oy en Finlande pour Saab. Avant d'endosser l'anorak, il serra la sangle de l'étui spécialement conçu par le service Q pour le P7 Heckler & Koch. Cet étui pouvait s'ajuster en différentes parties du corps, de la hanche à l'épaule. Cette fois-ci, Bond tira les sangles de façon à ce que l'étui fût logé horizontalement en travers de la poitrine.

Il vérifia le P7, le chargea et glissa dans les poches de son anorak plusieurs chargeurs supplémentaires, de dix balles chacun.

La serviette renfermait tout ce dont il pourrait avoir besoin en dehors des vêtements qui étaient dans le sac de voyage ; les autres armes, des outils, des fusées éclairantes et divers dispositifs pyrotechniques se trouvaient dans la voiture.

Tout en s'habillant Bond composa le numéro de Paula Vacker. Il laissa sonner le téléphone vingt-quatre fois, puis il essaya le numéro de son bureau, sachant bien qu'il n'y aurait personne, surtout pas un dimanche soir et à une heure aussi tardive.

Jurant entre ses dents, il finit de s'habiller : il mit un capuchon

Damart qu'il doubla d'un confortable bonnet de laine, tandis qu'il se protégeait les mains avec des gants thermogènes. Il s'enroula encore une écharpe en laine autour du cou et glissa une paire de lunettes dans ses poches, sachant que, s'il fallait quitter la voiture par des températures nettement en dessous de zéro, il était indispensable de se protéger toutes les parties du visage et les mains.

Enfin, Bond appela la réception pour dire qu'il quittait l'hôtel et se rendit au parking où la Turbo 900 argentée reluisait sous la lumière des lampes.

Il plaça la grosse valise dans le coffre à hayon où il vérifia si tout était disposé selon ses instructions : la bêche ; deux caisses de rations de campagne ; des fusées éclairantes supplémentaires ; et un grand lance-câble Pains-Wessex capable d'envoyer 275 mètres de câble, avec vitesse et précision, sur une distance de 230 mètres.

Bond avait déjà ouvert la portière avant de la voiture afin de couper le système d'alarme. Il inspecta le reste de l'équipement : les boîtiers secrets qui contenaient des cartes, d'autres fusées éclairantes, et le gros revolver Magnum 0,44 Ruger Super Redhawk qui constituait maintenant son arme d'appoint, et pouvait arrêter un homme dans sa course et même une voiture, si on savait l'utiliser.

Une fois encore il pressa l'un des boutons à l'aspect anodin qui se trouvaient sur le tableau de bord, et un tiroir s'ouvrit révélant une demi-douzaine de ces grenades ovoïdes dites « d'exercice », mais qui étaient en fait des grenades paralysantes utilisées par les SSA. A l'arrière de cette « boîte à œufs » se trouvaient quatre grenades à main beaucoup plus meurtrières, des L2A2 qui, dérivées des M26 américaines, font partie de l'équipement standard de l'armée britannique.

Ouvrant la boîte à gants, Bond constata que la boussole était à sa place, accompagnée d'un petit mot d'Erik : *Bonne chance*, et plus bas : *Rappelle-toi ce que je t'ai appris à propos du pied gauche ! Erik.*

Bond sourit en se rappelant les heures qu'il avait passées en compagnie de Carlson à assimiler la technique du freinage du pied gauche qui permet de faire des dérapages contrôlés sur la glace.

Enfin, il contourna la Saab pour s'assurer que tous les pneus étaient correctement cloutés. Jusqu'à Salla il y avait quelque mille kilomètres, distance assez facile à couvrir par beau temps, mais qui représentait une véritable épreuve en hiver.

Procédant à la vérification de manettes de commande comme un pilote avant le décollage, Bond alluma le cadran du tableau de bord, dont la conception s'inspirait de celui de l'avion de combat Saab Viggen. Le cadran s'illumina, réfléchissant les repères numériques concernant vitese et carburant, de même que les lignes convergentes graduées qui devaient aider le conducteur à maintenir la voiture sur la chaussée. C'étaient de minuscules détecteurs radar qui indiquaient les congères et les tas de neige amoncelés à droite et à gauche, évitant ainsi au conducteur de dévier de sa route.

Avant de partir pour Salla, il lui restait à faire une visite d'ordre personnel. Il démarra, passa la marche arrière, puis monta la rampe qui débouche sur la rue principale, et descendit la Mannerheimintie en direction du parc de l'Esplanade.

Les statues de neige décoraient encore le parc ; le couple était toujours enlacé, et, en verrouillant la portière, Bond eut l'impression d'entendre, au loin, de l'autre côté de la ville, comme le cri de douleur d'un animal.

La porte de Paula était fermée, mais il y avait quelque chose d'étrange. Bond s'en rendit immédiatement compte : il possédait ce sixième sens, fruit d'une longue expérience. Il ouvrit aussitôt deux boutons de son anorak, pour être prêt à saisir le Heckler & Koch. Du bout de sa botte droite il poussa le bas de la porte.

L'automatique se trouva comme par réflexe dans la main de Bond dès qu'il eut constaté que la serrure et la chaîne de sûreté avaient été arrachées. Un coup d'œil rapide révéla qu'on n'était certainement pas entré de façon civilisée, mais en employant la force brutale. Faisant un pas de côté, il se tint immobile, écoutant, retenant son souffle.

Aucun bruit ne lui parvenait, ni de l'intérieur de l'appartement, ni du reste de l'immeuble.

Bond avança lentement. Le séjour avait été saccagé : le mobilier et les bibelots brisés et répandus sur le sol. Avançant toujours avec précaution, le P7 au poing, il se dirigea vers la chambre à coucher. On y avait ouvert tiroirs et placard et éparpillé les vêtements ; le couvre-lit avait même été éventré au couteau ! Toutes les pièces de l'appartement avaient été dévastées mais nulle trace de Paula.

Tout poussait Bond à partir : à laisser les choses telles quelles, peut-être à téléphoner à la police une fois qu'il serait loin d'Helsinki. Il pouvait s'agir d'un simple cambriolage ; ou d'un enlèvement déguisé en cambriolage. Il existait, cependant, une troisième explication, plus satisfaisante : paradoxalement, il y avait un chaos ordonné, les signes d'une fouille obstinée. On avait recherché un objet précis.

Rapidement, Bond inspecta une nouvelle fois les pièces. A présent, il possédait deux indices ; trois en tenant compte des lumières qui étaient toutes allumées à son arrivée.

Sur la coiffeuse, où l'on avait raflé les articles de maquillage, se trouvait un objet. Bond le ramassa avec précaution, le retourna, le soupesa. Un souvenir précieux de la Seconde Guerre mondiale ? Non, il s'agissait de quelque chose de plus personnel, de plus significatif : une croix de chevalier allemand, attachée au ruban distinctif : noir, blanc et rouge, avec un fermoir à feuilles de chêne et épées. Une haute distinction en effet. Il y avait une inscription gravée au revers : SS — Oberführer Aarne Tudeer. 1944.

Bond glissa la médaille dans une des poches de son anorak. En se retournant, il perçut un tintement, comme s'il avait heurté du pied un objet métallique. Il scruta la moquette et vit quelque chose briller près du pied chromé d'une table de nuit. Une autre décoration ? Non, cette fois-ci c'était un écusson, allemand lui aussi : en bronze foncé, surmonté d'une aigle, estampé d'une carte grossière du Grand Nord finlandais en russe. En haut, un mot : Laponie. L'écusson de la Wehrmacht pour services dans le Grand Nord, également avec une inscription au revers, et une date : *1943*.

Bond le mit dans sa poche avec la croix de chevalier et se dirigea vers la porte d'entrée. Il ne trouva nulle part de traces de sang, et ne put que souhaiter que Paula fût tout simplement partie en voyage d'affaires ou d'agrément.

De retour dans la Saab, il augmenta le chauffage, quitta le parc de l'Esplanade, et remonta la Mannerheimintie pour se diriger vers la Nationale 5 où commençait son long voyage vers le nord, qui lui ferait longer Lahti, Mikkeli, Varkans, pour arriver en Laponie, au Cercle arctique, à Kuusamo et, juste avant Salla, à l'hôtel Revontuli, lieu du rendez-vous fixé avec les trois autres membres de Brise-Glace.

Il faisait un froid glacial lorsqu'il quitta l'appartement de Paula. On sentait qu'il y avait de la neige dans l'air et on voyait presque le givre se déposer sur les bâtiments d'Helsinki.

Après avoir laissé la ville derrière lui, Bond se concentra sur la conduite, poussant la voiture au maximum dans la mesure où la route et la visibilité le lui permettaient. Les principales artères de Finlande sont en excellent état, même quand on arrive dans le

Nord où, au cœur de l'hiver, des chasse-neige déblaient les routes nationales, encore que celles-ci soient verglacées la plus grande partie de l'année.

Il n'y avait pas de lune, et, pendant les huit à neuf heures qui suivirent, Bond ne fut conscient que de la blancheur éblouissante que reflétait la neige dans le faisceau de ses phares et qui s'assombrissait soudain à l'approche de grandes forêts de sapins.

Il était sûr d'une chose : les autres voyageaient en avion ; mais Bond tenait à sa liberté de mouvements, même s'il était obligé d'y renoncer à Salla. S'il devait traverser la frontière en compagnie de Kolya, il leur faudrait se déplacer avec prudence à travers le désert hivernal de l'arctique, au milieu des forêts, lacs, collines et vallées. Plus il progressait vers le nord, plus les villages se faisaient rares ; et, à cette époque de l'année, le jour véritable ne durait que quelques heures. Le reste du temps, c'était soit le crépuscule, un crépuscule qui semblait permanent, soit l'obscurité totale.

Il s'arrêta deux fois pour faire le plein et prendre une rapide collation. Vers quatre heures de l'après-midi, alors qu'il aurait aussi bien pu être minuit, la Saab se trouvait à une quarantaine de kilomètres de Suomussalmi, une ville proche de la frontière russo-finlandaise et du Cercle polaire. Il lui restait du chemin à parcourir, mais jusqu'à présent, les conditions atmosphériques n'avaient pas été trop mauvaises.

A deux reprises la Saab avait pénétré dans des tourbillons d'une neige épaisse et aveuglante soulevés par des vents violents. Mais, chaque fois, Bond avait continué, battant le blizzard de vitesse, espérant qu'il ne s'agissait que de perturbations isolées. Elles l'étaient en effet ; mais le temps était si étrange que Bond avait également eu affaire à des hausses de température soudaines suivies d'une brume qui le ralentissait encore plus que la neige.

Par moments la Saab roulait des kilomètres durant sur une route uniforme et couverte de glace, traversait de petites agglomérations où la vie suivait son cours : les lumières éclairant les magasins, des formes emmitouflées déambulant sur les trottoirs, des femmes tirant de minuscules traîneaux en plastique chargés de victuailles achetées dans de petits supermarchés. Puis, une fois sorti de la ville ou du village, il retrouvait un paysage immuable : neige et arbres jusqu'à l'horizon. Il croisait quelquefois un poids lourd, une voiture retournant à la ville, ou d'énormes camions transportant des agrumes qui roulaient lentement dans les deux sens.

La fatigue le gagna peu à peu. Il s'arrêtait parfois sur le bas-côté, laissait le froid âpre s'engouffrer pendant quelques instants dans la voiture, puis s'accordait un bref repos. Il lui arrivait aussi de sucer une pastille de glucose, tout en appréciant le confort des sièges de la Saab.

Après dix-sept heures de route, Bond était à une trentaine de kilomètres de l'endroit où il devrait quitter la Nationale 5 et prendre une route qui le mènerait vers l'est, sur la voie directe qui allait de Rovaniemi à la zone frontalière de Salla. La bifurcation elle-même était à 150 kilomètres à l'est de Rovaniemi, et à plus de 40 kilomètres à l'ouest de Salla.

Les phares de sa voiture éclairaient un paysage inchangé : la neige, d'une blancheur uniforme, s'étendant jusqu'à l'infini ; de vastes forêts couvertes de glace et qui, aux endroits épargnés par le déferlement de la neige, reprenaient leurs couleurs : brun et vert mat, comme une toile de camouflage. Parfois il distinguait une clairière et la silhouette enneigée d'un *kota*, ce wigwam lapon fait de poteaux et de peaux, pareil à celui de certaines tribus indiennes d'Amérique du Nord. Parfois encore, il entrevoyait les restes d'une cabane en rondins effondrée sous le poids de la neige.

Bond se détendit, mais resta à l'affût de tout changement soudain dans la direction, alors qu'il lançait la Saab avec assurance sur la route verglacée. Il était déjà persuadé qu'il allait réussir à atteindre l'hôtel sans avoir eu recours à l'avion. Il pensait même arriver le premier au rendez-vous, ce qui constituait une prouesse supplémentaire.

Il roulait à présent sur un tronçon de route désert, sans rien devant lui, sinon la bifurcation qui l'attendait à une dizaine de kilomètres, et pratiquement rien entre celle-ci et Salla, excepté de rares camps lapons ou des cabanes d'été en rondins maintenant abandonnées.

Il ralentit pour amorcer un long virage, mais, une fois dans la courbe, il vit un nouveau tournant sur sa droite et des phares dirigés vers lui.

Bond mit ses phares en code, avant de rouler de nouveau pleins phares pendant une seconde, afin de voir ce qui se trouvait devant lui. Dans la lumière éblouissante il aperçut un gigantesque chasse-neige qui approchait, tous phares allumés, et dont l'avant était semblable à la proue d'un navire de guerre.

Ce n'était pas un chasse-neige moderne, mais un véritable mastodonte. En découvrant cet engin, Bond craignit le pire. Les chasse-neige que l'on utilisait généralement dans cette région du globe étaient constitués d'un grand châssis surélevé, coiffé d'une cabine en verre épais qui offrait le maximum de visibilité. Le châssis était monté sur de larges chenilles pareilles à celles d'un char d'assaut, tandis qu'une série de pistons hydrauliques pouvaient modifier l'angle et la hauteur de la lame en un rien de temps.

Cette lame formait une étrave d'acier tranchant, en V, de quelque quinze pieds de haut, incurvée à partir de l'arête de façon à rejeter neige et glace des deux côtés.

Malgré leur aspect imposant, ces engins pouvaient avancer, reculer et virer avec l'aisance d'un lourd blindé. De plus, ils étaient conçus pour opérer dans les pires conditions atmosphériques.

Les Finlandais avaient depuis longtemps résolu les problèmes posés par la glace et la neige qui encombraient leurs grandes routes nationales, et ces géants étaient souvent suivis par d'autres engins qui repoussaient le reste de neige et de glace sur les bas-côtés.

Bon dieu, pensa Bond, qui dit chasse-neige dit chute de neige abondante. Après avoir battu deux tempêtes de vitesse, se faire coincer par une troisième ! Il jouait vraiment de malchance.

Tout en rétrogradant, il jeta un coup d'œil dans le rétroviseur. Derrière lui apparut un second chasse-neige qui avait dû déboucher de la route qu'il venait de croiser.

Il leva le pied de l'accélérateur, puis le reposa en exerçant une légère pression. Il voulut se ranger autant que possible sur le bas-côté et céder le passage au mastodonte.

En serrant sur la droite, il comprit que le chasse-neige qui venait à sa rencontre restait au beau milieu de la route. Il jeta de nouveau un coup d'œil dans le rétroviseur et vit que le chasse-neige qui le suivait en faisait autant. A la pensée du danger qui le menaçait, Bond sentit des picotements dans la nuque. Il franchit un carrefour ; à sa droite, la route latérale était relativement dégagée. Ces chasse-neige, par conséquent, n'étaient pas là pour faire leur besogne habituelle : ils étaient là dans un dessein autrement sinistre.

Trois secondes seulement s'étaient écoulées depuis que la voiture avait dépassé le carrefour quand, de toutes ses forces, Bond tourna le volant à droite, rabattit brutalement le pied gauche sur la pédale de frein, sentant l'arrière de l'automobile amorcer un dérapage inévitable, puis appuya à fond sur l'accélérateur, faisant exécuter à la Saab un tête-à-queue contrôlé. En un rien de temps, Bond avait changé de direction. Il accéléra doucement, rétablissant l'arrière de la voiture qui continuait à déraper et risquait d'effectuer un nouveau tête-à-queue.

Le chasse-neige qui l'avait suivi était beaucoup plus proche qu'il ne l'avait pensé. Alors qu'il accélérait et se concentrait sur les réactions de sa voiture, la lourde carcasse de métal se rapprocha, menaçante.

Il allait avoir du mal à atteindre le carrefour le premier. Sans avoir le temps de s'en assurer, Bond savait que l'autre chasse-neige avait également augmenté sa vitesse. S'il ne parvenait pas au carrefour à temps, il n'y aurait aucune échappatoire possible. Ou bien il allait heurter la neige entassée au bord de la route et enfoncer l'avant de la Saab si profondément qu'il serait à leur merci, ou bien les deux chasse-neige allaient happer la voiture par l'avant et par l'arrière et la broyer entre leurs lames.

Pendant une seconde sa main lâcha le volant pour appuyer sur deux boutons du tableau de bord. Un léger sifflement se fit entendre alors que le mécanisme hydraulique ouvrait deux tiroirs secrets. Les grenades et le Ruger Super Redhawk étaient maintenant à portée de sa main. Le carrefour était devant lui.

Le chasse-neige qui lui faisait face, jaune et acier dans la lumière des phares, se trouvait à moins de quatre mètres du croisement. Imitant la feinte d'un boxeur, Bond commença de virer à droite. Il vit le chasse-neige se déplacer lourdement à gauche, et accélérer pour tenter de heurter la Saab qui prenait le virage à angle droit.

A la dernière seconde, alors qu'il était déjà dans la courbe, Bond tourna le volant encore plus à droite, rabattit le pied gauche sur le frein et, une fois de plus, accéléra à fond.

La Saab vira comme un avion ; les pieds de Bond se soulevèrent du frein et de l'accélérateur au moment même où le véhicule accomplissait un quart de rotation pour se mettre dans l'axe de la route opposée, celle qu'il aurait prise en tournant à gauche.

Corrigeant la direction et accélérant en douceur, Bond sentit la Saab réagir comme un fauve apprivoisé, même si les roues patinaient légèrement à l'arrière. Il corrigea la direction, dérapa, corrigea encore, puis accéléra. Il se trouva enfin placé correctement, avançant aisément tandis que les formes gigantesques des deux chasse-neige se dressaient sur sa droite et sur sa gauche.

Au moment de dépasser la lame du chasse-neige le plus

menaçant qui, à présent, se trouvait sur sa droite, Bond saisit une grenade, arracha la goupille de la L2A2 avec ses dents tout en entrouvrant la portière du côté du conducteur, et laissa tomber la grenade dans son sillage.

L'air glacial s'engouffra dans la voiture pendant que Bond tentait de refermer la portière. Il sentit la Saab vibrer à l'instant où l'arrière frôlait la lame d'acier du chasse-neige sur sa droite.

Pendant une fraction de seconde il pensa que le contact avec le chasse-neige allait le projeter dans la neige amoncelée des deux côtés de la route secondaire sur laquelle il s'engageait à présent. Mais la voiture se rétablit et il en reprit le contrôle alors qu'il entendait la neige des congères gicler contre les garde-boue. Il y avait juste assez de place pour s'engager entre les hauts talus blancs. Puis, de l'arrière, lui parvint l'explosion sourde de la grenade.

En jetant un coup d'œil rapide dans le rétroviseur, car il osait à peine détourner les yeux de la route et du cadran, il vit une gerbe de flammes rouge foncé sous l'un des hauts chasse-neige jaunes.

Avec un peu de chance la grenade suffirait à immobiliser l'un des mastodontes pendant une dizaine de minutes, tandis que l'autre tenterait de le pousser sur le côté.

Bond se dit que, de toute façon, sur cette route étroite, dangereuse, bordée de hauts talus de neige, il devancerait n'importe quel chasse-neige... à condition que l'engin le poursuive. Car il n'avait pas compté avec la présence d'un autre, droit devant lui, qui semblait avoir surgi du néant et dont les phares aveuglants trouaient l'obscurité. Cette fois-ci il ne voyait plus par où s'échapper.

Derrière lui, avec un peu de chance, un chasse-neige était hors d'usage, mais un autre était prêt à le relayer dès que la voie serait libre. Devant lui, un nouveau monstre jaune approchait en rejetant la neige sur les bas-côtés. Bond pensa qu'il y en avait sans doute un quatrième, embusqué, les phares éteints, sur l'autre route du carrefour.

Comme dans une opération militaire classique, on lui avait tendu une embuscade. Au bon endroit et au bon moment.

Mais il n'eut pas le loisir de se demander quelle logique ou quel motif avait poussé quelqu'un à lui tendre ce piège. Les phares du chasse-neige jaune étaient maintenant braqués sur la Saab, mais, tout ébloui qu'il était, Bond voyait la lame incurvée s'abaisser dans une position où elle raclait simplement la glace, alors que l'avant continuait à séparer les congères avec l'aisance d'un canot à moteur fendant les eaux.

Mobilisant toutes ses facultés, Bond se rabattit sur les bas-côtés et immobilisa la voiture. Rester à l'intérieur serait de la folie. Il fallait envisager la situation comme une attaque militaire. Il était acculé et il ne lui restait qu'une solution : arrêter le chasse-neige qui fondait sur lui.

Pour cela, le Redhawk était l'arme idéale. Bond s'en saisit et fourra également deux L2A2 dans les poches de son anorak. Il ouvrit doucement la portière et, juste avant de se laisser rouler au-dehors, il prit l'une des grenades paralysantes.

Le sol était dur, et le froid mordant enveloppa Bond comme s'il s'était fait asperger d'eau glacée, tandis qu'il roulait sur lui-même vers l'arrière de la voiture, pour s'abriter derrière elle avant de se jeter dans l'épaisse congère sur sa gauche.

La neige était poudreuse. En un instant il s'y trouva enfoncé jusqu'à la taille. D'une ruade il réussit à se mettre à genoux tandis qu'il continuait à s'enfoncer jusqu'aux épaules.

Mais il était à présent dans une position avantageuse. Il n'était plus gêné par les phares éblouissants du chasse-neige et l'énorme projecteur au-dessus de la cabine. A travers ses lunettes Bond put voir deux hommes aux commandes du lourd engin qui se dirigeait sur la Saab.

Cela ne faisait plus l'ombre d'un doute. C'était la mise à mort. Ils s'apprêtaient à couper la Saab en deux. Argent contre jaune, pensa Bond, et il leva le bras droit tandis que le gauche tenait toujours la grenade paralysante, le poignet gauche reposant sous le droit pour assurer sa visée.

Le premier coup de feu éteignit le projecteur ; le second fit éclater le pare-brise de la cabine. Bond avait visé haut pour éviter de tuer. L'énorme engin s'immobilisa.

L'une des portières s'ouvrit et une silhouette descendit de la cabine. A cet instant, Bond baissa le Redhawk, le fit passer dans sa main gauche, l'échangeant contre la grenade paralysante ; il tira de toutes ses forces sur la goupille et lança cet œuf dur et vert en direction du pare-brise éclaté.

La grenade avait dû exploser à l'intérieur de la cabine. Bond perçut comme un grondement de tonnerre, mais détourna les yeux pour ne pas voir l'éclair de la déflagration. Cela ne devait causer aucun mal aux occupants, si ce n'est une rupture possible du tympan et une cécité temporaire certaine.

Maintenant le revolver au-dessus de lui, Bond roula sur lui-même hors de la congère, exécutant des mouvements de nageur dans la neige poudreuse. Une fois sur ses jambes, il s'avança avec précaution vers le chasse-neige.

L'un des deux occupants gisait, inconscient, à côté de l'énorme engin : c'était l'homme qui avait essayé de sauter. L'autre, installé sur le siège du conducteur, se cachait le visage des deux mains et se tordait de douleur.

Bond tourna la poignée, se hissa du côté du conducteur et tira sur la portière. L'instinct de conservation avait dû avertir le conducteur du danger qui le menaçait, car il se recroquevilla.

Bond mit rapidement fin à son supplice. Du canon de son Ruger il lui assena un coup sec sur la nuque, et l'homme s'affala sans protester.

Sans se soucier du froid, Bond le traîna dehors, vers l'avant du chasse-neige où il l'abandonna à côté de son compagnon, puis il retourna dans la cabine.

Le moteur tournait toujours, et Bond eut l'impression d'être installé à un mille au-dessus du terrible système hydraulique et de l'énorme lame. La rangée de leviers était intimidante, mais le moteur continuait à vrombir. Bond voulait ôter le monstre de la route ou, au moins, le conduire au-delà de la Saab de façon à bloquer l'autre chasse-neige.

Finalement, ce fut assez simple. Le mécanisme se composait d'un volant, d'un embrayage et d'une manette pour les gaz. Bond mit environ trois minutes pour contourner la Saab avec le monstre et placer celui-ci en travers de la route. Puis il coupa le moteur, retira la clé de contact et le jeta par-dessus les dunes de neige. Les deux hommes étaient toujours inconscients et souffriraient probablement au réveil d'engelures ou de douleurs aux oreilles. Bond estima qu'ils s'en tiraient à bon compte : n'avaient-ils pas essayé de le débiter en steaks congelés ?

De retour dans la Saab, il mit le chauffage au maximum afin de se sécher. Il replaça le Redhawk, rechargé, et les grenades dans leurs cachettes respectives, poussa les boutons et consulta la carte.

Si le chasse-neige avait fait tout le chemin, celui-ci serait dégagé jusqu'à la route nationale de Salla. Encore deux heures de route et il serait à bon port. Finalement, il mit presque trois heures avant de rejoindre la voie directe, car la route était sinueuse.

A minuit dix, il aperçut enfin la grande enseigne lumineuse de l'hôtel Revontuli. Quelques minutes plus tard il était devant le bâtiment en forme de demi-lune. Derrière l'hôtel, un tremplin à ski, un remonte-pente et une piste vivement éclairés qui grimpaient vers le sommet.

Bond gara la voiture et fut surpris, quelques secondes après avoir coupé le moteur, de constater que le pare-brise et le capot se recouvraient de glace. Il eut du mal à croire qu'il faisait aussi froid à l'extérieur. Il ajusta ses lunettes, s'assura que son écharpe lui couvrait le visage ; puis, ayant retiré la serviette et le sac de voyage de la voiture, il brancha l'alarme avant de faire jouer le système de verrouillage central.

L'hôtel était une construction moderne en bois sculpté et en marbre. Un vaste foyer donnait sur un bar. Des clients bavardaient, riaient et buvaient. Alors que Bond s'approchait de la réception, une voix familière le salua :

— Salut, James, lui lança Tirpitz. Qu'est-ce qui vous a retenu ? Vous avez fait tout le chemin à ski ?

Bond fit oui de la tête, tout en remontant ses lunettes sur le front et dénouant son écharpe.

— J'ai pensé que c'était une nuit idéale pour une promenade à pied, répliqua-t-il avec le plus grand sérieux.

On l'attendait à la réception, de sorte que les formalités d'inscription ne prirent que quelques minutes. Tirpitz était retourné au bar où, comme le remarqua Bond, il buvait seul ; aucun des autres n'était là. Bond avait besoin de sommeil. Il avait été convenu qu'il se rencontreraient chaque jour au petit déjeuner jusqu'au moment où tout le monde serait là.

Un porteur prit sa serviette, et Bond allait se diriger vers les ascenseurs lorsque la réceptionniste lui dit qu'un pli express l'attendait. C'était une enveloppe de papier bulle renforcée d'un carton rigide.

Le porteur ayant quitté la chambre, Bond verrouilla la porte et ouvrit l'enveloppe. A l'intérieur se trouvait une petite feuille de papier uni et une photo.

M avait écrit de sa propre main : *Voici la seule photo que nous ayons de la personne. Veuillez la détruire.* Bond allait enfin savoir de quoi Anni Tudeer avait l'air.

Il se laissa tomber sur le lit et tendit la photo à bout de bras.

Il fut pris d'un haut-le-cœur, puis ses muscles se raidirent.

Le visage qui le regardait sur l'épreuve en papier mat était celui de Rivke Ingber, sa collègue du Mossad. Anni Tudeer, l'amie de Paula, la fille de l'officier SS finlandais, toujours recherché pour crimes de guerre, c'était Rivke Ingber.

D'un geste lent, il prit une pochette d'allumettes dans le cendrier qui se trouvait sur la table de nuit, en frotta une et brûla la photo et la feuille de papier.

7

RIVKE

Depuis des années Bond avait l'habitude de faire de petits sommes et de contrôler son sommeil, même lorsqu'il était tendu. Il avait également appris à soumettre des problèmes à cet ordinateur qu'était son cerveau, tout en permettant au subconscient de rester actif pendant qu'il dormait. D'habitude il se réveillait avec des idées plus claires, quelquefois avec une nouvelle vision d'un problème, mais toujours reposé.

Après le trajet si long et si pénible entre Helsinki et Salla, Bond éprouva une fatigue naturelle, mais son esprit ne cessa pas de chercher à assembler les pièces contradictoires de ce puzzle.

Dans l'immédiat, il ne pouvait rien faire au sujet du cambriolage de l'appartement de Paula. Ce qui le préoccupait plus, c'était la sécurité de la jeune fille. Dans la matinée, quelques coups de téléphone lui apporteraient la réponse aux questions qu'il se posait.

L'embuscade des chasse-neige lui parut plus sérieuse. Après son départ précipité de Madère et son voyage effectué en petites étapes, via Amsterdam, l'attentat dirigé contre lui ne pouvait avoir qu'une seule signification. Quelqu'un faisait surveiller toutes les voies d'accès à la Finlande. On avait dû le repérer à l'aéroport et, plus tard, apprendre son départ en Saab.

Il était évident qu'on voulait l'éliminer de la partie ; on avait même voulu se débarrasser de lui avant le briefing. Cela expliquait l'attaque aux couteaux dans l'appartement de Paula à un moment où Bond ignorait encore tout d'une quelconque opération secrète menée contre l'AANS.

Dudley, qui avait temporairement remplacé Bond, lui avait fait part de sa méfiance envers Kolya Mosolov. Bond, lui, avait d'autres idées ; la dernière pièce du puzzle l'inquiétait plus : l'agent du Mossad, Rivke Ingber, semblait être la fille d'un officier SS finlandais recherché par la police.

Tout en prenant sa douche avant de se coucher, Bond continua à réfléchir à ces problèmes. Un instant, il songea à faire monter un repas, puis il changea d'idée. Il valait mieux rester à jeun jusqu'au petit déjeuner en commun avec les autres — en supposant qu'ils soient tous arrivés à l'hôtel le matin.

Il lui sembla n'avoir dormi que quelques minutes lorsque de petits coups secs le tirèrent de son sommeil. Ses yeux s'ouvrirent brusquement. Les coups se répétèrent : quelqu'un frappait à la porte de sa chambre.

Sans bruit, Bond retira le P7 de dessous l'oreiller et traversa la chambre. Les coups se faisaient insistants. Le dos plaqué au mur, à gauche de la porte, Bond demanda à voix basse :

— Qui est là ?

— Rivke. C'est Rivke Ingber, James. J'ai à vous parler. S'il vous plaît. S'il vous plaît, laissez-moi entrer.

Tout lui sembla clair. En s'endormant, Bond disposait de plusieurs réponses aux questions qu'il se posait. L'une d'entre elles était si évidente qu'il en avait déjà tiré la conclusion qui s'imposait. Si Rivke était bien la fille d'Aarne Tudeer, il pouvait tout naturellement exister un lien entre elle et l'Armée d'action national-socialiste. Elle ne devait guère avoir plus de trente ans, ce qui signifiait qu'elle avait dû passer ses années d'apprentissage dans quelque cachette en compagnie de son père. Si c'était le cas, Anni Tudeer était très probablement un agent néo-fasciste qui s'était infiltré dans le Mossad.

Par conséquent, elle avait pu apprendre que les Britanniques soupçonnaient sa véritable identité. Il était également possible qu'elle suspectât les collègues de Bond de ne rien vouloir révéler à la CIA et au KGB. Cela s'était vu par le passé, et l'opération Brise-Glace s'avérait déjà être une alliance peu commode.

Bond jeta un coup d'œil sur sa Rolex Oyster Perpetual. Il était 4 h 30.

Considérant cette heure matinale, Bond songea que, d'un point de vue psychologique, Rivke n'aurait pas pu choisir moment plus propice.

— Un instant, souffla Bond qui retraversa la chambre pour mettre une robe de chambre et replacer l'automatique Heckler & Koch sous l'oreiller.

Lorsqu'il ouvrit, Bond se convainquit rapidement qu'elle était venue sans arme. Il lui aurait été difficile de cacher quoi que ce soit sous ce négligé d'un blanc opalescent flottant sur une mince chemise de nuit assortie, qui lui moulait le corps.

La peau bronzée, qu'on devinait à travers le tissu léger, le contraste éblouissant des couleurs que soulignait le blond reflet des cheveux, et le regard implorant auraient suffi pour endormir la vigilance de n'importe quel homme.

Bond la laissa entrer dans la chambre, referma la porte à clé et fit un pas en arrière. Eh bien, se dit-il, en contemplant le corps de la jeune femme, j'ai affaire à une grande experte ou à une blonde très naturelle.

— Je ne savais même pas que vous étiez arrivée à l'hôtel, dit-il calmement. Soyez la bienvenue.

— Merci. (Elle parlait doucement). Puis-je m'asseoir, James ? Je suis désolée si...

— Tout le plaisir est pour moi. Je vous en prie.

Il lui désigna un fauteuil.

— Puis-je faire apporter quelque chose ? Ou aimeriez-vous prendre quelque chose au mini-bar ?

Rivke fit non de la tête..

— Tout cela est si bête. (Elle jeta un regard autour d'elle comme si elle était complètement perdue). Si idiot.

— Vous voulez m'en parler ?

Elle fit un oui rapide de la tête.

— Ne me prenez pas pour une idiote, James, s'il vous plaît. En vérité, je me débrouille très bien avec les hommes, mais avec Tirpitz... Eh bien...

— Vous m'avez dit que vous saviez le manier, que vous auriez su vous en occuper toute seule lorsque mon prédécesseur lui a cassé la figure.

Elle resta silencieuse pendant un instant et, quand elle se remit à parler, ce fut comme un coup sec, une petite explosion.

— Eh bien, j'ai eu tort, n'est-ce pas ? C'est tout ce qu'il y a à dire. (Elle fit une pause.) Oh ! je regrette, James. Je suis censée être très bien entraînée et indépendante. Toutefois...

— Toutefois, Brad Tirpitz, vous ne savez pas le manier ?

Elle sourit du ton moqueur qu'avait pris Bond et répliqua de même.

— Il ne connaît rien aux femmes.

Puis son visage se ferma et le sourire disparut de ses yeux.

— Il s'est comporté d'une façon très désagréable. Il a essayé de pénétrer de force dans ma chambre. Il était complètement soûl. J'ai eu l'impression qu'il ne serait pas facile de le calmer.

— De sorte que vous ne l'avez même pas frappé avec votre sac à main ?

— Il m'a vraiment fait peur, James.

Bond se dirigea vers la table de nuit, prit son étui à cigarettes et son briquet, tendit l'étui ouvert à Rivke, mais elle secoua la tête. Il alluma une cigarette et envoya une bouffée de fumée en direction du plafond.

— Vous n'êtes pas dans votre état normal, Rivke.

Il s'assit sur le bord du lit, face à la jeune femme. Il recherchait dans ce joli visage une trace de vérité.

— Je sais, dit-elle précipitamment. Je sais. Mais je ne supportais pas de rester seule dans ma chambre. Vous ne pouvez imaginer comment il était...

— Vous n'avez pourtant pas l'air timorée, Rivke. En temps normal, vous ne demandez pas protection au premier homme venu. C'était bon à l'âge des cavernes. Mais, de nos jours, une femme comme vous doit mépriser ce genre de comportement.

— Je regrette.

Elle fit mine de se lever. L'espace d'une seconde, sa colère était devenue presque tangible.

— Je vais m'en aller et vous laisser tranquille. J'avais simplement besoin de compagnie. Le reste de cette prétendue équipe ne tient compagnie à personne.

Bond étendit une main, lui toucha l'épaule, et la repoussa doucement sur son siège.

— Restez donc, Rivke. Mais, je vous demanderai de ne pas me prendre pour un imbécile. Vous savez imposer le respect à Brad Tirpitz, qu'il soit soûl ou non, en battant simplement des cils...

— Ce n'est pas tout à fait vrai.

Bond se dit que ce stratagème remontait au jardin d'Eden. C'était vieux comme le monde. Mais de quel droit discutait-il ? Lorsqu'une belle fille vient dans votre chambre au milieu de la nuit pour vous demander protection, alors qu'elle est fort capable de se défendre elle-même, c'est pour une seule raison. Mais ce qui était vrai dans le monde réel ne l'était plus dans ce labyrinthe de secrets et de duplicité où ils évoluaient tous les deux.

Les aventures sexuelles jouaient encore un rôle essentiel dans les opérations secrètes, non pas pour permettre un chantage, comme par le passé, mais dans le cadre d'une tactique plus subtile, par exemple pour gagner la confiance de quelqu'un, le prendre au piège, le lancer sur une fausse piste. Tant qu'il se souviendrait de cela, Bond pourrait exploiter la situation à son avantage.

Tout en tirant longuement sur sa cigarette, il prit une décision importante. Rivke était seule avec lui, et il connaissait sa *véritable* identité. Avant de la voir prendre une autre initiative, il ferait bien de mettre carrément les cartes sur la table.

— Il y a quelques semaines, Rivke, peut-être moins, car j'ai perdu toute notion du temps, avez-vous entrepris quelque chose lorsque Paula Vacker vous a dit que je me trouvais à Helsinki ?

— Paula ? dit-elle d'un air étonné. James, j'ignore...

— Ecoutez, Rivke. (Il se pencha vers elle, lui saisit les mains.) Notre travail nous amène des amis bizarres ; et quelquefois d'étranges ennemis. Je ne tiens pas à être votre ennemi. Vous avez besoin d'amis. Voyez-vous, je sais qui vous êtes.

Son front se plissa, son regard se fit méfiant.

— Bien sûr, je suis Rivke Ingber. Je travaille pour le Mossad, et je suis citoyenne israélienne.

— Alors vous ne connaissez pas Paula Vacker ?

Elle n'eut aucune hésitation.

— Je l'ai rencontrée. Oui, il y a longtemps, je la connaissais très bien. Mais cela fait... Oh ! cela fait bien trois, quatre ans que je ne l'ai vue.

— Vous ne vous êtes pas vues ces derniers temps ?

Bond entendit sa propre voix, légèrement dédaigneuse.

— Vous ne travaillez pas avec elle à Helsinki ? Vous ne vous étiez pas donné rendez-vous pour dîner ensemble, rendez-vous que Paula a annulé juste avant notre départ pour la réunion de Madère ?

— Non.

C'était simple, franc et direct.

— Même pas sous votre vrai nom, Anni Tudeer ?

Elle inspira profondément, puis expira, comme pour essayer de chasser tout ce qui restait d'air dans son corps.

— C'est un nom que je préfère oublier.

— J'en suis sûr.

Elle retira rapidement ses mains.

— Très bien, James. J'accepte maintenant cette cigarette.

Bond lui tendit une de ses H. Simmons, l'alluma. Elle aspira, puis rejeta la fumée d'un coup.

— Vous semblez savoir beaucoup de choses. Vous devriez me raconter *ma* propre vie, dit-elle d'une voix froide dont toutes les tonalités amicales et séduisantes avaient disparu.

Bond haussa les épaules.

— Je sais tout simplement qui vous êtes. Je connais également Paula Vacker. Elle m'a dit vous avoir confié que nous allions nous rencontrer à Helsinki. Je me suis rendu à l'appartement de Paula où une paire de spécialistes dans le lancer du couteau avaient l'œil sur elle et s'apprêtaient à me découper comme une pièce de bœuf.

— Je viens de vous le dire ; cela fait des années que Paula ne m'a pas parlé. En dehors du fait que vous avez découvert mon ancien nom et, probablement, que j'étais la fille d'un ancien officier SS, que savez-vous réellement ?

Bond sourit.

— Uniquement que vous êtes très belle. Je ne sais rien de vous, si ce n'est votre ancien nom.

Elle inclina la tête, le visage figé comme un masque.

— Je m'en doutais. Très bien, monsieur James Bond, je vais tout vous raconter. Après quoi, je pense que nous ferons bien, tous les deux, de savoir ce qui se passe ; je veux dire ce qui s'est passé chez Paula... Je suis curieuse de savoir ce qu'elle a à voir dans toute cette affaire.

— L'appartement de Paula a été fouillé de fond en comble. J'y ai fait un saut avant de quitter Helsinki hier. J'ai également eu un petit accrochage avec trois, peut-être quatre chasse-neige, pendant mon voyage. Ils m'ont clairement fait comprendre qu'ils avaient l'intention de retaper ma Saab, moi dedans. Quelqu'un tient à ne pas me voir ici, Anni Tudeer ou Rivke Ingber, quel que soit votre vrai nom.

Rivke fronça les sourcils.

— Mon père était, et est toujours, Aarne Tudeer ; c'est vrai. Vous connaissez son passé ?

— Il faisait partie de l'état-major de Mannerheim, et il a accepté de devenir un officier SS. Un homme courageux ; sans pitié ; un criminel de guerre qu'on recherche activement.

Elle acquiesça d'un signe de tête.

— Je n'ai appris cela que vers l'âge de douze ans.

Elle parlait très doucement, mais avec une conviction que Bond jugeait sincère.

— En quittant la Finlande, mon père a emmené avec lui plusieurs de ses compagnons officiers et quelques simples soldats. A l'époque, comme vous le savez, des civils accompagnaient l'armée. Le jour où il a quitté la Laponie, mon père a demandé la main d'une jeune veuve. Elle était bien née et possédait beaucoup de terres en Laponie, des forêts surtout. Ma mère était en partie lapone. Elle a accepté et s'est portée volontaire pour accompagner mon père. Elle a connu des situations horribles que vous auriez du mal à imaginer.

Elle secoua la tête comme si elle n'arrivait toujours pas à y croire. Tudeer s'était marié le lendemain de son départ de

Finlande, et sa femme resta auprès de lui jusqu'à la chute du Troisième Reich. C'est ensemble qu'ils avaient fui.

— Le Paraguay a été ma première patrie, dit-elle à Bond. J'étais très ignorante, bien entendu. Ce n'est que plus tard que j'ai compris que je parlais quatre langues depuis mon tout jeune âge : le finnois, l'espagnol, l'allemand et l'anglais. Nous vivions dans un village fortifié au cœur de la jungle. A dire vrai, c'était assez confortable, mais les souvenirs que j'ai de mon père ne sont pas très agréables.

— Racontez-moi, dit Bond.

Petit à petit, en la cajolant, il obtint ce qu'il voulait. C'était, en fait, une vieille histoire. Tudeer avait été le type même du tyran, ivrogne, brutal et sadique.

— J'avais dix ans lorsque nous nous sommes évadées, ma mère et moi. Pour moi, ça a été une espèce de jeu : j'étais déguisée en enfant indien. Nous nous sommes enfuies en canoë, avec l'aide de quelques Guaranis, et nous avons atteint Asuncion. Ma mère était une femme extrêmement malheureuse. Je ne sais comment elle s'est arrangée, mais elle a réussi à se procurer des passeports pour nous deux, des passeports suédois ; ainsi qu'une sorte de bourse. On nous a envoyées en avion à Stockholm où nous sommes restées six mois. Tous les jours ma mère se rendait à l'ambassade de Finlande, et, finalement, on nous a donné nos passeports finlandais. Ma mère a passé sa première année en Finlande afin d'obtenir son divorce ainsi qu'une indemnité pour ses terres perdues, ici, à l'intérieur du Cercle arctique. Nous avons habité Helsinki où j'ai eu ma première expérience de l'école. C'est là que j'ai rencontré Paula. Nous sommes devenues d'excellentes amies. C'est à peu près tout.

— Tout ? répéta Bond en fronçant les sourcils.

— Eh bien, le reste était assez prévisible.

C'est pendant sa scolarité que Rivke apprit le passé de son père.

— A quatorze ans je savais tout et j'en étais horrifiée ; dégoûtée de savoir que mon propre père avait quitté son pays pour devenir SS. J'imagine que cela devait être une obsession, un complexe. A quinze ans, je savais ce qu'il me restait à faire, du moins en ce qui concerne ma propre existence.

Bond avait entendu beaucoup d'aveux au cours d'interrogatoires. Des années d'expérience vous aident à discerner le vrai du faux. Il aurait été prêt à parier que l'histoire de Rivke était authentique, parce qu'elle la racontait rapidement et avec le

minimum de détails. Les personnes qui adoptent une fausse identité en donnent souvent trop.
— Vous venger ? demanda-t-il.
— Dans un sens. Non, le mot n'est pas juste. mon père n'avait rien à voir avec ce que Himmler appelait la Solution Finale, le problème juif, mais il était leur associé et c'était un criminel qu'on recherchait. J'ai commencé à m'identifier avec le peuple qui a perdu six millions d'âmes dans les chambres à gaz et les camps de concentration. Beaucoup de gens m'ont dit que ma réaction était exagérée. Je voulais faire un geste concret.
— Vous êtes devenue juive ?
— Je suis partie pour Israël le jour de mon vingt et unième anniversaire. Ma mère est morte deux ans plus tard. Je l'ai vue pour la dernière fois lorsque j'ai quitté Helsinki. Dans les six mois qui suivirent j'ai pris les premières dispositions pour me convertir. A présent, je suis aussi juive que peut l'être quelqu'un né parmi les gentils. En Israël on a tout essayé pour me dissuader, mais j'ai tenu bon, j'ai même fait le service militaire. C'est cela qui m'a fait réussir.
Cette fois-ci, elle souriait avec fierté.
— Zamir en personne m'a fait chercher, m'a posé des questions. Je n'en pouvais croire mes oreilles quand on m'a dit qui il était : le colonel Zwicka Zamir, chef du Mossad. Il s'est occupé de tout. Je possédais déjà la nationalité israélienne. Puis on m'a envoyé subir un entraînement spécial pour le Mossad. J'ai changé de nom.
— Et la vengeance ?
— La vengeance ?
Elle écarquilla les yeux. Puis elle fronça les sourcils, son visage trahissant l'angoisse.
— James, vous me croyez, n'est-ce pas ?
Avant de répondre, Bond réfléchit un court instant. Ou bien Rivke était la meilleure illusionniste qu'il eût jamais rencontrée, ou bien, comme il l'avait supposé plus tôt, elle était absolument honnête.
Ces réflexions devaient être confrontées à celles que lui inspirait sa longue et intime connaissance de Paula Vacker. Depuis leur première rencontre, Bond n'avait jamais vu en elle qu'une jeune fille charmante, intelligente et travailleuse. A présent, si Rivke disait vrai, Paula devenait une menteuse et la complice d'une tentative de meurtre.
Les lanceurs de couteaux l'avaient attaqué dans l'appartement de Paula ; pourtant elle s'était occupée de lui, l'avait conduit à

l'aéroport. Quelqu'un s'en était pris à lui sur la route de Salla. Et cela n'avait pu venir que d'Helsinki. Paula ?

— Pour certaines raisons, j'ai du mal à vous croire, Rivke, dit-il. Je connais Paula depuis longtemps. Lorsque je l'ai vue la dernière fois, elle m'a appris qu'elle s'était confiée à vous, Anni Tudeer, et elle a été très précise. Elle m'a dit qu'Anni Tudeer travaillait avec elle à Helsinki.

Rivke dit non lentement de la tête.

— A moins que quelqu'un d'autre ne se serve de mon nom...

— Vous n'avez jamais travaillé, comme elle, dans la publicité ?

— Vous voulez rire. J'ai déjà dit que non. Je vous ai raconté l'histoire de ma vie. Je connaissais Paula à l'école.

— Et savait-elle qui vous étiez ? Qui était votre père ?

— Oui, dit-elle doucement. James, vous pouvez facilement vous en assurer. Appelez son bureau. Vérifiez auprès d'eux ; demandez-leur s'ils ont quelqu'un du nom d'Anni Tudeer qui travaille pour eux ? Si oui, c'est qu'il y a deux Anni Tudeer, ou alors Paula ment. (Elle se pencha vers lui :) Je vous dis, James, qu'il n'y a pas deux Anni Tudeer. Paula ment, et, pour ma part, j'aimerais savoir pourquoi.

— Oui, dit Bond en hochant la tête. Moi aussi.

— Alors, vous me croyez ?

— Vous n'avez aucun intérêt à me mentir, alors qu'il serait si facile de contrôler vos dires. Je croyais bien connaître Paula, mais à présent... eh bien, mon instinct m'engage à vous croire. Nous pouvons procéder à des vérifications, que ce soit ici ou à Londres. Londres m'apprend déjà que vous êtes Anni Tudeer.

Il lui sourit. De très près, c'était une jeune femme extrêmement séduisante.

— Je vous crois, Rivke Ingber. Vous faites vraiment partie du Mossad, et vous n'avez omis qu'une chose, la question de la vengeance. J'ai du mal à croire que vous veuillez simplement expier les actions de votre père. Vous voulez le voir ou bien sous les verrous ou bien mort. Laquelle des deux solutions préférez-vous ?

Elle eut un léger haussement d'épaules provocateur.

— Cela a finalement peu d'importance, n'est-ce pas ? Puisque, quelle que soit l'issue, Aarne Tudeer mourra.

La voix musicale s'altéra pendant une seconde, se fit dure comme de l'acier, puis elle retrouva une fois de plus sa douceur et son rire.

— Pardonnez-moi, James Bond. Je n'aurais pas dû essayer de

me jouer de vous. Oui, Brad Tirpitz *a été* désagréable ce soir, mais, vous avez raison, j'aurais pu me défendre. Peut-être ne suis-je pas aussi experte que je l'imaginais. J'étais assez naïve pour penser que je pourrais vous rouler. Vous attraper.

— M'attraper ? Dans quel filet ?

Presque entièrement rassuré quant aux mobiles et affirmations de Rivke, Bond n'en conservait pas moins une infime dose de méfiance à son égard.

— Ce n'est pas exactement un filet.

Elle étendit une main, les doigts reposant dans la paume de la main de Bond.

— A dire vrai, je ne me sens pas rassurée en compagnie de Tirpitz ou de Kolya. Je voulais m'assurer que vous seriez de mon côté.

Bond lui lâcha la main et plaça doucement ses propres doigts sur les épaules de la jeune femme :

— Nous nous sommes lancés dans une affaire où doit régner la confiance, Rivke. Nous avons tous les deux besoin qu'on nous en témoigne parce que je ne suis pas plus satisfait de la situation que vous. Mais parons au plus pressé. Je suis obligé de vous poser cette question parce que j'en soupçonne la réponse. Avez-vous la certitude que votre père est mêlé à l'AANS ?

Elle répondit sans hésiter.

— J'en suis absolument sûre.

— Comment le savez-vous ?

— C'est la raison pour laquelle on m'a confié ce travail. Chez nous, en Israël, les ordinateurs et le personnel en mission ont tout de suite procédé à des analyses après le premier incident avec l'Armée d'action national-socialiste. Il était normal qu'ils orientent leurs recherches du côté des anciens chefs : des ex-membres du Parti nazi, des SS et de ceux qui se sont échappés d'Allemagne. Il y avait plusieurs noms. Mon père était un des premiers sur la liste. Il faudra me croire sur parole pour ce qui et du reste, mais le Mossad détient la preuve qu'il est mêlé de près à cette affaire. Ce n'est pas un hasard si les armes qui quittent la Russie transitent par la Finlande ! Il est là, James, sous un nouveau nom, presque avec un nouveau visage. Il a aussi une nouvelle maîtresse. Il est plutôt alerte et coriace pour son âge. Je sais qu'il est là.

— Un gibier à prendre. Bond sourit amèrement.

— Et la chasse est de saison, James. Ma mère disait que mon père se considèrait comme un nouveau Führer, un Moïse nazi, envoyé pour reconduire ses enfants en terre promise. Eh bien, les enfants grandissent, et le monde est dans un tel désordre que les jeunes et les faibles vont avaler n'importe quelle idéologie à peine élaborée. Vous n'avez qu'à regarder votre propre pays.

Bond se rebiffa.

— Mon pays n'a encore jamais porté un fou au pouvoir. Et il dispose d'une énergie qui finit toujours — avec un peu de retard parfois, je vous le concède — par remettre les choses à leur place.

Elle fit une moue amicale.

— D'accord. Je vous présente mes excuses. Chaque pays a ses défauts.

Rivke se mordit les lèvres, l'esprit perdu ailleurs pendant quelques instants.

— S'il vous plaît, James. Je possède un avantage. Des renseignements privilégiés, si vous voulez. J'ai besoin de vous savoir de mon côté.

Jouons le jeu, se dit Bond. Même si nous sommes à quatre-vingt-dix-neuf pour cent sûr de notre affaire, mordons à l'appât, mais méfions-nous du dernier un pour cent et restons sur le qui-vive.

Puis il dit à haute voix :

— Bon. Mais qu'en est-il des autres ? de Brad et de Kolya ?

— Brad et Kolya se livrent tous les deux à des petits jeux pour la mort et la gloire, mais j'ignore s'ils sont dans le même camp ou dans des camps adverses. Ils sont sérieux, mais pas suffisamment. Ça vous semble stupide ? Paradoxal ? Et pourtant c'est vrai. Il suffit de les observer.

Elle le regarda droit dans les yeux comme pour essayer de l'hypnotiser, alors que sa voix donnait l'impression qu'il s'agissait là d'une affaire vitale.

— Ecoutez. J'ai l'impression, encore n'est-ce qu'une intuition, que la CIA ou le KGB tiennent à faire oublier quelque chose, quelque chose ayant un rapport avec l'AANS.

— Je parierais que c'est Kolya, répliqua Bond sur le ton de la légèreté. Après tout, c'est le KGB qui a demandé notre collaboration. Le KGB s'est adressé à *nous*, les USA, Israël, le Royaume-Uni. Je suppose qu'ils ont découvert plus qu'une simple fuite d'armes vers l'AANS. Cette histoire est peut-être vraie mais s'il y avait autre chose ? Quelque chose de terrible ?

Rivke rapprocha son siège du lit où Bond était assis.

— Vous voulez dire, s'ils ont découvert une importante fuite d'armes, à laquelle s'ajouterait une histoire bizarre qui ferait une très vilaine impression ? Quelque chose qu'ils sont incapables de contrôler ?

— C'est une hypothèse. Mais elle est assez plausible.

Rivke était si proche que Bond pouvait sentir sa présence : son parfum auquel se mêlait l'odeur toujours agréable d'une femme séduisante.

— Ce n'est qu'une hypothèse, répéta-t-il. Mais on ne peut l'exclure. Toute cette opération n'est nullement dans le style du KGB. Ils sont d'ordinaire si discrets. Et les voilà qui nous demandent de l'aide. Essaient-ils de nous piéger ? De faire de nous les dindons de la farce ? De sorte que, lorsqu'on découvrira le pot aux roses, nous serons impliqués dans l'affaire ? Israël, l'Amérique et la Grande-Bretagne en seront collectivement responsables. C'est suffisamment tortueux pour que ça leur ressemble.

— Les gogos. Rivke parlait de nouveau doucement.

— Oui. Les gogos.

Bond se demanda comment M, son vieux chef, ultra-conservateur, accueillerait cette expression, lui qui détestait l'argot.

Rivke dit que, si vraiment le KGB avait formenté un complot pour les discréditer, il serait sage de s'engager sans plus tarder à s'épauler mutuellement.

— Il faudra que chacun surveille les arrières de l'autre, même si la théorie ne tient pas.

Bond adressa à Rivke son sourire le plus charmant, se rapprocha d'elle un peu plus, les lèvres à quelques centimètres de sa bouche.

— Vous avez entièrement raison, Rivke. Mais je serais encore plus heureux de pouvoir surveiller vos avants.

— Je ne suis pas peureuse, James, mais ceci me donne la frousse...

Ses bras se levèrent et entourèrent le cou de Bond. Leurs lèvres s'effleurèrent, tout d'abord en une douce caresse. La conscience de Bond lui dit de prendre garde.

Mais ces avertissements furent balayés par la passion quand leurs lèvres s'entrouvrirent.

Il sembla se passer une éternité avant que leurs bouches ne se séparent ; et Rivke, haletante, se colla contre Bond, son souffle chaud lui murmurant des mots tendres à l'oreille.

Doucement, il l'attira sur le lit où ils s'étendirent corps contre corps puis lèvres contre lèvres, jusqu'à ce que, au même moment, comme à la suite d'un signal inaudible, leurs mains se cherchent à tâtons.

Ce qui avait débuté par un désir charnel, par le besoin naturel qu'éprouvaient l'une pour l'autre deux personnes seules dans une chambre, avides de confiance et de réconfort, devint un acte empreint de douceur, de tendresse et d'amour.

Au fond de lui-même, Bond conservait une légère appréhension, mais il se perdit rapidement dans les délices de cette créature ravissante dont le corps et les membres répondaient aux siens comme par un phénomène télépathique. Ils étaient semblables à deux danseurs parfaitement accordés, prévoyant chacun de leurs mouvements réciproques.

C'est plus tard seulement, lorsque Rivke se fut blottie comme un enfant dans les bras de Bond, sous les couvertures, qu'ils reparlèrent de leur travail. Les quelques heures qu'ils avaient passées ensemble n'avaient été qu'un bref répit. Il était maintenant plus de huit heures du matin. Une autre journée s'annonçait, une nouvelle mêlée dans le monde dangereux des agents secrets.

— Donc, pour la réussite de cette opération, nous travaillons ensemble.

La bouche de Bond était anormalement sèche.

— Nous serons ainsi protégés tous les deux.

— D'accord, et...

— Je vous aiderai à envoyer l'Oberführer SS Tudeer au diable.

— S'il vous plaît, James chéri.

Elle leva le regard vers lui, son sourire exprimait le seul plaisir, sans trace de malice ou d'horreur, même si elle plaidait en faveur de la mort d'un père honni. Puis son humeur changea une fois de plus ; ce fut la sérénité, le rire dans les yeux et aux commissures des lèvres.

— Vous savez, c'est la dernière chose à laquelle je m'attendais...

— Allons donc, Rivke. Vous n'entrez pas dans la chambre d'un homme à quatre heures du matin, pratiquement déshabillée sans que cette idée vous traverse l'esprit.

— Oh ! dit-elle en riant, j'y avais bien songé. Seulement, je ne pensais pas que cela arriverait. J'imaginais que vous étiez trop professionnel, et que j'étais, moi aussi, tellement résolue et bien entraînée que je pourrais résister à n'importe quoi. (Sa voix se fit caressante). Je me suis sentie attirée par vous dès le moment où je vous ai vu ; mais que cela ne vous monte pas à la tête.

— Aucune crainte, dit Bond en riant, lui aussi.

Le rire s'était à peine dissipé que Bond étendait la main pour prendre le téléphone.

— Il est temps de voir s'il y a moyen de tirer quelque chose de notre prétendue amie Paula.

Il composa le numéro de l'appartement à Helsinki tout en jetant un coup d'œil admiratif sur Rivke en train d'enfiler le mince tissu de soie qui lui tenait lieu de chemise de nuit.

A l'autre bout du fil le téléphone sonnait. Personne ne répondit.

— Qu'est-ce que vous en pensez, Rivke ? (Bond raccrocha.) Elle n'est pas là.

Rivke secoua la tête.

— Vous allez, bien entendu, appeler son bureau, mais je n'y comprends absolument rien. Je la connaissais assez bien, alors pourquoi mentir à mon sujet ? Cela défie le bon sens, et vous dites que c'était une excellente amie...

— Elle l'a été pendant longtemps. Je n'ai rien remarqué de dangereux en elle. C'est à n'y rien comprendre.

Bond était maintenant debout, se dirigeant vers les portes coulissantes à claire-voie du placard. Il retira de la poche de son anorak les deux médailles qu'il lança à travers la chambre. Elles tombèrent sur le lit en s'entrechoquant. Ce serait la dernière épreuve qu'il lui ferait subir.

— Chérie, que faites-vous de cela ?

Rivke étendit la main et examina les médailles pendant un instant ; puis elle poussa un petit cri et les lâcha comme si elles lui avaient brûlé la main.

— Où ? demanda-t-elle dans un souffle.

— Dans l'appartement de Paula Vacker. Sur sa coiffeuse.

Rivke avait perdu toute envie de plaisanter.

— Je n'avais pas revu ces médailles depuis mon enfance.

Elle ramassa la croix de chevalier et la retourna.

— Vous avez vu ? Son nom est gravé au revers. La croix de chevalier de mon père. Dans l'appartement de Paula ?

Ces derniers mots furent prononcés sur un ton de perplexité et d'incrédulité totales.

— Sur la coiffeuse, où tout le monde pouvait la voir.

Elle laissa retomber les médailles sur le lit et s'approcha de Bond en lui jetant les bras autour du cou.

— Je croyais tout savoir, James ; mais qu'est-ce que cela signifie ? Pourquoi Paula ? Pourquoi ces mensonges ? Pourquoi la croix de chevalier et l'écusson de la campagne du Grand Nord de mon père ? Il en était d'ailleurs particulièrement fier. Mais pourquoi ?

Bond la serra contre lui.

— Nous le saurons. Ne vous en faites pas. Je suis tout aussi surpris que vous. Paula m'a toujours semblé, comment dire, si équilibrée. Si franche.

Au bout d'une minute ou deux, Rivke se dégagea.

— J'ai besoin de réfléchir, James. Voulez-vous venir skier avec moi ?

Bond fit signe que non.

— Je dois voir Brad et Kolya ; et je croyais que nous allions veiller l'un sur l'autre.

— Il faut absolument que je sorte seule pendant un moment. (Elle hésita avant d'ajouter :) James chéri, ne vous inquiétez pas pour moi. Je serai à l'heure au petit déjeuner. Mais transmettez mes excuses si je devais arriver avec un peu de retard.

— Pour l'amour du ciel, soyez prudente.

Rivke fit un petit signe de la tête. Puis, timidement, elle ajouta :

— C'était vraiment formidable, monsieur Bond. On pourrait finir par y prendre goût.

— Je l'espère bien.

Bond l'attira vers lui, l'enlaça, et ils s'embrassèrent devant la porte.

Lorsqu'elle fut partie, il retourna au lit, se pencha pour reprendre les médailles d'Aarne Tudeer. Le parfum de sa fille était partout, et elle semblait encore toute proche.

8

TIRPITZ

James Bond était profondément troublé. A un tout petit détail près, il était convaincu que Rivke Ingber méritait entièrement sa confiance, qu'elle était, comme elle l'avait reconnu, la fille d'Aarne Tudeer, convertie au judaïsme et, comme le confirmaient les renseignements en provenance de Londres, un agent du Mossad.

Il était néanmoins intrigué par le mystère de Paula Vacker. Pendant des années, ils avaient été très intimes, et elle ne lui avait jamais donné l'occasion de l'imaginer autrement qu'intelligente, aimant la vie, travailleuse et excellant dans sa profession.

Comparée à Rivke après les récents événements, Paula lui semblait soudain avoir les pieds en cire fondante.

Plus lentement que d'habitude, Bond prit sa douche et se rasa. Il enfila un pantalon en tricotine épaisse, un chandail à point natté et col roulé, un court blouson de cuir destiné à cacher le P7, qu'il sangla après en avoir vérifié le mécanisme. Il y ajouta deux chargeurs supplémentaires qu'il agrafa dans la poche spécialement cousue à l'intérieur du pantalon.

Cette tenue, que complétaient des mocassins en cuir souple, lui tiendrait suffisamment chaud à l'intérieur de l'hôtel. En quittant sa chambre Bond se promit de ne plus faire un pas sans son arme.

Dans le couloir, il s'arrêta pour jeter un coup d'œil sur sa Rolex. Il était déjà 9 h 30. Le bureau de Paula serait ouvert. Il retourna dans sa chambre pour appeler Helsinki, composant cette fois-ci le numéro du bureau. La standardiste à qui il avait parlé le jour fatal et désormais si lointain où il avait cédé à son impulsion répondit en finnois.

Bond s'exprima en anglais et la standardiste fit de même. Il demanda à parler à Paula Vacker et la réponse lui parvint : précise, catégorique, et pas vraiment inattendue.

— Je regrette. Mais Mlle Paula Vacker est en vacances.

— Ah ? (Bond fit semblant d'être déçu.) J'avais promis de lui téléphoner. Je suppose que vous ne savez pas où elle est allée ?

La standardiste lui demanda de patienter un instant.

— Nous ne sommes pas sûrs de l'endroit, dit-elle enfin, mais elle se proposait d'aller faire du ski dans le Nord. C'est un peu trop froid pour moi, il fait déjà assez mauvais ici.

— En effet. Eh bien, merci. Est-elle partie depuis longtemps ?

— Elle est partie jeudi, monsieur. Aimeriez-vous laisser un message ?

— Non, non. Je la verrai chez elle à mon prochain passage en Finlande.

Bond allait raccrocher, mais il se ravisa :

— A propos, Anni Tudeer travaille-t-elle toujours chez vous ?

— Anni comment, monsieur ?

— Anni Tudeer. Une amie de Mlle Vacker, je crois.

— Je regrette, monsieur. Je crois que vous faites erreur. Nous n'avons personne qui s'appelle comme ça ici.

— Merci, dit Bond.

Donc, Paula était dans le Nord, comme les autres. Il jeta un coup d'œil à l'extérieur. Le froid était presque tangible, il semblait qu'on puisse le couper au couteau, malgré le ciel bleu et clair et un soleil éclatant. En dépit de leur luminosité, ces cieux n'annonçaient aucune chaleur ; et le soleil paraissait une lampe éblouissante reflétée par un iceberg. Bond savait fort bien que ces signes, perçus à travers la fenêtre d'une douillette chambre d'hôtel, étaient terriblement trompeurs dans cette région du monde. En l'espace d'une heure ou deux le soleil pouvait faire place à des rafales d'une neige cinglante ou à une gelée dure et opaque qui masquerait la lumière du jour.

Sa chambre se trouvait à l'arrière de l'hôtel d'où il avait une vue parfaite sur le téléski, la piste et la courbe du tremplin. Des silhouettes minuscules, profitant du peu de jour qui restait et de l'atmosphère limpide, empruntaient le téléski tandis que, plus haut, comme des insectes noirs évoluant à toute vitesse sur la neige, d'autres entreprenaient la longue descente ; elles viraient en brisant leur élan, ou filaient droit devant elle, le corps penché en avant, les genoux repliés.

Bond songea que Burke pouvait bien être l'un de ces points noirs qui glissaient au milieu de ce paysage d'une blancheur étincelante. Il arrivait presque à ressentir l'ivresse d'une descente ininterrompue et, pendant une seconde, il regretta de ne pas y être allé lui aussi. Puis, après un dernier coup d'œil au paysage enneigé sur lequel ne se détachaient que les skieurs, le téléski en mouvement et les grandes rangées de sapins verts et bruns qui bordaient la piste, et qu'une épaisse neige gelée décorait comme des arbres de Noël, James Bond se leva, quitta la chambre et descendit dans la salle à manger principale.

Brad Tirpitz était seul à table, dans un coin près de la fenêtre, contemplant le même spectacle que Bond venait d'observer.

Tirpitz remarqua son arrivée et leva nonchalamment le bras pour attirer son attention.

— Salut, Bond.

Le visage de marbre se détendit légèrement.

— Kolya s'excuse. Il a été retardé par la recherche de quelques motoneiges.

Il se pencha vers Bond.

— Il paraît que c'est pour cette nuit, pour les premières heures du matin, si vous voulez être plus précis.

— Qu'est-ce qui se passe cette nuit ? demanda Bond avec raideur, caricaturant la réserve du parfait gentleman anglais.

— Ce qui se passe ? (Tirpitz leva les yeux au ciel.) Ce soir, mon ami, Kolya dit qu'un chargement d'armes doit quitter Lièvre bleu. Vous vous rappelez Lièvre bleu ? Leur dépôt d'artillerie près d'Alakurtti ?

— Oh, ça !

Bond semblait considérer Lièvre bleu et le vol d'armes comme le cadet de ses soucis. Prenant le menu, il se perdit dans la longue liste des plats.

Lorsque le garçon parut, Bond se contenta de commander ses plats habituels, mais insista pour qu'on lui apporte une grande tasse de café.

— Ça vous dérange si je fume ?

Tirpitz était laconique au point d'imiter le langage gestuel des Indiens.

— Pas du tout, tant que vous ne m'empêcherez pas de manger.

Bond ne sourit pas. Etaient-ce ses années passées dans la Royal Navy ou sa longue et intime collaboration avec M, mais fumer devant quelqu'un qui mange lui semblait à peine moins inconvenant que de fumer avant le toast à la Reine.

— Ecoutez, Bond.

Tirpitz approcha sa chaise.

— Je suis content que Kolya ne soit pas là. Je voulais vous parler seul.

— Je vous écoute.

— J'ai un message pour vous. Felix Leiter vous envoie le bonjour. Et Cedar son souvenir affectueux.

Bond éprouva une légère surprise, mais il n'en laissa rien paraître. Felix Leiter, son meilleur ami américain, avait été haut placé dans la CIA, et Cedar, sa fille, avait également été formée par la Compagnie. En fait, Cedar s'était distinguée par son courage, aux côtés de Bond, lors d'une mission récente.

— Je sais que vous vous méfiez de moi, continua Tirpitz. Mais vous feriez bien de réfléchir, mon ami. De réfléchir, parce qu'il est fort possible que je sois votre seul ami dans ces parages.

Bond approuva de la tête.

— C'est possible.

— Votre patron vous a fait un compte rendu détaillé, et moi, j'en ai reçu un, à Langley. Nous disposons probablement des mêmes renseignements, mais Kolya n'a pas tout dévoilé. Ce que je veux dire, c'est que nous devons collaborer. Aussi étroitement que possible. Ce salaud de Russe ne déballe pas toute sa marchandise, et j'ai l'impression qu'il nous réserve quelques surprises.

— Je croyais que nous travaillions tous ensemble.

Bond donna à sa remarque un ton neutre, courtois.

— Ne faites confiance à personne, si ce n'est à moi.

Tirpitz avait sorti une cigarette, mais ne l'allumait pas. Ils se turent lorsque le garçon apporta les œufs brouillés, le bacon, le pain grillé, la confiture d'orange et le café de Bond. Puis, Tirpitz reprit :

— Ecoutez, si je n'avais pas osé parler à Madère, le danger le plus grave, à savoir ce faux comte, n'aurait même pas été mentionné. Vous aviez un tuyau à son sujet, tout comme moi. Konrad von Glöda. Kolya n'allait pas nous le livrer. Et vous savez pourquoi ?

— Dites.

— Parce que Kolya travaille des deux côtés. Certains éléments du KGB sont mêlés à cette histoire de vol d'armes. Nos agents à Moscou nous l'ont appris il y a quelques semaines. Nous venons seulement d'être autorisés à en informer Londres. Vous serez certainement avisé en temps voulu.

— Alors, qu'en est-il ?

C'était maintenant à Bond de faire preuve de laconisme, car Tirpitz semblait étayer la théorie déjà examinée avec Rivke.

— Un véritable conte de fées. (Tirpitz fit entendre un rire qui ressemblait à un grognement.) D'après Moscou, quelques cadres supérieurs du KGB, mécontents, se seraient associés à un petit groupe dissident, également mécontent, de l'Armée Rouge.

Tirpitz prétendit qu'à leur tour ces deux organismes avaient pris contact avec le noyau de ce qui devait constituer plus tard l'Armée d'action national-socialiste.

— Ce sont des idéalistes, bien entendu. (Tirpitz étouffa un rire.) Des fanatiques. Des hommes qui travaillent à l'intérieur de l'URSS pour corrompre l'idéal communiste à l'aide du terrorisme fasciste. Ce sont eux les responsables du premier vol d'armes à Lièvre bleu, et ils se sont fait pincer, dans une certaine mesure.

— C'est-à-dire ?

— Ils se sont fait pincer, mais la vérité n'a jamais été entièrement dévoilée. C'est comme dans la Mafia, ou comme chez vous, si vous voulez. Vos gens s'occupent d'abord des leurs, pas vrai ?

— Uniquement lorsqu'ils peuvent s'en sortir.

Bond tendit la main vers le pain grillé.

— Eh bien, jusqu'ici les gars de la Place Dzerjinsky ont réussi à amadouer le militaire qui, à Lièvre bleu, les a pris sur le fait. Et qui plus est, ils mènent cette opération clandestine avec l'un des leurs aux commandes, Kolya Mosolov.

— Vous voulez dire que Kolya va échouer ?

Bond se tourna et regarda Tirpitz droit dans les yeux.

— Il va non seulement échouer, mais encore faire en sorte que le prochain envoi prenne la route. Après cela il va s'arranger pour donner l'impression que le camarade Mosolov s'est fait descendre au beau milieu de toute cette neige. Puis, devinez qui va écoper ?

— Nous, suggéra Bond.

— Techniquement parlant, oui. En réalité, le plan prévoit que ce sera vous, monsieur Bond. On ne retrouvera jamais le corps de Kolya. Je suppose qu'on retrouvera le vôtre. Quant à Kolya, bien entendu, il finira par sortir de la tombe. Sous un autre nom, avec un autre visage, dans une autre partie de la forêt.

Bond hocha la tête.

— C'est plus ou moins ce que je pensais. Je n'imaginais pas que Kolya m'emmènerait en Union soviétique pour le simple plaisir de voir dérober des armes.

Tirpitz eut un sourire dénué de tout humour.

— Comme vous, vieux frère, j'ai vraiment tout vu : Berlin, la guerre froide, le Vietnam, le Laos, le Cambodge. C'est la triple duperie de tous les temps. Vous avez *besoin* de moi, mon ami...

— Et je suppose que vous avez, vous aussi, besoin de moi, n'est-ce pas ?

— En effet. Si vous acceptez mes règles, si vous faites ce que je vous demanderai comme le souhaite la Compagnie, tandis que vous jouerez au bonhomme de neige de l'autre côté de la frontière, je protégerai vos arrières et veillerai à ce que vous reveniez entier.

— Avant de vous demander ce que je dois faire, j'ai une question importante à vous poser.

Bond commençait à y voir plus clair. La première, Rivke avait voulu s'associer avec lui ; maintenant c'était au tour de Tirpitz : l'opération Brise-Glace prenait ainsi une nouvelle dimension. Personne ne faisait confiance à son voisin. Chacun désirait au moins un allié qui, comme le supposait Bond, serait abandonné ou poignardé dans le dos à la première alerte.

— Alors ?

Tirpitz s'impatientait. Bond avait été distrait par l'arrivée de quelques hôtes que les serveurs traitaient comme des personnages royaux.

— Et Rivke ? C'est la question que je tenais à vous poser. Nous la laissons seule avec Kolya ?

Brad Tirpitz prit un air abasourdi.

— Bond, dit-il doucement. Rivke Ingber a beau être un agent du Mossad, vous savez, je suppose, *qui* elle est. Je veux dire, vos services ont dû vous renseigner...

— Une fille brouillée avec son père, un ex-officier finlandais, collaborateur des nazis, et qui figure toujours sur la liste des personnes recherchées pour crimes de guerre ? Oui.

— Oui et non. (La voix de Tirpitz monta d'un ton.) Bien sûr, nous sommes tous renseignés sur ce salaud de père. Mais personne ne sait dans quel camp se trouve sa fille, même pas le Mossad. J'ai vu son dossier personnel. Même eux n'en savent rien !

Bond parla calmement.

— Je regrette, mais je crois qu'elle est sincère, et tout à fait loyale.

Tirpitz fit entendre un petit rire nerveux.

— A votre guise. Croyez ce que vous voulez ; mais qu'en est-il de l'homme ?

— L'homme ?

— Le prétendu comte Konrad von Glöda. Le type qui organise les expéditions d'armes et dirige probablement l'ensemble des opérations de l'AANS, le Reichsführer SS von Glöda.

— Et alors ?

— Vous voulez dire que personne ne vous a mis au courant ?

Bond haussa les épaules. M avait été précis et détaillé au cours de son briefing, mais avait souligné que certaines choses concernant le mystérieux comte von Glöda ne pouvaient être prouvées. De caractère pointilleux, M refusait de prendre de simples probabilités pour des faits.

— Vous êtes dans de beaux draps, vieux frère. (Le regard de Tirpitz se troubla.) Le papa détraqué de Rivke Ingber avec qui elle est brouillée. L'Oberführer SS Aarne Tudeer est également le Roi de Glace de cette petite saga. Aarne Tudeer, *c'est* le comte von Glöda, nom qui lui va admirablement bien.

Bond but une gorgée de café pendant que son cerveau travaillait à une vitesse folle. Les renseignements de Tirpitz étaient peut-être exacts, mais Londres n'y avait pas fait la moindre allusion. M lui avait simplement cité le nom et avait insinué que le comte pouvait être responsable du trafic d'armes ; toujours selon M, l'homme avait presque certainement organisé des relais entre la frontière soviétique et le point d'aboutissement des armes. Personne n'avait mentionné le fait que von Glöda était Tudeer.

— Vous en êtes sûr ?

Bond ne se départait jamais de son flegme.

— Aussi sûr que la nuit suit le jour, ce qui est particulièrement rapide dans ces parages.

Tirpitz s'interrompit brusquement. Son regard s'était posé sur le couple qu'on avait accueilli avec autant d'empressement à l'autre bout de la salle à manger.

— Eh bien, voyez-moi ça, Bond. (Les commissures des lèvres de Tirpitz se plissèrent encore davantage.) Jetez un coup d'œil. Voici notre homme en personne. Le comte Konrad von Glöda, et sa dame, connue simplement comme la Comtesse. (Il avala un peu de café.) Je vous ai dit que le nom lui convenait bien. En suédois, Glöda veut dire *rougeoiement*. A Langley nous lui avons donné le cryptonyme de Ver luisant. Il reluit de l'or amassé au temps où il était avec les nazis et de celui qu'il doit récolter maintenant comme chef de l'AANS ; il est aussi répugnant qu'un ver. Je vais personnellement mettre la main sur ce spécimen.

Le couple avait l'air très distingué. Bond avait remarqué leurs lourdes et précieuses fourrures au moment de leur arrivée. A présent ils semblaient trôner dans la salle comme s'ils possédaient la Laponie tout entière, et faisaient songer à un couple princier de la Renaissance.

Konrad von Glöda était grand, musclé, et droit comme un I. C'était un de ces hommes que l'âge ne semble pas fatiguer. Il pouvait avoir cinquante ans tout en paraissant plus, ou soixante-dix ans et en paraître moins, car il était impossible de dire l'âge d'un homme dont le visage était aussi bronzé. Il avait encore tous ses cheveux qui étaient d'un gris métal. En s'adressant à la Comtesse, il s'appuyait contre le dossier de son fauteuil, faisant des gestes d'une main, alors que l'autre reposait sur l'accoudoir. Le visage, reluisant de santé, était animé comme celui d'un jeune cadre ambitieux ; et il était impossible de se méprendre sur ses traits, des yeux gris au menton aristocratique en pointe, et sur l'inclinaison arrogante de la tête. C'était un homme avec qui il fallait compter.

— D'une qualité hors classe ? demanda Tirpitz.

Bond fit un petit signe de la tête. Il suffisait de voir l'homme pour comprendre cette qualité tant recherchée : le charisme.

La Comtesse avait elle aussi le comportement de quelqu'un qui a les moyens de satisfaire tous ses désirs. Il était clair, malgré l'impossibilité de deviner l'âge du comte, qu'elle était beaucoup plus jeune que son compagnon ; mais, comme lui, elle donnait l'impression de prendre soin de son corps et de sa condition physique. Même en ce moment, au petit déjeuner, elle avait l'apparence d'une personne pour qui tous les sports sont familiers. Bond songea que ceux-ci comprenaient certainement le plus ancien des sports d'intérieur, car la belle peau lisse de cette femme, sa coiffure brune, soignée, ramenée en arrière en une natte, et les traits réguliers de son visage étaient autant d'hymnes à l'amour physique.

Bond contemplait encore le couple à la dérobée lorsqu'un garçon s'approcha de sa table.

— Monsieur Bond ? demanda-t-il.

Bond fit un signe affirmatif.

— On vous demande au téléphone, monsieur. Dans la cabine près de la réception. Une demoiselle Paula Vacker désire vous parler.

Bond se leva rapidement, croisant le regard légèrement interrogateur de Tirpitz.

— Des ennuis, Bond ?

La voix de Tirpitz semblait s'être faite plus douce, mais Bond ne réagit pas. Il avait décidé que le « Méchant » Brad méritait d'être traité avec la méfiance qu'on a pour les serpents à sonnettes.

— Un simple appel d'Helsinki.

Il s'éloigna, se demandant comment Paula avait pu le découvrir ici.

En passant à côté de la table de von Glöda, Bond lança un regard direct, apparemment désintéressé, sur le couple. Le comte, lui aussi, releva la tête et rencontra le regard de Bond. Celui de von Glöda reflétait une méchanceté presque tangible, une haine que Bond put sentir longtemps après avoir dépassé la table, comme si les yeux gris et brillants du comte pénétraient dans sa nuque à la façon d'une vrille.

La réceptionniste lui indiqua une petite cabine sans porte. Bond décrocha le récepteur et parla immédiatement.

— Paula ?

— Un instant, dit la standardiste.

Il entendit un déclic et eut la certitude que quelqu'un était à l'autre bout.

— Paula ? répéta-t-il.

Si on l'avait interrogé à ce moment-là, Bond n'aurait pas pu jurer que c'était la voix de Paula ; mais il aurait pu affirmer qu'il en était sûr à quatre-vingt-dix pour cent. Fait exceptionnel en Finlande, la communication était mauvaise. La voix semblait caverneuse, comme provenant d'une chambre d'écho.

— James, dit la voix. Ça va arriver d'une minute à l'autre, je suppose : dites adieu à Anni.

Un rire prolongé et étrange suivit, puis s'estompa, comme si Paula avait lentement écarté le combiné de ses lèvres pour le reposer sur son support.

Le front de Bond se plissa alors que l'inquiétude le gagnait.

— Paula ? C'est vous... ?

Il se tut sachant qu'il était inutile de parler dans un appareil qui ne fonctionnait plus.

Dites adieu à Anni... Que diable ? Puis il comprit. Rivke était sur la piste de ski. Ou peut-être ne lui avait-on pas laissé le temps de l'atteindre ? Bond se précipita vers la sortie principale de l'hôtel.

Il allait pousser la porte lorsqu'une voix derrière lui dit d'un ton sec.

— Vous n'y songez pas, Bond. Pas habillé de la sorte. (Brad Tirpitz était à ses côtés.) Dehors, vous ne tiendriez pas cinq minutes avec des températures pareilles.

— Donnez-moi quelque chose à me mettre, Brad, vite.

— Allez chercher vos propres affaires. Que diable se passe-t-il ?

Tirpitz fit un pas en direction du vestiaire près de la réception.

— Je vous expliquerai plus tard, Rivke est sur la piste, et j'ai le sentiment qu'elle est en danger.

Une idée lui traversa l'esprit. Après tout, Rivke Ingber pouvait ne pas être sur les pentes. Paula avait dit : « d'une minute à l'autre, je suppose ». La chose projetée avait déjà pu avoir lieu.

Tirpitz était de retour, ses propres vêtements d'extérieur sur les bras : bottes, foulard, lunettes, gants et veste molletonnée.

— Dites-moi ce qui se passe, ordonna la voix, et je ferai ce que je peux. Allez chercher vos affaires. Je prends toujours mes précautions en gardant mes vêtements à portée.

Déjà il retirait ses chaussures et mettait ses bottes. Il était inutile de discuter avec Tirpitz.

Bond se dirigea vers les ascenseurs.

— Si Rivke est sur les pentes, faites-la descendre à toute vitesse et indemne, cria-t-il en disparaissant dans la cage.

En arrivant dans sa chambre, Bond mit moins de trois minutes pour passer ses vêtements. Tout en se changeant, il jetait constamment des coups d'œil par la fenêtre en direction du téléski et des pentes. Tout paraissait normal, même lorsqu'il arriva finalement au pied du téléski après avoir mis au total un peu plus de six minutes.

La plupart des gens étaient déjà rentrés à l'hôtel : le moment le plus agréable pour skier était passé. Bond distinguait Tirpitz qui se tenait près de la cabane au pied du téléski avec quelques autres silhouettes.

— Eh bien ? demanda Bond.

— Je leur ai demandé de téléphoner en haut. Son nom est sur la liste. Elle est en train de descendre. Elle porte une combinaison de ski pourpre. Dites-moi ce que vous savez, Bond. Est-ce que cela concerne notre expédition ?

— Plus tard.

Bond tendait le cou, plissant les yeux derrière les lunettes, scrutant la neige à la recherche de Rivke.

La piste principale était tracée au flanc d'une montagne peu élevée. Le parcours s'étendait sur une distance d'environ un kilomètre et demi. Le sommet se dérobait à la vue, mais la piste balisée était large et empruntait de nombreux détours : elle passait entre des sapins, par endroits elle paraissait presque filer à plat, tandis qu'ailleurs la déclivité devenait vertigineuse.

Le dernier demi-kilomètre était une piste pour enfants ; un long couloir en pente douce. Deux jeunes gens en tenues de ski noires et bonnet à rayures blanches finissaient avec panache ce qui avait dû être une descente rapide. Ils achevèrent tous deux leur course avec force rires et tapage.

— La voilà. (Brad tendit les jumelles avec lequelles il avait observé le sommet de la dernière pente.) En tenue cramoisie.

Bond leva les jumelles. Rivke était indiscutablement une bonne skieuse. Elle traversa la pente raide en biais, s'engagea dans une ligne droite, ralentit aux endroits où la neige était plus tassée, puis reprit de la vitesse avant d'aborder la montée, et se mit à suivre l'inclinaison de la longue pente finale.

Elle venait à peine d'en atteindre l'extrémité, à moins d'un demi-kilomètre de l'endroit où ils se trouvaient, lorsque la neige donna l'impression de bouillir autour de la skieuse pendant qu'une brume blanche s'élevait derrière elle. Au centre de cette fleur de neige, soudain, monta une flamme rouge qui vira au blanc.

Le bruit assourdi de la détonation leur parvint une seconde après que Bond eut vu le corps de Rivke se retourner dans l'air, projeté à la verticale par la neige qui explosait.

9

LE CABLE DE SAUVETAGE

Bond eut un haut-le-cœur en voyant la silhouette cramoisie tourbillonner dans l'air comme une poupée de chiffons, et disparaître dans la fine écume blanche. Plusieurs personnes qui se trouvaient près de lui et de Tirpitz se plaquèrent au sol comme si elles étaient prises sous un feu de mortier.

Tout comme Bond, Brad Tirpitz resta debout, se contentant de saisir ses jumelles d'un geste brusque et de les approcher de ses yeux :

— Elle est là. Inconsciente, je crois.

Tirpitz parlait comme un observateur sur le champ de bataille, demandant l'intervention de l'aviation ou corrigeant le tir de l'artillerie.

— Oui, le visage tourné vers le haut, à moitié enfoui dans la neige. A environ cent mètres de l'endroit où c'est arrivé.

Bond reprit les jumelles pour voir par lui-même. La neige retombait ; et il put nettement distinguer le corps étalé dans une congère.

Une autre voix se fit entendre derrière lui.

— L'hôtel vient de prévenir la police et l'ambulance. Ce n'est pas loin, mais aucune équipe de sauvetage n'arrivera là-haut à temps ; la neige est trop molle. Il leur faudra amener un hélicoptère.

Bond se retourna. Kolya Mosolov était là, les jumelles également levées.

Pendant les quelques secondes qui suivirent l'explosion, le cerveau de Bond avait travaillé à une vitesse surmultipliée. Les signaux lui parvenaient clairs et logiques et entraînaient des conclusions évidentes.

L'appel de Paula, s'il venait bien d'elle, confirmait la plupart des affirmations de Rivke et certaines conclusions auxquelles Bond était arrivé plus tôt. Paula Vacker n'était certainement pas la personne qu'elle avait semblé être. Elle lui avait tendu un piège dans l'appartement à l'occasion de sa première visite à

Helsinki. D'une façon ou d'une autre, elle était renseignée sur ses jeux nocturnes avec Rivke à qui elle avait également tendu un piège. Bien plus, Paula avait organisé l'accident de ski, qui venait de se produire, avec une précision incroyable. Elle *savait* où Bond était allé ; elle *savait* où se trouvait Rivke ; elle *savait* ce qui avait été convenu. A tout cela il n'y avait qu'une explication : Paula, d'une façon ou d'une autre, espionnait les quatre membres de Brise-Glace.

Il apparaissait clairement qu'elle était présente, à l'hôtel ou dans les environs, près de la petite ville de Salla ; peut-être même les observait-elle en ce moment.

Bond revint à la réalité.

— Qu'en pensez-vous ?

Il regarda Kolya une seconde puis se retourna vers la piste.

— J'ai dit qu'il fallait un hélicoptère. La neige est dure au milieu de la piste, mais Rivke est prise dans la poudreuse. Si nous voulons agir vite, c'est le seul moyen.

— Ce n'est pas ce que je voulais dire, dit Bond d'un ton sec. D'après vous, qu'est-il arrivé ?

Kolya haussa les épaules sous son lourd manteau.

— Une mine, je suppose. On en trouve parfois dans la région. Elles ont été posées pendant la guerre d'hiver russo-finlandaise ou la Seconde Guerre mondiale. Même après tout ce temps, elles se déplacent au début de l'hiver, avec les premiers blizzards. Oui, je pense que c'était une mine.

— Et si je vous disais que j'ai été prévenu ?

— C'est vrai, dit Brad, dont les jumelles étaient toujours braquées sur le point rouge là-haut. Bond a reçu un appel téléphonique.

Kolya ne semblait pas intéressé.

— Ah ! il faudra en reparler. Mais que font donc la police et l'hélicoptère ?

A l'instant même, une Saab Finlandia déboucha dans le parking de l'hôtel et s'immobilisa à quelques pas de l'endroit où se tenaient Kolya, Tirpitz et Bond.

Deux agents en descendirent. Kolya fut immédiatement à leur côté, parlant le finnois comme quelqu'un du pays. Il s'ensuivit une série de gesticulations véhémentes, puis Kolya se tourna vers Bond en marmonnant un juron obscène en russe.

— L'hélicoptère ne sera pas là avant une demi-heure. (Il prit un air extrêmement vexé.) Et l'équipe de secours mettra aussi longtemps.

— Alors nous avons...

Bond fut interrompu par Brad Tirpitz.

— Elle bouge. Elle a repris connaissance. Elle essaie de se relever. Non, elle est de nouveau étendue. Ce sont les jambes, je crois.

Bond demanda à Kolya si la voiture de police avait un porte-voix.

Il y eut une nouvelle discussion. Puis Kolya cria en direction de Bond :

— Oui, ils en ont un.

Bond était déjà parti, courant aussi vite que possible sur la terre gelée, la main gantée essayant de déboutonner une poche de son anorak pour y prendre la clé de contact.

— Préparez-le, cria-t-il. Je la ramènerai moi-même. Préparez le porte-voix.

Les serrures de la Saab étaient bien huilées et traitées à l'antigel, de sorte que Bond n'eut aucune difficulté à ouvrir la voiture. Il coupa l'alarme, puis se dirigea vers l'arrière du véhicule dont il remonta le hayon, sortit deux cordes à anses et la grosse bobine du câble de sauvetage Pains-Wessex.

Il verrouilla, rebrancha l'alarme, et retourna en courant au pied de la pente où l'un des agents, l'air un peu guindé, tenait un porte-voix Graviner.

— Elle est assise. Elle nous a fait un signe de la main et nous a fait comprendre qu'elle ne pouvait plus bouger.

Tirpitz communiqua le renseignement à Bond qui approchait.

Bond étendit la main, prit le porte-voix de l'agent, appuya sur l'interrupteur et le braqua vers la silhouette pourpre de Rivke Ingber. Il prit soin de ne pas faire entrer ses lèvres en contact avec le métal.

— Si vous pouvez m'entendre, Rivke, levez un bras. C'est James qui parle.

La voix amplifiée dix fois résonnait autour d'eux.

Bond aperçut le mouvement que Tirpitz, avec ses jumelles, confirma.

— Elle vient de lever un bras.

Bond s'assura que le porte-voix était dirigé droit sur Rivke.

— Je vais vous lancer un câble, Rivke. N'ayez pas peur. Il est entraîné par une fusée qui va passer tout près de vous. Faites-moi signe si vous comprenez.

Une fois encore elle leva le bras.

— Lorsque le câble vous atteindra, croyez-vous pouvoir l'attacher autour de votre corps, sous les bras ?

Elle fit signe que oui.

— Pensez-vous qu'il soit possible de vous tirer doucement ?

Il y eut encore un signe affirmatif.

— Si cela devient insupportable, si vous avez mal lorsque nous vous tirerons, levez les deux bras. M'entendez-vous ?

Il y eut une fois de plus un signe affirmatif.

— Très bien.

Bond revint auprès des autres et leur donna des instructions.

Le câble de sauvetage Pains-Wessex est un dispositif lance-câble autonome, qui se présente sous la forme d'un lourd cylindre muni d'une poignée et d'un mécanisme de lancement dans sa partie supérieure. On peut affirmer qu'il s'agit du meilleur système lance-câble du monde. Bond enleva la housse protectrice en plastique de l'avant du cylindre, mettant à nu la fusée, bien abritée au centre, et les 275 mètres du câble enroulé qui prenait le plus de place.

Il dégagea la partie libre du câble, en donnant aux autres des instructions pour qu'ils l'attachent au pare-chocs arrière de la Finlandia, et alla se placer dans l'alignement de la forme cramoisie étendue plus haut dans la neige.

Lorsque le câble fut solidement attaché, Bond enleva la goupille de sûreté et avança la main sur la crosse moulée à l'arrière du pontet de la détente. Il enfonça les talons de ses bottes Mukluk dans la neige et fit quatre pas vers la pente. A cet endroit, la neige était molle et profonde, alors que sur la piste qu'on ne pouvait remonter sans équipement spécial pour la glace, elle était dure comme du roc.

Bond s'enfonça presque jusqu'à la ceinture ; mais la position était assez bonne pour lui permettre de lancer le câble dont l'extrémité se déroulait derrière lui jusqu'au pare-chocs de la Finlandia.

Se raidissant, il tint le cylindre à bout de bras pour permettre à son corps de trouver son point d'équilibre. Lorsqu'il fut sûr que la fusée passerait au-dessus de Rivke, il pressa la détente.

Avec un bruit sourd, le percuteur vint frapper le dispositif d'allumage. Puis, à une vitesse spectaculaire et dans un panache de fumée, la fusée s'éleva très haut dans l'air limpide ; le câble se dévida à sa suite et donna l'impression de gagner en vitesse et de former un arc tendu loin au-dessus de la neige.

La fusée passa bien au-delà du corps de Rivke, mais en suivant la trajectoire correcte, entraînant le câble juste au-dessus d'elle et touchant terre avec un bruit mat. Pendant une seconde le câble resta suspendu, arc vibrant dans l'air calme. Puis, avec une précision qui semblait contrôlée, retomba comme un long serpent brun, se déroulant à partir d'un point élevé situé au-dessus de l'endroit où Rivke était étendue.

Bond se fraya un chemin à travers la neige épaisse pour rejoindre les autres et prit le porte-voix que tenait l'un des agents.

— Levez les bras si vous pouvez attraper la corde qui est un peu plus haut que vous.

L'écho de la voix de Bond se répercuta encore une fois sur les pistes.

Malgré le temps glacial, plusieurs personnes étaient sorties pour voir ce qui se passait. D'autres regardaient par les fenêtres de l'hôtel. Au loin retentissait la sirène d'une ambulance qui approchait.

— Les jumelles, s'il vous plaît.

Bond ne demandait plus, il donnait des ordres. Tirpitz lui remit les jumelles et Bond régla la molette de mise au point.

Le corps de Rivke décrivait un angle étrange, il semblait enfoncé dans la neige jusqu'à la taille, alors qu'autour d'elle la neige paraissait compacte et crevassée. Bond distinguait mal le visage de la jeune fille, mais il eut l'impression qu'elle souffrait. Elle tira péniblement sur le câble, ramenant l'extrémité vers elle.

La manœuvre semblait prendre une éternité. Rivke, qui était dans une position peu commode, et souffrait autant du froid que de ses blessures, faisait de fréquentes pauses pour souffler. On sentait qu'elle menait une dure bataille, comme si elle avait dû traîner un poids énorme au bout du câble.

De temps en temps, la voyant fléchir, Bond l'encourageait et la montagne renvoyait en écho sa voix sonore.

Finalement, la jeune femme eut en main l'extrémité du câble et commença de se démener pour l'attacher autour de son corps.

— Sous les bras, lui conseilla Bond. Faites un nœud que vous glissez dans le dos. Puis levez la main quand vous serez prête.

Après ce qui lui parut une éternité, elle leva la main.

— Bien ; à présent nous allons vous ramener aussi doucement que possible. Nous allons vous traîner sur la poudreuse, mais n'oubliez pas, si cela devient trop pénible, de lever les deux bras. Prête, Rivke ?

Bond se tourna vers les autres qui avaient déjà détaché le câble du pare-chocs de la Finlandia et le tendaient. L'ambulance était arrivée mais c'est seulement à cet instant que Bond la remarqua. Elle amenait une équipe médicale dirigée par un jeune médecin barbu. Bond leur demanda où ils conduiraient la blessée et le médecin, qui s'appelait Simonsson, répondit qu'ils venaient du petit hôpital de Salla.

— Après, dit-il en levant les mains dans un geste d'incertitude, cela dépendra de son état.

Ils mirent trois quarts d'heure pour amener Rivke à portée. Elle n'était qu'à moitié consciente lorsque, se frayant un chemin à travers la neige, Bond s'approcha d'elle. Doucement il guida ceux qui tiraient sur la corde. Enfin, la jeune femme arriva au bout de la piste.

Elle geignit, ouvrit les yeux au moment où le médecin la rejoignait. Elle reconnut immédiatement Bond.

— James, que s'est-il passé ?

La voix était faible.

— Je ne sais pas, chérie. Vous avez fait une chute.

Sous les lunettes et l'écharpe qui lui recouvraient le visage, Bond sentit l'anxiété gravée dans ses propres traits tout comme il voyait les taches blanches révélatrices de gelures sur les parties exposées du visage de Rivke.

Après quelques minutes, le médecin toucha l'épaule de Bond et le prit à part ; Tirpitz et Mosolov étaient agenouillés près de la jeune femme quand le médecin murmura :

— Fracture des deux jambes, semble-t-il. (Il parlait un anglais excellent, comme Bond avait pu s'en apercevoir au cours de leur premier échange.) Des gelures, comme vous voyez, et une hypothermie avancée. Il faut la conduire à l'hôpital immédiatement.

— Aussi vite que possible. Bond saisit le médecin par la manche. Pourrai-je lui rendre visite ?

— Bien entendu.

Elle avait de nouveau perdu connaissance, et Bond ne put rien faire d'autre que de se tenir en retrait et de regarder, l'esprit en pleine confusion, les hommes sangler le corps sur un brancard et le faire glisser dans l'ambulance.

Les images se bousculaient dans sa tête : la glace et la neige, l'ambulance s'éloignant vers la sortie principale de l'hôtel se mêlaient à une série de visions qui remontaient du fond de sa mémoire : une autre ambulance ; une autre route ; du sang partout dans la voiture ; et un agent de police autrichien posant sans fin des questions sur la mort de Tracy. Ce cauchemar, la mort de sa seule et unique épouse, restait tapi au plus profond de son esprit.

Et comme si les deux séries d'images s'étaient tout à coup confondues, il entendit Kolya qui disait :

— Il va falloir causer, James Bond. J'ai des questions à vous poser. Nous devons également être prêts pour cette nuit. Tout est arrangé, mais maintenant nous ne sommes plus que trois. Il faudra prendre des dispositions.

Bond acquiesça et retourna d'un pas lourd à l'hôtel. Dans l'entrée, ils convinrent de se réunir dans la chambre de Kolya à quinze heures.

De retour dans sa propre chambre, Bond ouvrit sa serviette, et fit jouer le mécanisme de sûreté qui dégagea le double fond et les doubles côtés, tous dissimulés grâce à l'ingénieux système anti-détection mis au point par Mademoiselle Astuce.

De l'une des poches latérales, il tira un instrument oblong, de couleur rouge, pas plus gros qu'un paquet de cigarettes, le VL34, surnommé « protecteur de la vie privée », qui est sans doute le plus petit et le plus perfectionné des détecteurs de systèmes d'écoute. La veille, en arrivant, Bond avait déjà passé la chambre au détecteur et n'avait rien découvert mais, à présent, il n'allait pas prendre de risques.

Tirant sur l'antenne télescopique, il mit le petit appareil en marche et « balaya » la chambre. En quelques secondes, une série de voyants s'illuminèrent sur le panneau avant. Puis, comme l'antenne était dirigée vers le téléphone, une lumière jaune s'alluma, confirmant qu'un transmetteur et un microphone étaient cachés près de l'appareil.

Ayant localisé un micro, Bond refit le tour de la chambre. Il y eut plusieurs courtes alertes quand il s'approcha des postes de radio et de télévision, mais le voyant de sécurité jaune ne s'alluma pas. En quelques instants il eut vérifié que le seul micro dans la chambre était celui installé dans le téléphone. En examinant l'appareil, il découvrit qu'il contenait une version améliorée du vieux micro familier, dit « micro infini », qui convertit un téléphone en transmetteur capable de fonctionner vingt-quatre heures sur vingt-quatre. Même depuis l'autre bout du monde, un téléphoniste peut non seulement surprendre des conversations téléphoniques mais entendre tout ce qui se dit dans la pièce où l'appareil est installé.

Bond ôta le micro, le porta dans la salle de bain et l'écrasa sous le talon de ses bottes Mukluk avant de le jeter dans la cuvette des W.C.

— Mort aux ennemis de l'Etat, murmura-t-il avec un sourire amer.

Les autres étaient certainement surveillés de la même manière. Il se posa deux questions : quand les micros avaient-ils été installés, et comment avait-on réussi à minuter l'attentat contre Rivke ? Paula avait dû agir avec une extrême rapidité. A moins, pensa Bond, qu'on n'eût installé les pièges dans l'hôtel Revontuli bien avant leur arrivée.

Mais pour pouvoir faire cela Paula ou la personne responsable de ces machinations devait être renseignée sur la réunion de Madère. Puisque Rivke était devenue une victime, elle était hors de cause. Mais qu'en était-il de Tirpitz et de Kolya ? Il saurait bientôt à quoi s'en tenir sur ces deux-là. Si l'opération visant le dépôt d'artillerie Lièvre bleu allait vraiment « de l'avant », cette nuit, il apprendrait peut-être tout ce qu'il avait envie de savoir.

Il se déshabilla, prit une douche, et mit des vêtements confortables, puis s'allongea sur le lit et alluma une Simmons. Après deux ou trois bouffées, il écrasa la cigarette dans le cendrier, ferma les yeux et s'endormit.

Il se réveilla en sursaut, regarda sa montre. Il était presque quinze heures. Il se dirigea vers la fenêtre. Le paysage enneigé semblait se modifier à vue d'œil : la nappe blanche s'assombrissait avec le soleil couchant. Puis vint le coup de baguette magique, ce que dans l'Arctique on appelle « le Moment bleu », lorsque le blanc éclatant de la neige et de la glace qui recouvre le sol, les rochers, les arbres et les bâtiments se transforme en bleu-vert pendant une minute ou deux avant le crépuscule.

Bond serait en retard pour le rendez-vous avec Kolya et Tirpitz, mais il n'y pouvait rien. Il se dirigea vers son téléphone, désormais débarrassé de tout micro parasite, demanda à la standardiste de lui donner le numéro de l'hôpital de Salla. En se réveillant, sa première pensée avait été pour Rivke.

La standardiste de l'hôpital s'exprimait aisément en anglais. Bond demanda des nouvelles de Rivke et fut prié de patienter. Enfin, la femme revint.

— Je regrette, mais nous n'avons aucune patiente qui s'appelle ainsi.

— Elle a été admise il y a peu de temps, dit Bond. Il s'agit d'un accident survenu près de l'hôtel Revontuli, sur les pistes de ski. Hypothermie, gelures et fracture des deux jambes. Vous avez envoyé une ambulance et un médecin... Il essaya de se rappeler le nom. Le Dr Simonsson.

— Je regrette, monsieur. Nous sommes un petit hôpital et je connais tous les médecins. Ils ne sont que cinq, et aucun ne s'appelle Simonsson.

— Un barbu. Jeune. Il m'a dit que je pourrais rendre visite à la patiente.

— Je suis désolé, monsieur, mais vous devez faire erreur. Personne n'a appelé l'ambulance pour le Revontuli. Je viens de vérifier. Aucune femme n'a été admise, et nous n'avons pas de Dr Simonsson, ici. En fait, nous n'avons aucun médecin jeune et barbu. Je ne demanderais pas mieux. Trois ont une trentaine d'années et sont mariés ; les deux autres prendront leur retraite l'année prochaine.

Bond demanda s'il y avait d'autres hôpitaux dans la région. Elle lui dit que non. L'hôpital le plus proche était à Kemijärvi, et ils n'avaient pas de service d'urgence pour la région, pas plus que l'hôpital de Pelkosenniemi. Bond demanda le numéro de ces deux hôpitaux et celui de la police locale, puis il remercia la jeune fille.

Cinq minutes plus tard, il était fixé : aucun des deux hôpitaux n'avait été appelé pour un accident à l'hôtel. De plus, la police locale n'avait pas envoyé de Saab Finlandia sur les routes ce jour-là. En fait, aucune patrouille n'était passée à l'hôtel, que les policiers connaissaient d'ailleurs bien. Ils y suivaient parfois des stages de ski.

Il devait y avoir une erreur. Ils étaient sincèrement désolés.

Et Bond aussi ; désolé et ébranlé.

10

KOLYA

James Bond était furieux.

— Vous voulez dire que nous n'allons rien faire au sujet de Rivke ?

Il ne criait pas, mais sa voix était crispée, froide comme la glace qui recouvrait les arbres qu'on voyait depuis la chambre de Kolya.

— Nous préviendrons son organisation. (Kolya semblait indifférent.) Mais plus tard, lorsque tout sera fini. De toute façon, d'ici là il est possible qu'elle donne signe de vie. Nous n'avons pas le temps de mettre des raquettes et de partir à sa recherche. Si elle ne réapparaît pas, le Mossad devra la retrouver. Que dit la Bible à ce sujet ? Laissez les morts enterrer leurs morts ?

Bond était à bout de nerfs. A plusieurs reprises, déjà, depuis qu'il avait rejoint ce qui restait de l'équipe Brise-Glace dans la chambre de Kolya, il avait failli perdre patience. Kolya lui avait ouvert la porte, et il était entré sans cérémonie, un doigt sur la bouche, l'autre main tenant le détecteur VL34 à la façon d'un talisman.

Brad Tirpitz eut un sourire sarcastique qui fit place à une grimace de mécontentement lorsque Bond dénicha un autre micro dans le téléphone de Kolya et quelques gadgets électroniques supplémentaires sous le tapis et dans le distributeur de papier hygiénique de la salle de bain.

— Je croyais que vous vous occupiez du ménage, dit Bond sur un ton sec, en jetant sur Tirpitz un regard méfiant.

— J'ai inspecté toutes les chambres en arrivant, y compris la vôtre.

— A Madère, vous avez également affirmé que nous n'étions pas écoutés.

— Et je le maintiens.

— Alors, comment se fait-il qu'ils aient réussi à nous trouver ici ?

Sans s'emporter, Tirpitz répéta qu'il avait fouillé les pièces pour s'assurer qu'elles ne cachaient pas de gadgets électroniques.

— Tout était propre. A Madère comme ici.

— Alors il y a eu une fuite. Organisée par l'un de *nous*, et je sais que ce n'est pas moi.

Chaque mot de Bond brûlait comme de l'acide.

— L'un de *nous* ?

La voix de Kolya se fit menaçante.

Bond n'avait pas encore donné à Kolya tous les détails sur l'appel provenant, comme il le supposait, de Paula, ni sur le message qu'elle lui avait transmis. Il le mit au courant et au fur et à mesure, il voyait le Russe changer d'expression. Le visage de Kolya était comme la mer. Cette fois-ci, pendant que Bond décrivait la façon dont les choses avaient pu se passer, la colère, sur ses traits, se muait peu à peu en inquiétude.

La personne qui les attaquait devait savoir bien des choses sur leur vie privée.

— Je ne crois pas à l'hypothèse de la mine, dit Bond sur un ton morne. Rivke est une bonne skieuse. Je me débrouille assez bien moi-même, et j'imagine que vous n'êtes pas un débutant, Kolya. Quant à Tirpitz...

— Je me défends.

Tirpitz avait pris son air d'enfant boudeur.

— L'explosion sur la piste a peut-être été télécommandée, poursuit Bond. Ils ont également pu employer un tireur d'élite installé à l'hôtel. Ça s'est déjà vu : une balle qui fait sauter une charge explosive. A mon avis, il s'agit plutôt d'une explosion télécommandée parce qu'elle s'accorde avec tout le reste : le fait que Rivke se trouvait sur les pentes, que j'ai reçu un appel téléphonique qui a dû coïncider avec son départ du sommet. (Il étendit les mains.) Ils nous ont immobilisés ici ; ils se sont déjà débarrassés de l'un de nous, ce qui leur permet de s'en prendre plus facilement aux autres...

— Et le noble comte von Glöda et sa femme prenaient leur petit déjeuner ici.

Tirpitz abandonna son humeur morose. Il pointa le doigt vers Kolya Mosolov.

— Que savez-vous à ce propos ?

Mosolov inclina légèrement la tête.

— Je les ai vus avant l'histoire de la piste. Je les ai revus à mon retour à l'hôtel.

Bond renchérit sur Tirpitz.

— Kolya, vous ne croyez pas que ce serait le moment ? **Le moment de nous dire tout ce que vous savez sur von Glöda ?**

Mosolov fit un geste comme pour dire qu'il ne comprenait pas pourquoi on faisant tant d'histoires.

— Le prétendu comte von Glöda est un suspect capital...

— Il est même le *seul* suspect, dit Tirpitz sur un ton sec.

— L'éminence grise de l'organisation que nous essayons de neutraliser, ajouta Bond.

Kolya soupira.

— Il n'en a pas été question au cours des réunions précédentes parce que j'attendais une preuve manifeste, la localisation de son quartier général.

— Et cette preuve, vous l'avez maintenant ?

Bond se rapprocha de Kolya, le menaçant presque.

— Oui. (Il était sûr de lui, inébranlable.) Tout ce qu'il nous faut. Cela fait partie du briefing pour cette nuit.

Kolya s'interrompit comme pour se demander s'il était sage d'en dire plus.

— Je suppose que vous savez tous les deux qui est véritablement von Glöda ?

C'était un peu comme s'il s'apprêtait à porter le coup de grâce.

— Oui, fit Bond en inclinant la tête.

— De même que nous connaissons ses relations avec notre collègue qui vient de disparaître, ajouta Tirpitz.

— Bien, dit Kolya sur un ton légèrement pincé. Alors il n'y a plus qu'à terminer notre briefing.

— Et abandonner Rivke aux loups.

Bond ne cessait de penser à elle.

Kolya tourna la tête très doucement et son regard affronta celui de Bond.

— J'ai idée que Rivke s'en sortira. Laissons-la... comment dites-vous ?... en instance. Je prédis que Rivke Ingber réapparaîtra au moment voulu. Entre-temps, si nous voulons réunir des preuves contre l'Armée d'action national-socialiste, ce qui est la seule raison de notre présence ici, nous devons soigneusement préparer l'opération de cette nuit.

— D'accord, dit Bond en réprimant sa colère.

Le but de l'opération, comme l'avait déjà expliqué Kolya Mosolov, était d'observer et, si possible, de photographier le vol d'armes dans le dépôt d'artillerie de Lièvre bleu, situé près d'Alakurtti. Kolya étala une carte d'état-major sur le sol. Elle était couverte de signes, de croix rouges, de tracés noirs, bleus et jaunes.

L'index de Kolya se posa sur une croix rouge juste au sud d'Alakurtti, à environ 60 kilomètres au-delà de la frontière russe et à quelque 75 kilomètres de l'endroit où ils étaient tous les trois.

— Si je comprends bien, continua Kolya, nous savons tous nous servir de motoneiges. (Il regarda Tirpitz, puis Bond. Tous deux firent un signe de tête affirmatif.) J'en suis ravi, car nous allons être durement éprouvés. La météo pour cette nuit est mauvaise. Des températures en dessous de zéro, s'élevant légèrement après minuit où l'on prévoit un peu de neige, suivie d'une nouvelle baisse et de fortes gelées.

Kolya précisa qu'ils conduiraient les motoneiges sur un terrain accidenté pendant la plus grande partie de la nuit.

— Dès que j'ai compris que Rivke serait à l'hôpital..., reprit-il.

— Où elle n'est pas, dit Bond.

— ... j'ai pris d'autres dispositions. (Kolya passa outre à l'interruption de Bond.) Il faut que nous soyons au moins quatre pour ce que nous avons à faire. Nous devons traverser la frontière russe sans l'aide de mes compatriotes, et suivre un itinéraire qui sera sans doute également emprunté par les véhicules de l'AANS. J'avais l'intention de laisser deux d'entre nous comme jalons le long de la piste, tandis que Bond et moi nous irions jusqu'à Alakurtti. D'après les renseignements dont je dispose, le convoi de l'AANS doit arriver, selon l'accord conclu avec l'officier qui commande Lièvre bleu et ses subordonnés, vers trois heures du matin.

Le chargement des véhicules prendrait environ une heure. Kolya estimait qu'on se servirait d'APC amphibies sur chenilles, probablement de l'une des nombreuses versions des BTR russes.

— Mes hommes m'assurent que tout est prêt. Bond et moi, nous prendrons des films vidéo et des photos, en nous servant de rayons infrarouges si nécessaire ; mais je suppose qu'il y aura beaucoup de lumière. Lièvre bleu est situé au diable vauvert, c'est bien l'expression correcte, n'est-ce pas ? et personne ne sera très vigilant au cours du chargement. Ils feront attention à l'aller, et surtout au retour. Quant au dépôt, je suppose que tous les projecteurs seront allumés.

— Et qu'est-ce que von Glöda a à voir dans tout cela ?

Bond venait d'étudier la carte et les hiéroglyphes griffonnés au crayon. Il n'aimait pas cela. Le passage de la frontière paraissait bien compliqué ; il faudrait traverser un paysage de forêt, de lacs gelés et de vastes étendues enneigées qui, l'été, devaient être de la toundra uniformément plate. Mais c'étaient surtout les régions boisées qui l'inquiétaient. Il savait ce que c'était que de se faufiler avec un motoneige à travers les sapins et les pins.

Kolya fit un sourire énigmatique.

— Von Glöda, dit-il posément, sera là.

Son index resta suspendu au-dessus de la carte, puis pointa vers un endroit marqué de rectangles et de carrés. Les références cartographiques le situaient juste en deçà de la frontière finlandaise, légèrement au nord du lieu où ils comptaient la traverser.

Bond et Tirpitz allongèrent tous deux le cou. Bond grava les coordonnées dans sa mémoire. Kolya continua de parler.

— Je suis presque sûr que, cette nuit, l'homme que vos gens, Brad, appellent le Ver luisant sera planqué ici en toute sécurité, et je suis tout aussi sûr que le convoi de Lièvre bleu aboutira au même endroit.

— Sûr ?

Bond fronça les sourcils d'un air perplexe et leva la main pour écarter de son front une petite mèche de cheveux.

— Comment pouvez-vous en être sûr ?

— Mon pays (la voix de Kolya ne trahissait ni chauvinisme ni fierté particulière), mon pays dispose de certains avantages, d'un point de vue géographique. Du doigt, il traça un cercle sur la carte, tout autour de la région où figuraient les rectangles rouges.

— Nous avons pu exercer une surveillance constante au cours des semaines passées. Nous sommes également avantagés par le fait que des agents ont pris sur place des renseignements détaillés.

Il affirma qu'on trouvait encore un grand nombre d'anciennes positions fortifiées le long de cette partie de la frontière.

— On peut en voir aussi dans de nombreux pays européens, en France, par exemple, et même en Angleterre. La plupart sont intactes, mais inutilisables ; les murs des abris sont en assez bon état, mais l'intérieur est pourri. Vous pouvez donc imaginer combien de blockhaus et de fortifications ont été construits, ici, pendant la guerre d'Hiver, et après l'invasion nazie de la Russie.

— Je puis m'en porter garant.

Bond sourit comme pour essayer de faire comprendre à Kolya qu'il connaissait tout de même un peu cette région.

— Nos agents le savent aussi.

Tirpitz ne tenait pas à demeurer en reste.

— Ah ! le visage de Kolya s'éclaira d'un sourire apparemment affable.

Il y eut un long silence.

Puis Kolya inclina la tête, cette faculté qu'il avait de changer soudainement d'expression le transforma, cette fois-ci, en sage.

— Après avoir été prévenu de ce qui se passait à Lièvre bleu, notre département des opérations spécialisées a reçu des ordres précis. Des avions et des satellites ont été chargés de survoler la région. Voici ce qu'ils ont rapporté.

Il prit une chemise en plastique transparent et fit circuler une série de photographies. Certaines avaient été prises à partir d'un avion de reconnaissance, sans doute un Mandrake, Mangrove ou Brewer D russe, tous ces appareils se prêtant à ce genre de travail. Bien que en noir et blanc, les photographies faisaient apparaître certains endroits où le sol avait été retourné. Elles avaient été prises à la fin de l'été ou au début de l'automne, avant les premières chutes de neige, et sur la plupart d'entre elles on voyait distinctement ce qui ressemblait à une grande entrée d'abri.

Les autres photos étaient également d'un type que Bond et Tirpitz connaissaient bien : elles avaient été prises par des satellites, à des milles au-dessus de la terre, à l'aide d'appareils et d'objectifs variés. Les plus intéressantes représentaient, en couleurs, des changements de structure géologique.

— C'est un de nos satellites de Renseignement militaires Cosmos qui a fait le travail. Pas mal, n'est-ce pas ?

Le regard de Bond passa rapidement des photos satellites aux petits dessins sur la carte. Les photos, agrandies pour la plupart, révélaient qu'on avait exécuté des travaux souterrains. Des différences de structures et de couleurs montraient que l'abri avait été solidement bâti, avec beaucoup de béton et d'acier. A cela s'ajoutaient la symétrie et divers signes prouvant l'existence d'un complexe souterrain en activité.

— Voyez-vous, continua Kolya, j'ai plus que de simples photos.

Il fit apparaître une autre chemise qui contenait à la fois le plan et la coupe d'un ouvrage qui ne pouvait être qu'une très grande casemate.

— Nous avons été alertés par nos satellites. Puis, nos agents en mission sont intervenus. Nous disposions également d'une ou deux cartes intéressantes de la région qui avaient servi à l'époque de la guerre d'Hiver. Le génie militaire finlandais a construit un dépôt souterrain, exactement au même endroit, vers la fin des années 1930. Il était assez vaste pour abriter au moins dix chars sur chenilles avec leurs munitions, et des ateliers de réparation. L'entrée principale était grande. Elle se trouvait ici : il montra du doigt l'entrée sur les photos et sur le plan.

— D'après les rapports de nos agents au sol, et d'après les documents existants, nous savons que la casemate n'a jamais servi. Cependant, il y a environ deux ans, au cours de l'été, on a signalé une activité importante dans la région : des entreprises, des bulldozers, le matériel habituel. Il s'agit sans aucun doute du repaire de von Glöda.

Il suivit du doigt le tracé des dessins.

— Là, on voit que l'entrée initiale a été fermée ; il y a suffisamment de place pour abriter des véhicules, avec beaucoup d'espace en dessous pour l'entreposage.

Toutes ces preuves étaient claires et convaincantes. Le complexe paraissait grand. Il se divisait en deux parties : l'une pour les véhicules et les magasins, l'autre pour loger les occupants. Trois cents personnes au moins pouvaient y vivre sous terre, pendant toute l'année.

La grande entrée était parallèle à une entrée plus petite, et toutes les deux menaient à une profondeur d'environ trois cents mètres, plus d'un quart de mille. D'après Tirpitz, « c'était assez profond pour enterrer un tas de corps ».

— Nous pensons que c'est là que *tous* les corps sont ensevelis. (Kolya n'avais mis aucune malice dans sa repartie.) Je crois qu'il s'agit du quartier général et du poste de commandement des opérations de l'Armée d'action national-socialiste. L'endroit a également été construit pour servir de lieu de concentration principale pour les armes et les munitions volées sur les bases de l'Armée Rouge. A mon idée, la casemate retapée est le centre nerveux de l'AANS.

Tirpitz, de plus en plus cynique, regarda Kolya.

— Donc, tout ce que nous avons à faire, c'est de prendre quelques jolies photos de vos militaires en train de trahir leur pays ; ensuite, de suivre les véhicules jusqu'ici, à la casemate. Le confortable petit Palais de Glace.

Et Tirpitz posa le doigt sur la carte.

— Exactement.

— Simple comme bonjour, en effet. Et je suppose que je serai chargé de couvrir nos arrières, de sorte que n'importe quel imbécile pourra me descendre comme un lapin.

— Certainement pas si vous êtes aussi astucieux qu'on le dit, rétorqua Kolya, lui rendant la monnaie de sa pièce. Pour ma part, je me suis permis d'amener un autre de mes hommes, tout simplement parce qu'il y a deux endroits où l'on peut traverser.

Il indiqua une autre ligne, légèrement plus au nord de l'itinéraire qu'il emprunterait avec Bond, et expliqua que les deux endroits devaient être surveillés.

— Au début, je voulais y poster Rivke, en cas de besoin. Il nous fallait un remplaçant, alors je m'en suis occupé.

Bond réfléchit un moment. Puis il dit :

— Kolya, j'ai une question.

— Allez-y.

Son visage se leva vers Bond, franc et ouvert.

— Supposons que tout se déroule comme prévu, que nous obtenions la preuve recherchée et que nous suivions le convoi jusqu'à la casemate qui, d'après vous, est ici... (Bond désigna un point sur la carte.) Lorsque nous aurons fait tout cela, quelle sera l'étape suivante ?

Kolya ne prit pas le temps de réfléchir.

— Nous nous assurons que nous avons la preuve recherchée. Après cela, de deux choses l'une : ou bien nous envoyons un rapport à nos agences respectives, ou bien si la chose est faisable, nous finissons nous-même le boulot.

Bond ne fit aucun autre commentaire. Kolya avait laissé entrevoir une fin de partie intéressante. S'il participait effectivement à un complot KGB-Armée Rouge, « finir nous-mêmes le boulot » était la bonne façon d'étouffer l'affaire à tout jamais. A plus forte raison, pensa Bond, si Kolya Mosolov s'arrangeait pour que Bond et Tirpitz n'en reviennent pas. Entre-temps, si la théorie du complot était justifiée, le QG de l'AANS pouvait déjà s'apprêter à déménager ; dans une nouvelle cachette ; une nouvelle casemate.

Ils passèrent en revue les autres détails : où seraient cachées les motoneiges, le type d'appareils photo dont ils se serviraient, l'endroit exact où Tirpitz prendrait son poste, la position du nouvel agent de Kolya, connu uniquement sous le cryptonyme de *Mujik*. Kolya prétendait qu'il s'agissait d'une petite plaisanterie, *Mujik* désignant, dans la vieille Russie, un paysan, que la loi considérait comme un mineur.

Après une heure ou deux de briefing détaillé, Kolya remit des cartes à Tirpitz et à Bond. Elles couvraient toute la région et avaient la qualité des cartes d'état-major ; les points de passage à travers la frontière étaient indiqués au crayon à pointe fine de même que l'emplacement de Lièvre bleu, et une série de rectangles représentait le complexe souterrain, ce qu'ils avaient fini par appeler le Palais de Glace. Kolya affirmait que Lièvre bleu et le Palais de Glace étaient à l'échelle.

Ils réglèrent leur montre et convinrent de se retrouver à minuit au lieu de rendez-vous ; ce qui signifiait qu'il leur faudrait quitter l'hôtel, un à un, entre 23 h 30 et 23 h 40.

Bond regagna sa chambre en silence, et tira de sa poche le VL34 pour une nouvelle iinspection. Ce faisant, il songea qu'il n'était plus question, comme par le passé, de coincer de minuscules bouts d'allumettes dans la porte ou dans les tiroirs en guise de témoins. Autrefois, avec un petit morceau de coton, on faisait des merveilles ; mais, à présent, à l'âge des microprocesseurs, la vie était devenue plus raffinée et beaucoup plus compliquée.

Quelqu'un avait profité du briefing pour pénétrer à nouveau dans sa chambre. Cette fois-ci on avait non seulement placé un « infini » automatique dans le téléphone, mais encore dispersé toute une gamme de micros d'appoint dans la chambre : un derrière le miroir de la salle de bain ; un autre astucieusement cousu dans les rideaux ; un troisième camouflé en bouton dans le petit nécessaire à repriser, glissé dans la pochette du papier à lettres de l'hôtel : enfin, un dernier, ingénieusement logé à l'intérieur d'une nouvelle ampoule près du lit.

Bond fit trois fois le tour de la chambre. Il avait affaire à un spécialiste. Tout en détruisant les différents objets, il en vint même à se demander si le nouveau micro, installé dans le téléphone, n'était pas un leurre, placé là dans l'espoir que Bond interromprait ses recherches après l'avoir découvert.

Quand il se fut assuré que la chambre était sûre, Bond étala sa carte. De sa serviette il avait déjà tiré un compas militaire de poche qu'il se proposait de porter sur lui cette nuit-là. En se servant d'un bloc de papier pelure et d'une carte de crédit en guise de règle, Bond fit divers calculs et étudia les itinéraires indiqués sur la carte, prenant note des repères qu'il leur faudrait suivre pour traverser la frontière et trouver Lièvre bleu, puis des relevés à partir du Lièvre bleu en suivant le chemin de l'aller et l'itinéraire de remplacement.

Il prit également soin d'étudier tous les détours qu'ils emprunteraient pour se rendre au Palais de Glace. Pendant qu'il était ainsi occupé, James Bond éprouvait un sentiment de malaise, qu'il avait ressenti plus d'une fois depuis la réunion de Madère. Il en connaissait l'explication principale : il lui était arrivé de travailler de conserve avec un autre membre de ses propres services, ou de services frères. Mais, cette fois, c'était différent. On l'avait forcé à travailler en équipe, et Bond n'était pas un homme d'équipe, surtout pas d'une équipe où régnait la méfiance.

Ses yeux exploraient la carte comme dans l'espoir d'y trouver un fil conducteur ; et, soudain, l'explication jaillit. Arrachant l'une des feuilles de son bloc, Bond la plaça soigneusement sur le tracé du Palais de Glace. Il y décalqua au crayon les lignes qui devaient indiquer les dimensions de la casemate. Puis il y ajouta la topographie locale. Le décalquage terminé, il fit glisser la feuille de papier pelure sur la carte dans le sens nord-ouest, couvrant l'équivalent d'une quinzaine de kilomètres.

Le Palais de Glace vint prendre place de l'autre côté de la frontière, en Russie. La topographie locale cadrait exactement : les courbes de niveau, les surfaces boisées et les cours d'eau coïncidaient parfaitement. Ou bien les cartes avaient été spécialement imprimées, ou bien il y avait effectivement deux emplacements identiques, un de chaque côté de la frontière.

Avec la même concentration, Bond copia la seconde position possible du Palais de Glace sur la carte. Puis il prit deux relevés supplémentaires au compas. Il était tout à fait possible que le quartier général de von Glöda et la première étape du convoi d'armes se trouvent non en Finlande, mais du côté russe de la frontière.

Il réfléchit également à l'emplacementr des deux entrées principales de la casemate. Celles-ci étaient orientées vers la Russie. Si le Palais de Glace se situait du côté russe de la frontière, il ne fallait pas oublier que, avant l'hiver de 1939-1940, cette partie de l'Union soviétique appartenait à la Finlande. Mais peu importait, l'orientation des entrées des fortifications vers le côté russe était étrange, surtout si les casemates avaient été construites *avant* la guerre de 1939.

Bond se dit que le Palais de Glace pouvait fort bien être d'origine russe. S'il s'agissait effectivement du quartier général de l'Armée d'action national-socialiste, cela prouvait deux choses : le chef de l'AANS était un chef terroriste encore plus rusé et audacieux qu'il ne l'avait imaginé ; la coercition et la trahison au sein du GRU de l'Armée Rouge étaient peut-être plus étendues qu'on aurait pu le penser au début.

Bond se promit de faire parvenir prochainement un message à M. Il aurait pu appeler Londres par le téléphone de sa chambre. Celui-ci ne renfermait plus de micro clandestin, mais peut-être les appels étaient-ils captés par le standard de l'hôtel.

En mettant en œuvre des procédés mnémotechniques éprouvés, Bond mémorisa rapidement les relevés au compas et les coordonnées.

Puis il arracha du bloc les feuilles sur lesquelles il avait écrit, en même temps que plusieurs de celles qui se trouvaient en dessous, les jeta dans les toilettes, actionna la chasse d'eau, et s'assura qu'elles avaient bien toutes disparues.

Il enfila sa tenue d'extérieur, quitta la chambre, descendit à la réception, puis se rendit à sa voiture. Parmi les nombreux accessoires secrets que contenait maintenant la Saab, il en était un que le Service Q avait installé récemment. A l'avant du levier de vitesse était dissimulé un appareil qui ressemblait à un radiotéléphone ordinaire, appareil inutile si l'on ne possède pas de base-relais à moins de 40 kilomètres.

Le téléphone de la Saab était doté de deux perfectionnements. D'abord une petite boîte noire d'où partaient deux terminaux. La boîte n'était pas plus grande que deux cassettes superposées, et Bond la sortit de sa cachette, au fond de la boîte à gants.

Après avoir rebranché l'alarme, il traversa d'un pas lourd la neige glacée pour regagner l'hôtel.

Evitant de prendre des risques, Bond passa rapidement la chambre au VL34, et fut soulagé de la trouver intacte après sa brève absence. En un tour de main il dévissa la plaque en dessous du téléphone. Puis il relia les deux terminaux de la petite boîte noire et enleva l'écouteur de son support, le plaçant à portée de la main. Grâce au système électronique perfectionné que renfermait cette boîte, Bond disposait maintenant d'une base-relais aisément accessible d'où il pouvait faire fonctionner le téléphone de la voiture. L'usage illicite des services téléphoniques finlandais lui permettait ainsi d'avoir accès au monde extérieur.

Le téléphone de la voiture présentait une seconde particularité. Bond retourna dans la Saab et appuya sur un bouton carré et noir. Un panneau s'ouvrit derrière le boîtier qui contenait le téléphone, révélant un petit clavier d'ordinateur et un écran minuscule, brouilleur téléphonique d'une grande complexité, qui pouvait camoufler une voix ou envoyer des messages qui s'affichaient sur un écran dans le bâtiment donnant sur Regent's Park. Une fois arrivé à destination, après avoir subi quelques manipulations réservées aux experts, le message codé se transformait en langage informatique intelligible.

Bond pressa les touches nécessaires pour relier le téléphone de la voiture à la base-relais fixée au téléphone de sa chambre d'hôtel. Il tapa tout d'abord le code de sortie pour la Finlande, puis le code d'entrée pour Londres, et enfin l'indicatif de Londres et le numéro du quartier général de ses services.

Il composa alors le chiffre secret correspondant à la date et se mit à taper le message en clair. Celui-ci apparut sur l'écran tel que le découvriraient les hommes du quartier général, à savoir sous la forme d'un enchevêtrement de lettres.

La transmission prit environ quinze minutes pendant lesquelles Bond se tint recroquevillé dans la voiture sombre uniquement éclairée par le reflet du petit écran. Une couche de glace commençait à se former sur les vitres. Au-dehors soufflait un vent léger et la température continuait à baisser.

Après avoir expédié le message, Bond rangea l'appareil, rebrancha l'alarme, et retourna à l'hôtel. Une fois encore, pour plus de prudence, il passa rapidement la chambre au détecteur, puis enleva la base-relais du téléphone fourni par la direction.

Il venait de remettre l'appareil dans sa serviette pour aller le replacer dans la Saab, lorsqu'il entendit frapper à la porte. Bond prit le P7, s'approcha de la porte et mit la chaîne de sûreté avant de demander qui était là.

— Brad. Brad Tirpitz.

Le « méchant » Brad, l'air un peu ébranlé, entra dans la chambre. Le grand Américain était pâle et une certaine méfiance se lisait dans ses yeux.

— Ce salaud de Kolya, dit-il.

Bond montra le fauteuil.

— Asseyez-vous et videz votre sac. La chambre est sûre à présent. Il m'a fallu faire le ménage une fois de plus après notre rendez-vous avec Kolya.

— Moi aussi.

Le visage de Tirpitz s'éclaira d'un sourire qui, comme toujours, s'éteignait au niveau des yeux. Cela faisait penser à un sculpteur qui aurait commencé à dégrossir un bloc de granit et aurait soudain abandonné son travail.

— J'ai pris Kolya en flagrant délit. Avez-vous deviné pour qui il travaille ?

— Pas exactement. Pourquoi ?

— Après la réunion, j'ai laissé un petit souvenir dans sa chambre. Je l'ai tout simplement glissé derrière le coussin du fauteuil. Depuis, je suis à l'écoute.

— Et je parie que vous n'avez rien entendu de très édifiant sur votre compte.

Bond ouvrit le mini-bar et demanda à Tirpitz s'il prenait quelque chose.

— La même chose que vous. Oui, vous avez raison. On n'entend jamais rien dire de bon sur soi-même.

Bond servit deux verres de Martini et en tendit un à Tirpitz.

— Eh bien ?

Tirpitz en but une gorgée et d'un signe de tête fit comprendre qu'il le trouvait à son goût.

— Eh bien, vieux frère, Kolya a donné plusieurs coups de téléphone, dans différentes langues, incompréhensibles pour la plupart. Une fois, pourtant, il a parlé en russe, et sans tourner autour du pot. Le voyage de cette nuit, l'ami, nous mène au bout de la route.

— Ah !

— Oui. On me réserve le même sort qu'à Rivke, juste sur la frontière, pour faire croire à une mine. Je connais même l'endroit exact.

— L'endroit exact ?

— Il n'y a pas d'angle mort, si vous voulez bien me pardonner l'expression, car il se situe en rase campagne. Je vais vous montrer.

Tirpitz étendit la main, faisant comprendre à Bond qu'il souhaitait voir sa carte.

— Donnez-moi simplement les coordonnées.

Personne, ami ou ennemi, ne verrait la carte de Bond, surtout maintenant qu'il y avait porté l'emplacement supposé du Palais de Glace.

— Vous êtes bougrement méfiant, Bond.

Le visage de Tirpitz reprit son expression de granit.

— Donnez-moi simplement les coordonnées.

Tirpitz énuméra les chiffres, et Bond calcula mentalement où se situait l'endroit par rapport au théâtre des opérations. Cela semblait logique : une mine téléguidée dans un lieu qui, de toute façon, était à quelques mètres d'un vrai champ de mines.

— Quant à vous, gronda Tirpitz, vous n'avez encore rien vu. Des préparatifs sont en cours pour que notre Bond fasse une sortie remarquée.

— Je me demande ce qu'on réserve à Kolya Mosolov ? dit Bond avec une expression presque candide.

— Je me le demande aussi. Nous pensons de la même façon. Les morts ne parlent pas.

Bond inclina la tête, but une gorgée de Martini et alluma une cigarette.

— Alors vous feriez mieux de me dire ce qu'on me réserve. Nous avons une nuit longue et froide devant nous.

11

UN SAFARI DANS LES NEIGES

A intervalles réguliers, Bond était obligé de ralentir pour ôter le givre de ses lunettes protectrices. Ils n'auraient pu choisir une nuit pire. Même le blizzard, pensa-t-il, aurait été préférable. « Un safari dans les neiges », c'est ainsi que Kolya avait en riant désigné l'expédition.

L'obscurité semblait coller à eux, se dissipant de temps en temps, pour leur laisser une légère visibilité, avant de s'épaissir à nouveau ; c'était comme s'ils avaient des bandeaux sur les yeux. Ils avaient besoin de toute leur concentration pour suivre l'homme devant eux ; leur seul soulagement était que Kolya, à la tête de la colonne, roulait avec son petit phare en code. Bond et Tirpitz suivaient sans feux, et les trois grosses Yamaha pétaradaient à travers la nuit en faisant assez de bruit, pensa Bond, pour attirer l'attention de toute patrouille dans un rayon d'un mille.

Après sa longue conversation avec Brad Tirpitz, Bond s'était préparé avec plus de soin encore que d'habitude. Il lui fallait tout d'abord mettre de l'ordre, emballer tout ce dont il n'avait pas besoin, et le porter dans la Saab où il devrait prendre d'autres affaires. Après être sorti et avoir enfermé la serviette et le sac de voyage dans le coffre, il se glissa sur le siège du conducteur. Une fois installé, il pouvait à juste titre remercier le saint qui veillait sur les agents secrets en mission.

Il venait de ranger le téléphone avec sa base-relais dans sa cachette, derrière la boîte à gants, lorsque le minuscule voyant rouge placé à côté se mit à clignoter.

Bond pressa immédiatement le gros bouton qui donnait accès au brouilleur et à son écran. Le petit voyant rouge signifiait qu'un message en provenance de Londres était enregistré dans l'appareil.

Il se hâta de le mettre en marche, puis tapa le code de réception. En quelques secondes l'écran, pas plus grand que la couverture d'un livre de poche, fut couvert de groupes de lettres.

Quelques pressions supplémentaires sur les touches et les lettres se mélangèrent avant de s'effacer entièrement. L'appareil se mit à ronronner, puis à cliqueter, tandis que son cerveau électronique commençait à résoudre le problème. Une ligne continue imprimée en clair se déroula sur l'écran. Le message disait :

LE CHEF DES SERVICES A 007 MESSAGE REÇU DOIS VOUS PRÉVENIR ABORDER SUJET VON GLÖDA AVEC PRUDENCE EXTRÊME JE RÉPÈTE PRUDENCE EXTRÊME CAR AVONS DÉSORMAIS PREUVE JE RÉPÈTE PREUVE VON GLÖDA CERTAINEMENT CRIMINEL DE GUERRE NAZI RECHERCHÉ AARNE TUDEER POSSIBILITÉ VOTRE THÉORIE JUSTE DONC SI CONTACT ÉTABLI ALERTEZ-MOI IMMÉDIATEMENT ET QUITTEZ TERRAIN CECI EST UN ORDRE BONNE CHANCE M.

Donc, songea Bond, M était suffisamment inquiet pour ramener la ligne s'il s'approchait de trop près.

Ayant verrouillé la Saab, Bond retourna à l'hôtel où il demanda par téléphone qu'on lui apporte son repas ainsi que de la vodka. Ils étaient convenus de rester chacun dans sa chambre jusqu'à l'heure du rendez-vous à l'endroit où se trouvaient les motoneiges.

Un garçon assez âgé entra en poussant une petite table roulante avec le dîner de Bond : un repas simple composé d'une soupe épaisse et d'une excellente saucisse de renne.

En mangeant, Bond se rendit compte que son inquiétude concernant Brise-Glace ne venait pas entièrement de sa façon de travailler. Il y avait un autre facteur qui était lié au nom d'Aarne Tudeer, et au rapport entre ce nom et celui de von Glöda.

Bond songea à d'autres individus avec qui il avait engagé une lutte dangereuse et souvent solitaire. Presque tous étaient des hommes ou des femmes qui avaient éveillé en lui une haine personnelle. Il évoqua au hasard des noms comme Sir Hugo Drax, un menteur qu'il avait battu en le démasquant comme tricheur professionnel avant d'engager avec lui un autre type d'affrontement. Auric Goldfinger était de la même espèce, un Midas que Bond avait défié à la fois sur le terrain sportif et sur un autre, plus dangereux ; quant à Blofeld, eh bien, il y avait beaucoup de choses, à son propos, qui continuaient à lui glacer le sang : certaines pensées concernant Blofeld et son parent avec qui 007 s'était récemment trouvé face à face.

Mais le comte von Glöda, Aarne Tudeer de son vrai nom, semblait, lui, avoir jeté une ombre inquiétante sur toute l'affaire. Il représentait un énorme point d'interrogation. « Glöda veut dire Luisant », dit Bond à haute voix en mastiquant une bouchée de saucisse.

Il se demanda si l'homme avait une sorte d'humour bizarre. Si son pseudonyme renfermait un message. Une clé de sa personnalité. Glöda était un chiffre secret, un fantôme entrevu une seule fois dans la salle à manger de l'hôtel Revontuli, un homme d'un certain âge, mais toujours en pleine forme, hâlé, aux cheveux gris acier, à l'allure martiale. Si Bond l'avait rencontré dans un club londonien il n'aurait vu en lui que le type même de l'ex-officier, sans se poser davantage de questions. L'auréole du mal n'était pas visible au-dessus de sa tête et il était impossible de se prononcer sur lui.

Pendant une fraction de seconde, Bond eut la sensation étrange d'une main moite se glissant le long de sa colonne vertébrale. Parce qu'il n'avait pas vraiment rencontré von Glöda face à face ou lu son dossier détaillé, il éprouvait un malaise inhabituel. Durant cette fraction de seconde, il se demanda même s'il n'avait pas finalement trouvé son égal.

Bond prit une profonde inspiration, il devait se secouer. Non, von Glöda ne le battrait pas. D'ailleurs, s'il établissait le contact avec le faux comte, 007 ne respecterait pas les instructions de M. James Bond ne pouvait en aucun cas quitter le terrain et fuir devant von Glöda ou Tudeer si ce dernier était effectivement responsable des activités terroristes de l'AANS. S'il y avait la moindre chance d'éliminer cette organisation, il ne laisserait pas passer l'occasion.

Il sentit la confiance renaître en lui. Il était une fois de plus, dans le froid glacial de l'Arctique, le solitaire qui ne pouvait se fier à personne. Rivke avait disparu, et il maudit le fait qu'il avait manqué de temps ou de moyens pour aller à sa recherche. Kolya Mosolov ? On pouvait autant se fier à lui qu'à un tigre blessé. Quant à Brad Tirpitz, eh bien, tout allié qu'il fût en théorie, Bond ne pouvait se forcer à acccorder une confiance totale à l'Américain. Sans doute avaient-ils, dans des circonstances critiques, élaboré un plan pour parer à l'attentat qui, disait Tirpitz, se préparait contre lui. Mais cela s'arrêtait là. Les chaînes de la confiance étaient loin d'être soudées.

C'est à ce moment-là, la nuit n'étant pas encore tombée, que Bond se fit une petite promesse. Il jouerait seul et d'après ses règles à lui. Il ne céderait à personne.

A présent ils avançaient entre soixante et soixante-dix kilomètres à l'heure, faisant des embardées et cahotant le long d'une piste accidentée qui filait entre les arbres, parallèlement à la frontière russe, à un kilomètre environ.

Les motoneiges, connues des touristes sous le nom de « Skidoos », sont capables de progresser sur la neige et la glace à une vitesse terrifiante. Mais il convient de les manier avec précaution. Uniques de conception, avec leur capot carré et menaçant et leurs longs skis saillants vers l'avant, elles évoluent sur des chenilles tournantes munies de grosses pointes qui impriment à l'engin une vitesse initiale, rapidement accrue par l'effet des skis glissants sur la surface.

A part un étroit pare-brise, le conducteur ou son passager éventuel ont peu de protection. Lorsqu'ils conduisent une motoneige pour la première fois, les gens ont tendance à l'utiliser comme une moto, ce qui n'est pas la bonne façon. Une moto peut prendre des virages serrés alors qu'une motoneige a un rayon de braquage beaucoup plus important. Le novice est également tenté d'étendre la jambe dans les tournants. Il suffit d'une fois pour se retrouver à l'hôpital avec une fracture, car la jambe s'enfonce dans la neige et se trouve entraînée vers l'arrière par la vitesse de la machine. Les écologistes ont maudit l'apparition de cet engin, prétendant que les pointes creusaient des ornières et bouleversaient la texture du sol sous la neige ; mais il a indiscutablement changé la vie des hommes dans l'Arctique, surtout celle des indigènes nomades de Laponie.

Bond tenait la tête baissée et réagissait avec rapidité. Chaque virage mobilisait une bonne dose d'énergie, surtout dans la neige dure et profonde où il fallait faire tourner les skis à l'aide du guidon, puis les maintenir, alors qu'ils vibraient et tendaient à reprendre leur position initiale. Suivre quelqu'un comme Kolya présentait d'autres difficultés. On se laissait facilement prendre dans les ornières creusées par la motoneige du chef de file, qui posaient des problèmes de manœuvre ; un peu comme les rails d'un tramway. De plus, si le chef de file commettait une erreur, on finissait presque inévitablement par lui rentrer dedans.

Bond essayait de se faufiler derrière Kolya, virant d'un bord à l'autre en levant continuellement les yeux pour tâcher de distinguer la piste en s'aidant de la petite lueur du phare de Kolya. De temps en temps il se rabattait trop sur le côté, sa machine se cabrait, se mettait à tanguer, à rouler, d'abord à droite, puis à gauche, dérapant vers le haut, au point qu'il en perdait presque le contrôle, puis glissait en arrière pour remonter de l'autre côté de l'ornière jusqu'à ce que, luttant avec le guidon, il parvînt à la remettre d'aplomb.

Même avec le visage et la tête entièrement protégés, Bond sentait les morsures du vent froid le pénétrer et il remuait constamment les doigts de peur qu'ils ne s'engourdissent.

Il avait fait l'impossible pour arriver préparé. L'automatique était dans son étui en travers de sa poitrine, à l'intérieur de la veste molletonnée. Il lui faudrait un certain temps pour s'en saisir, mais au moins l'arme était-elle là, accompagnée d'une bonne réserve de munitions. Le compas se trouvait suspendu à une cordelette passée autour de son cou ; il était abrité sous la veste mais on pouvait le dégager en tirant d'un coup sec sur la cordelette. Bond portait sur lui, dispersés, quelques petits instruments électroniques et les cartes étaient à portée de sa main, dans une poche arrière de son pantalon molletonné. Un long poignard de commando Sykes-Fairbairn était attaché à l'intérieur de sa botte gauche, et un poignard lapon, plus court, pendait à sa ceinture.

Dans le dos, il portait un petit sac qui contenait d'autres articles : une combinaison blanche avec capuchon au cas où il lui faudrait se camoufler dans la neige, trois grenades paralysantes et deux grenades L2 A2 à fragmentation. Le reste était dans sa tête : le métier, l'expérience, et deux attributs vitaux dans sa profession, à savoir l'intuition et la capacité de penser vite.

Les arbres semblaient se faire plus denses, mais Kolya zigzaguait entre eux avec facilité. Il connaît manifestement l'itinéraire, sur le bout des doigts, pensa Bond qui le suivait de très près, à une distance de six pieds environ, conscient de la présence de Tirpitz quelque part derrière lui.

A présent, ils tournaient. Bond le sentait, même si le virage n'était pas très net. Kolya les conduisait à travers des trouées entre les arbres, virant à droite, puis à gauche, mais Bond se rendait compte qu'ils se dirigeaient de plus en plus vers la droite, vers l'est. Bientôt ils quitteraient la zone abritée. Il y aurait ensuite un kilomètre de paysage découvert, puis encore une fois les bois et la longue descente dans la vallée où l'on avait pratiqué une large coupe à travers la forêt pour indiquer la frontière et décourager les gens de traverser.

Soudain ils sortirent de la zone boisée et, malgré l'obscurité, la transition était déconcertante. Au cœur de la forêt, Bond avait éprouvé un sentiment de sécurité. Maintenant, les ténèbres se dissipaient un peu, cédant la place à la vaste étendue de neige, grise sur les pourtours.

Leur vitesse augmenta ; la piste se déroulait tout droit, ils n'étaient plus obligés de se faufiler ou de procéder à de brusques changements de direction. Kolya semblait savoir où il allait, il ouvrit les gaz et poussa sa machine. Bond suivait, dérivant légèrement à droite et restant un peu en retrait à présent qu'ils se trouvaient en rase campagne.

Le froid se faisait plus âpre, soit parce qu'ils n'étaient plus abrités, soit, tout simplement, à cause de l'accélération. Ou encore, parce qu'ils étaient sur la piste depuis près d'une heure et que le froid avait fini par pénétrer leurs os, malgré les couches de vêtements chauds.

Devant eux, Bond distingua un nouvel écran d'arbres. Si Kolya le leur faisait traverser à toute vitesse, ils aborderaient dans dix minutes la longue descente découverte.

La vallée de la mort, pensa Bond ; car c'était au creux de cette vallée qui constituait la zone de protection frontalière que la trappe devait se refermer sur Tirpitz. Ils avaient tout mis au point à l'hôtel. L'heure approchait, alors que les trois moto-neiges faisaient voler la neige autour d'elles. Le moment venu, Bond ne pourrait ni s'arrêter, ni faire demi-tour pour voir si les contre-mesures projetées étaient efficaces. Il lui fallait faire confiance au minutage de Tirpitz et à sa capacité de survie.

De nouveau ils pénétraient dans la forêt, comme on passe la nuit d'une clarté relative à l'obscurité profonde d'une cathédrale. Des branches de sapin fouettaient le corps de Bond, l'égratignant au visage tandis qu'il tirait sur le guidon, à gauche, puis à droite, tout droit, et de nouveau à gauche. A un moment donné, il évalua mal l'amplitude d'un virage, et sentit le ski avant toucher la base d'un tronc d'arbre caché par la neige ; une autre fois, il crut qu'il allait être projeté de la motoneige en train de passer, dans un craquement, sur de grosses racines ouvertes de glace qui faillirent la faire déraper. Mais 007 tint bon, souleva les commandes et redressa le véhicule.

Cette fois-ci, au sortir de la zone abritée, le paysage qui se déroulait devant eux semblait plus clair et plus net, même à travers les lunettes couvertes de givre. La piste descendait en pente douce vers le fond d'une vallée, blanche et glacée, avant de remonter de l'autre côté pour aller se perdre au milieu des arbres, rangés comme en ordre de bataille.

De nouveau sur terrain découvert, ils accélérèrent. Bond sentit sa motoneige piquer du nez lorsque le moteur n'eut plus d'effort à fournir. Maintenant, il lui fallait lutter pour empêcher la machine de se mettre à glisser.

Au fur et à mesure qu'ils descendaient, leur sentiment de vulnérabilité augmentait. Kolya leur avait dit que cette route était régulièrement empruntée par les passeurs de frontière, car il n'y avait pas d'unités chargées de la surveiller à moins de dix milles des deux côtés, et les patrouilles la nuit étaient rares. Bond espérait qu'il ne s'était pas trompé. Bientôt il atteindrait le fond de la vallée, un demi-kilomètre de glace, avant de remontr sur l'autre versant pour aboutir parmi les arbres de la mère Russie. Auparavant, Brad Tirpitz serait mort, du moins si tout se passait comme prévu.

Bond revit en imagination un voyage en auto qu'il avait fait en hiver, il y avait quelque temps déjà, à travers la Zone Est jusqu'à Berlin. La neige et la glace n'étaient pas aussi mauvaises, âpres ou meurtrières ; mais il se rappela que, au passage du poste de contrôle pour quitter l'Ouest à Helmstedt, on lui avait recommandé de suivre la large autoroute qui traverse la Zone Est sans s'en écarter. Pendant les premiers kilomètres, elle était bordée de bois, et il avait vu distinctement les grands miradors avec leurs projecteurs et des soldats de l'Armée Rouge, dans leur tenue blanche d'hiver, groupés dans les bois et aux abords de la route. Etait-ce ce qui les attendait dans les arbres en haut de la pente ?

Ils s'engagèrent sur un terrain plat pour amorcer le parcours rectiligne. Si Brad avait raison, la chose se produirait dans quelques minutes ; deux, trois au plus.

Kolya augmenta sa vitesse comme s'il faisait la course et cherchait à rester bien en tête. Bond suivit, un peu en retrait, et espérant que Tirpitz serait prêt. Se retournant sur son siège dur, il regarda derrière lui. A son grand soulagement, la motoneige de Brad Tirpitz était restée bien en arrière, comme ils l'avaient escompté. Il ignorait si Tirpitz était toujours là : on ne voyait qu'une vague silhouette noire tandis que le véhicule ralentissait.

La chose se produisit au moment même où Bond tourna la tête. Comme s'il avait compté les secondes, calculé le moment précis. Etait-ce de l'intuition ?

L'explosion vint plus tard. Tout ce qu'il vit, ce fut un éclair violent à l'endroit où la silhouette noire et floue roulait derrière lui, une flamme cramoisie avec un pourtour blanc phosphorescent illumina la colonne de neige qui s'éleva dans la nuit.

Puis le bruit, la lourde et double déflagration qui paralysait les tympans. Les ondes de choc vinrent heurter la motoneige de Bond, le martelant dans le dos, l'écartant de sa route.

12

LIÈVRE BLEU

Au moment de l'explosion les réflexes de Bond entrèrent automatiquement en jeu. Il tira sur les commandes, mit le moteur au ralenti, de sorte que la motoneige amorça une longue glissade latérale et s'arrêta.

Avant même de pouvoir s'en rendre compte, Bond se trouva à côté de la motoneige de Kolya.

— Tirpitz ! hurla-t-il, sans vraiment entendre sa propre voix, les oreilles piquées par le froid et assourdies par l'onde de choc.

Curieusement, il sut que Kolya avait répondu, sans être sûr d'avoir bien entendu les mots.

— Nom de dieu, n'approchez pas ! s'écria Kolya d'une voix perçante qui s'élevait comme le vent au milieu d'une tempête de neige. Tirpitz est fichu. Il a dû dévier de la piste et passer sur une mine. Nous ne pouvons nous arrêter. Ce serait la mort. Restez dans ma trace. C'est la seule façon de s'en sortir. Dans ma trace, derrière moi, répéta-t-il, et cette fois-ci Bond était sûr d'avoir clairement saisi les paroles.

C'en était fini. Un regard en arrière lui révéla une faible lueur provoquée par les restes de la motoneige de Tirpitz qui se consumaient dans la neige. Puis on entendit mugir l'engin de Kolya qui disparut à toute vitesse sur la glace.

Bond emballa le moteur et suivit, à une courte distance et bien aligné derrière le Russe. Si leur plan avait marché, Tirpitz devait avoir déjà chaussé ses skis qu'il avait sortis en cachette une demi-heure avant le départ. Il avait prévu de laisser tomber skis, bâtons et sac à environ trois minutes de l'endroit que Kolya avait fixé au cours de la conversation téléphonique qu'il avait surprise. Une minute plus tard Tirpitz devait bloquer le guidon de sa motoneige, se laisser rouler doucement au bas de la machine, dans la neige, en accélérant au dernier instant. Avec un bon minutage et un peu de chance il pouvait rester étendu à l'abri de l'explosion, puis aller récupérer ses skis. Il aurait largement le temps de rejoindre l'endroit convenu avec Bond.

De toute façon, se dit celui-ci, n'y pensons plus. Considérons-le comme mort. Il faut penser à toi et à personne d'autre.

Le bas de la pente était balayé par le vent et Kolya maintenait une vive allure comme s'il était impatient de se mettre à l'abri des arbres. A mi-chemin, sur la longue étendue découverte, les premiers tourbillons d'une nouvelle chute de neige commencèrent à les envelopper.

Enfin ils gagnèrent l'obscurité des arbres. Kolya s'arrêta, fit signe à Bond de se ranger à côté de lui et se pencha pour parler. Les vibrations des moteurs tournant au ralenti étaient le seul bruit perceptible au milieu des grands sapins. Kolya ne criait pas, mais cette fois-ci ses mots étaient parfaitement audibles.

— Je suis désolé pour Tirpitz, dit-il. Cela aurait pu arriver à n'importe lequel d'entre nous. Peut-être ont-ils déplacé le champ de mines. A présent nous ne sommes plus que deux.

Bond hocha la tête, mais ne dit rien.

— Ne vous éloignez pas de moi, continua Kolya. Les deux premiers kilomètres ne sont pas faciles, mais, après, nous trouverons une piste assez large. Une route, en fait. Dès que le convoi sera en vue, j'éteins et je m'arrête. Donc, faites de même si vous voyez mon phare s'éteindre. En arrivant près de Lièvre bleu nous cacherons nos motoneiges, nous prendrons les appareils photo et nous nous approcherons à pied. (Il tapota les sacs fixés à l'arrière de sa machine.) Ce ne sera qu'une courte marche de cinq cents mètres à travers la forêt.

Cela fait à peu près un demi-mille, pensa Bond. Il y aurait de quoi s'amuser.

— Si nous poursuivons sans nous arrêter, ce sera l'affaire d'environ une heure et demie, reprit Kolya. Vous êtes en forme ?

Bond acquiesça d'un signe de tête.

Kolya avança lentement et Bond, feignant de vérifier son équipement, tira sur la cordelette et sortit le compas. Il l'ouvrit, le posa à plat dans la paume de sa main et se pencha pour examiner le cadran lumineux.

L'aiguille s'immobilisa et Bond nota rapidement la position. Ils se trouvaient presque à l'endroit décrit par Kolya. La véritable épreuve viendrait donc plus tard, s'ils réussissaient à suivre le convoi de Lièvre bleu au Palais de Glace.

Bond remit le compas à l'intérieur de sa veste, se redressa et leva les bras pour indiquer qu'il était prêt à reprendre la route. Ils s'éloignèrent doucement, avançant au pas durant les deux premiers kilomètres. Il était évident qu'un chemin plus large devait s'enfoncer dans cette partie protégée de la forêt si le convoi venait de Finlande.

Et, comme l'avait prévu Kolya, ils s'engagèrent sur une piste large et recouverte d'une couche de neige compacte et gelée. Par endroits, de profondes ornières témoignaient du passage de véhicules sur chenilles, bien qu'il fût impossible de dire si elles avaient été creusées récemment. Le froid était à présent si intense que tout objet crevant la surface de neige gelée y laisserait des traces tout aussi dures en l'espace de quelques minutes.

Kolya accéléra. Bond le suivait sans peine sur ce terrain nivelé, mais, malgré le froid incisif qui engourdissait son esprit, il ne put s'empêcher de se poser quelques questions. Kolya s'était révélé d'une remarquable habileté en traversant la frontière, surtout dans la forêt. Il était impossible qu'il n'eût pas déjà fait le trajet, et cela de nombreuses fois. Bond n'avait pu relâcher son attention, alors que Tirpitz était resté bien à l'arrière pendant la majeure partie du trajet. A présent Bond se rappela une impression qu'il avait eue plus tôt : Tirpitz ne s'était presque jamais rapproché de lui au cours de ce voyage en zigzag à travers les arbres.

Cela signifiait-il que les deux hommes avaient déjà traversé la frontière en empruntant ce chemin ? C'était fort possible. Réflexion faite, Bond fut encore plus intrigué, car Kolya avait toujours progressé à vive allure, même aux endroits les plus difficiles, et sans consulter de carte ou de compas. C'était comme s'il se laissait guider par des moyens extérieurs. Par radio ? peut-être bien. Personne ne l'avait vu sans sa tenue après le rendez-vous près des motoneiges. Kolya leur avait-il fait traverser la frontière par une sorte de chenal pour radioguidage ? Il lui était facile de cacher des écouteurs sous le capuchon thermogène. Bond se promit de vérifier si, par hasard, des fils étaient branchés sur la motoneige de Kolya.

S'il n'avait pas été radioguidé, la piste était-elle balisée ? C'était également possible, car Bond avait été trop occupé à suivre Kolya pour remarquer d'éventuels cataphotes installés le long du chemin.

Une autre pensée le frappa. Cliff Dudley, son prédécesseur dans l'opération Brise-Glace, s'était montré peu disposé à parler du travail que l'équipe avait accompli dans l'Arctique avant l'empoignade avec Tirpitz et le briefing à Madère. M n'avait-il pas laissé entendre ou dit ouvertement qu'ils avaient réclamé dès le début la participation de Bond ?

Au fait, à quoi ces représentants de quatre agences de Renseignement différentes avaient-ils bien pu occuper leur temps ? Avaient-ils déjà pénétré en Union soviétique ? Avaient-ils déjà été en reconnaissance à Lièvre bleu ? Pourtant, tous les renseignements précis provenaient de Kolya, de Russie, y compris les photos aériennes et par satellites.

Il avait été question de rechercher von Glöda, de découvrir s'il était le commandant en chef de l'AANS, et Aarne Tudeer. Pourtant, von Glöda avait été présent en chair et en os, au petit déjeuner, à l'hôtel, au vu et au su de tout le monde. Et nul n'avait semblé s'en préoccuper le moins du monde.

D'emblée, Bond n'avait fait confiance à personne, et ce manque de confiance avait maintenant fait place à une profonde méfiance à l'égard de tous ceux qui avaient une relation quelconque avec Brise-Glace. Et Bond se défiait aussi de M qui était resté muet comme une carpe sur les détails de l'opération.

James Bond se demanda si par hasard M ne l'avait pas, de propos délibéré, mis dans une situation impossible. Alors qu'il glissait sur la neige avec bruit, la réponse s'imposa à son esprit. Oui, c'était là un vieux truc des services secrets. On lançait un agent expérimenté dans une aventure dont il ignorait presque tout, et on le laissait seul découvrir les faits. En vérité, il ne pouvait compter que sur lui-même. La conclusion à laquelle il avait abouti plus tôt était, en fait, la base du raisonnement de M. Il n'y avait jamais eu d'« équipe » au sens strict du terme ; simplement des représentants des quatre agences travaillant côte à côte, mais chacun pour soi. Quatre « singletons ».

Cette pensée le tourmentait pendant qu'il suivait la motoneige de Kolya, lancée à vive allure sur la neige et la glace déchiquetée qui s'étendaient à l'infini. Il perdit toute notion du temps pour ne plus percevoir que le froid, le grondement du moteur et l'interminable ruban blanc derrière la machine de Kolya.

Puis, petit à petit, Bond remarqua une lumière intense qui, sur sa gauche, brillait entre les arbres.

Quelques instants plus tard, Kolya éteignit son phare et ralentit pour s'engager sous les arbres à gauche de la route.

Bond arrêta sa motoneige à côté de celle du Russe.

— Nous allons les cacher dans la forêt, dit Kolya à voix basse. C'est Lièvre bleu, illuminé comme pour le Premier Mai.

Ils mirent les motoneiges à l'abri en les camouflant de leur mieux. Kolya proposa d'endosser les combinaisons blanches.

— Nous devons marcher dans la neige profonde pour atteindre l'endroit d'où nous observerons le dépôt. J'ai des jumelles de nuit, vous n'avez donc besoin de rien apporter.

Bond, cependant, se préparait. Sous prétexte de revêtir sa combinaison, il réussit, de ses doigts gourds, à défaire les agrafes de sa veste molletonnée. Il pourrait ainsi atteindre plus aisément son automatique P7. Il fit également passer une grenade paralysante et une grenade à fragmentation L242 de son sac dans les poches de l'ample vêtement blanc capuchonné qui l'enveloppait à présent.

Le Russe semblait n'avoir rien remarqué. Son arme était ostensiblement attachée à sa ceinture. Les grandes jumelles de nuit lui pendaient au cou, et, dans le noir, Bond crut avoir surpris un sourire sur le visage de Kolya lorsque celui-ci lui avait tendu l'appareil automatique à rayons infrarouges. Le Russe portait un équipement vidéo accroché à sa ceinture, tandis que la caméra était suspendue par des courroies, au-dessous des jumelles.

Kolya tendit le bras en direction de l'endroit, en contre-haut, où la lumière brillait à présent. Il montra le chemin précédant Bond ; ils étaient comme deux fantômes blancs et silencieux avançant, d'arbre en arbre, sur une terre morte.

Ils firent quelques pas de plus et atteignirent le bas de la butte. Le sommet était éclairé par les lumières qui, de l'autre côté, projetaient leurs rayons vers le haut. Rien ne trahissait la présence de gardes ou de sentinelles, et Bond trouva tout d'abord l'escalade difficile, car ses jambes étaient engourdies par le froid et le long trajet à motoneige.

Peu avant d'atteindre la crête, Kolya tournant la paume de la main vers le sol, fit signe à Bond qu'il fallait se coucher. Côte à côte, les deux hommes avancèrent en rampant dans la neige profonde qui ensevelissait la base des troncs d'arbres. En dessous d'eux, vivement illuminé, s'étendait le dépôt d'artillerie de Lièvre bleu. Après s'être efforcé, trois heures durant, de voir dans l'obscurité et à travers la neige qui tombait, Bond fut aveuglé par l'éclat des lampes à arcs et des gros projecteurs. En observant ce spectacle, il se prit à songer, pendant quelques instants, qu'il n'était pas étonnant que les hommes et sous-officiers de Lièvre bleu se soient si aisément laissés aller à un acte de trahison en vendant des armes, des munitions et du matériel. Passer toute l'année dans ce lieu, morne et inhospitalier en hiver, infesté de moustiques pendant le court été, devait suffire pour tenter n'importe qui, ne serait-ce que par jeu.

Alors que ses yeux s'accoutumaient à la lumière, Bond essaya d'imaginer l'existence monotone de ces hommes. Que faisait-on dans un camp comme celui-ci ? Il y avait les parties de cartes nocturnes ; la boisson ? Oui, c'était l'affectation idéale pour des alcooliques. Les gardes devaient compter les jours jusqu'à la prochaine permission ; enfin, il y avait les rares sorties à Alakurtti qui, d'après ses calculs, était à six ou sept kilomètres. Mais que faisait-on à Alakurtti ?

On y trouvait, à côté d'un ou deux restaurants où était servie de la nourriture identique à celle du camp mais préparée par des mains différentes, un bar où l'on pouvait se soûler. Y avait-il des femmes ? Peut-être quelques filles lapones, d'origine russe, proies faciles de la maladie et d'une soldatesque brutale et licencieuse.

A présent, Bond voyait de nouveau clairement. Il put observer Lièvre bleu tout à loisir : c'était un grand rectangle au milieu d'une clairière. Des arbres avaient poussé entre les hautes clôtures en fil de fer couronnées de barbelés et de projecteurs inclinés. Deux barrières étaient ouvertes, juste en dessous des deux hommes, et la route sinueuse qui se déroulait à travers les arbres avait été déblayée.

A l'intérieur de l'enceinte, la disposition des bâtiments était nette et ordonnée. Près de l'entrée se trouvaient une salle de garde, des miradors et des projecteurs et la route empierrée, longue de 250 mètre environ, passait au centre de la base. Les entrepôts étaient construits de part et d'autre de cette route. C'étaient de grandes et hautes baraques préfabriquées aux toits de tôle ondulée, chacune avec sa rampe de chargement faisant saillie.

Tout avait été prévu. Les véhicules pouvaient entrer directement, être chargés ou déchargés devant les rampes, puis suivre la route jusqu'au bout du camp où un rond-point leur permettait de faire demi-tour. Toute livraison ou expédition pouvait se faire sous des délais rapides : les camions et les véhicules blindés entraient, se débarrassaient de leur chargement, puis continuaient jusqu'au rond-point et reprenaient le chemin par lequel ils étaient venus.

Derrière les baraques s'élevaient de longues cabanes en rondins ; ce devaient être les quartiers des troupes, les salles de mess et les centres de loisirs. Le tout était disposé de façon symétrique. Il aurait suffi d'enlever la clôture en fil de fer et les longues rangées de rampes, et d'ajouter une église en bois pour transformer le camp en un village accueillant les employés d'une petite usine.

L'escalade de la crête avait revigoré Bond. A présent, le froid le pénétrait de nouveau. Il avait l'impression que de la neige fondue coulait dans ses veines et dans ses artères, tandis que ses os étaient pareils à de la glace, tranchante et étincelante comme une épée de Damoclès, qui pendait aux branches au-dessus de sa tête.

Il jeta un coup d'œil sur sa gauche. Kolya filmait déjà la scène pour la postérité et la caméra vidéo ronronnait. Bond tenait devant lui le petit appareil photo à infrarouges, chargé et coiffé de son objectif. Appuyé sur les coudes il souleva ses lunettes et ajusta l'oculaire caoutchouté contre son œil droit, puis régla le diaphragme. Au cours des quelques minutes qui suivraient, il devait prendre trente-cinq photos de l'enlèvement d'armes à Lièvre bleu.

Les renseignements de Kolya étaient exacts. Les lumières étaient allumées sans souci pour la sécurité. Quatre gros transports de troupes sur chenilles, des BTR 50 étaient alignés à côté des rampes comme Kolya l'avait prédit. Tout cela était trop beau pour être vrai, pensa Bond.

Il y avait différents types de BTR russes : le transport amphibie classique sur chenilles, pour vingt hommes et deux membres d'équipage ; le transport avec canon ou le modèle inférieur. Ils étaient uniquement réservés au transport de chargements en terrain difficile et avaient été réduits à leur plus simple expression, la plus grande partie du blindage ayant été retirée. Ils reposaient sur leurs chenilles bien graissées et équipées à l'avant d'une lourde lame de bulldozer pour balayer débris, glace, neige épaisse et arbres arrachés. Tous les BTR étaient peints du même gris, et leur superstructure plate était ouverte et rabattue sur les côtés, révélant les profondes soutes métalliques rectangulaires dans lesquelles des hommes chargeaient des caisses avec rapidité et efficacité.

Les équipages des BTR se tenaient à l'écart, comme s'ils refusaient de s'abaisser à ces tâches manuelles qui consistaient à traîner et à soulever la lourde cargaison ; mais, de temps à autre, un homme de chaque BTR parlait au sous-officier responsable du chargement qui cochait les articles sur une feuille.

Les manutentionnaires étaient vêtus d'un treillis gris clair avec des épaulettes et les insignes qui indiquaient leur grade. Ils devaient porter en dessous une tenue d'hiver plus chaude, et leur tête était protégée par une casquette de fourrure dont les énormes rabats descendaient presque jusqu'à leur menton. La casquette arborait sur le devant l'étoile de l'Armée Rouge.

Les équipages de deux hommes, cependant, portaient un

uniforme différent qui stupéfia Bond. Sous de courts manteaux de cuir, on distinguait d'épais pantalons bleu marine pris dans de solides bottes à l'écuyère. Ces hommes portaient un serre-tête surmonté d'un béret de marin aux insignes étincelants. Leur tenue ne rappelait que trop à Bond une autre époque, un autre monde. Ils ressemblaient à des figurants jouant les équipages de char des Waffen SS.

Kolya le poussa plusieurs fois du coude, lui tendit les jumelles de nuit, désignant du doigt la partie avancée de la première rampe.

— Le chef, chuchota-t-il.

Bond prit les jumelles, les régla, et vit deux hommes en pleine conversation. L'un appartenait aux équipages des BTR, l'autre était un personnage trapu, au visage jaunâtre, enveloppé dans une capote aux épaulettes d'adjudant dont le gros galon rouge était nettement visible à travers les jumelles.

— Ce sont des sous-officiers, chuchota de nouveau Kolya. Des sous-officiers mécontents ou des individus dont les autres unités veulent se débarrasser. C'est pourquoi ils ont marché si facilement dans la combine.

Bond hocha la tête et rendit les jumelles.

Le dépôt de Lièvre bleu paraissait très proche ; cette impression était provoquée par la lumière vive et par la gelée qui étaient suspendues dans l'air comme des vrilles. En bas, les hommes affairés laissaient échapper de la vapeur de leur bouche et de leurs narines comme des chevaux surmenés tandis qu'on entendait, assourdis par l'atmosphère, les ordres donnés en russe et qui pressaient les hommes d'accélérer leur travail. Bond surprit même une voix qui disait :

— Allez, plus vite, bande de gourdes. Pensez-donc à la belle prime qui vous attend et aux filles qui vont s'amener d'Alakurtti demain. Finissez le travail et vous pourrez vous reposer.

L'un des hommes se retourna vers celui qui venait de parler et répondit d'une voix forte :

— Si la grosse Olga s'amène, je vais avoir besoin de me reposer le plus possible...

Le reste de la phrase se perdit dans l'air, mais les rires rauques montraient qu'elle s'était terminée par une obscénité.

Bond sortit très lentement le compas en tirant sur la cordelette, prit discrètement un relevé et se livra à un rapide calcul mental. D'en bas lui parvint un grondement. Le moteur du premier BTR s'était mis en marche. Des hommes s'affairaient sur les plaques de métal, rabattant et verrouillant les épais volets du toit.

Les autres BTR étaient presque entièrement chargés. Des hommes travaillaient encore à arrimer les dernières caisses. Puis le moteur d'un deuxième véhicule se mit en marche.

— Il est temps de descendre, chuchota Kolya ; et ils virent le premier transport s'ébranler lentement en direction du rond-point. Il faudrait une quinzaine de minutes pour que tout le convoi soit prêt, fasse demi-tour et forme une colonne.

Les deux hommes repartirent lentement. A mi-pente, ils furent obligés de rester étendus quelques instants sans bouger pour permettre à leurs yeux de s'habituer à l'obscurité.

Puis, ce fut la descente glissante, plus rapide que la montée, et le retour à travers la forêt, la progression à tâtons vers la cachette des motoneiges.

— Nous allons attendre qu'ils soient passés, dit Kolya avec autorité. Ces BTR ont des moteurs qui grondent comme des lions en furie. Les équipages ne nous entendront pas mettre notre moteur en marche.

Il étendit la main pour reprendre l'appareil à Bond et le ranger avec l'équipement vidéo.

Les lumières venant de Lièvre bleu tranchaient toujours sur le ciel, mais, à présent, dans le silence, les moteurs des BTR se firent rauques et agressifs. Bond se livra à un nouveau calcul, espérant qu'il ne se trompait pas. Puis le bruit se rapprocha et résonna entre les arbres.

— Ils sont en route, dit Kolya en le poussant du coude. Bond se pencha pour essayer d'apercevoir le convoi sur la route.

Le bruit des moteurs était de plus en plus fort ; malgré la déformation provoquée par la glace et les arbres, on pouvait le situer avec précision ; il provenait de la gauche de Bond et de Kolya.

— Prêt, murmura Kolya.

Il paraissait soudain nerveux, à moitié dressé sur la selle de sa motoneige, la tête retournée, comme remontée par un mécanisme à clé.

Le grondement des moteurs se transforma en un ronronnement étouffé. Ils ont atteint la bifurcation, pensa Bond. Puis, très nettement, il entendit l'un des moteurs changer de régime et Kolya se dressa encore davantage sur sa selle.

Le bruit redevint uniforme. Les quatre BTR roulaient maintenant sur la même piste, à une égale vitesse. Mais quelque chose n'allait pas. Bond mit une ou deux minutes avant de comprendre que l'écho des moteurs faiblissait.

Kolya jura en russe.

— Ils se dirigent vers le nord, grogna-t-il. (Il ajouta, après un silence :) Très bien. Cela signifie qu'ils empruntent l'autre itinéraire pour le retour. Mon agent les surveillera. Prêt ?

Bond acquiesça d'un signe de tête et ils firent démarrer leur motoneige. Kolya s'engagea sur la piste et prit immédiatement de la vitesse.

Le grondement sourd des BTR couvrait le bruit des motoneiges, et les deux hommes réussirent à rester bien en arrière, sans perdre de vue le dernier véhicule sur une distance de dix ou onze kilomètres. Le petit convoi demeurait sur la même route et Bond estima qu'ils se rapprochaient dangereusement d'Alakurtti. Il vit alors Kolya lui faire signe de virer à gauche pour rentrer dans les bois. Pourtant, cette fois, la piste était assez large, la neige dure, épaisse et fraîchement tassée par le lourd blindage et les chenilles BTR.

Ils avaient l'impression de monter constamment, de zigzaguer pour éviter la trace, à présent dangereuse, des BTR. Le moteur de la motoneige semblait peiner, tandis que Bond essayait de vérifier la direction suivie.

S'ils retournaient à la frontière, cette traversée devrait les ramener au point exact où ils avaient pénétré dans les bois du côté russe. Pendant longtemps ils suivirent cette route vers le sud-ouest. Puis, après une heure ou deux, la piste bifurqua. Les BTR prirent à droite, en direction du nord-ouest.

A un moment donné, Kolya estima qu'ils s'étaient trop rapprochés et fit signe d'arrêter. Bond eut tout juste le temps de tirer le compas et d'en lire le cadran lumineux. Si les BTR poursuivaient leur chemin actuel, ils aboutiraient, sans aucun doute, à proximité du Palais de Glace, *s'il se trouvait du côté russe*, à l'endroit que Bond croyait avoir repéré.

Quelques kilomètres plus loin, Kolya s'arrêta de nouveau en faisant signe à Bond de s'approcher.

— Nous traversons dans quelques instants, dit-il d'une voix forte.

Le vent cinglait maintenant leur visage, pénétrant leurs vêtements et rabattant vers eux le bruit du convoi.

— Le remplaçant devrait se trouver devant nous ; ne soyez donc pas trop surpris si une autre motoneige nous rejoint.

— Ne devrions-nous pas traverser une zone découverte de ce

côté ? demanda Bond avec toute la candeur qu'il put faire paraître dans le vent âpre.

— Pas de ce côté. Vous vous rappelez la carte ?

Bond se rappelait fort bien la carte. Il revoyait également son propre tracé et l'emplacement présumé du Palais de Glace, de ce côté-ci, c'est-à-dire du côté russe de la frontière. Pendant une seconde il se demanda s'il ne devait pas descendre Kolya sur-le-champ, éviter son autre agent, s'assurer que les BTR rejoignaient la casemate, et puis fuir l'Union soviétique aussi vite que la motoneige le lui permettrait.

Cette pensée s'évanouit aussitôt. Va jusqu'au bout, lui disait une voix qui venait du plus profond de lui-même.

Une quinzaine de minutes plus tard, ils aperçurent l'autre motoneige. Une silhouette, haute, mince et emmitouflée, se tenait sur le siège, attendant l'ordre d'avancer.

Kolya leva la main et la nouvelle motoneige prit la piste, montrant le chemin. Devant eux les BTR ronflaient et faisaient entendre des craquements sur la route forestière qui, à cet endroit, était juste assez large pour leur permettre de passer.

Pendant une demi-heure il n'y eut pas de changement de direction. Une faible lueur éclairait le ciel. Puis, presque sans avertissement, Bond sentit ses cheveux se hérisser sur sa nuque. Jusqu'à présent, ils avaient pu entendre distinctement les BTR, malgré le bruit des trois motoneiges. Maintenant, seul leur parvenait leur propre bruit. Il ralentit, s'écartant pour éviter une ornière ; ce faisant, il put clairement apercevoir devant lui la silhouette du nouvel agent de Kolya. Malgré les vêtements épais qui l'enveloppaient, il crut reconnaître la forme de la tête et des épaules.

La pensée l'ébranla une seconde, et c'est alors que tout arriva.

Devant eux, un torrent de lumière se déversa subitement à travers les arbres. Bond vit le dernier BTR et ce qui ressemblait à une immense falaise de neige dressée au-dessus de leur tête. Puis les lumières se firent plus intenses, brillant de tous les côtés, et même, à ce qu'il semblait, d'en haut. De grands projecteurs et des lampes à arc donnaient à Bond l'impression de se trouver nu, pris au piège, en rase campagne.

Il fit glisser sa motoneige, essaya d'amorcer un virage à droite pour s'échapper, une main plongeant dans la veste à la recherche du pistolet. Mais les tranchées creusées dans la neige par les BTR rendaient la manœuvre impossible.

Ensuite, tout autour d'eux, des hommes en uniforme gris terre, coiffés de casques en forme de seau à charbon et portant de longues vestes doublées de peau de mouton, sortirent de derrière les arbres. Ils convergèrent sur les trois conducteurs, carabines et pistolets automatiques étincelant dans la lumière éblouissante.

Bond avait sorti l'automatique, mais il le tenait dirigé vers le sol. Ce n'était pas le moment d'engager une lutte à mort. 007 savait que le sort ne lui était pas favorable.

Il regarda fixement devant lui. Kolya était assis, raide sur sa motoneige, mais son agent était descendu de la sienne, et se dirigeait vers Bond. Celui-ci connaissait cette démarche, de même qu'il avait cru se rappeler la tête et les épaules.

Baissant les yeux pour se protéger de l'éclat aveuglant d'un projecteur braqué sur lui, il vit les bottes des hommes qui l'encerclaient. Le craquement d'autres bottes dans la neige glacée se fit plus net à mesure que l'agent de Kolya s'approchait. Une main gantée se tendit et lui retira le P7 des mains. Grimaçant à cause de la lumière, Bond leva les yeux.

L'agent enleva son écharpe, souleva ses lunettes, puis ôta son bonnet tricoté, libérant une longue chevelure blonde. Paula Vacker regarda Bond droit dans les yeux, en riant, et dit, en prenant l'accent allemand :

— Herr James Bond, pour fous la guerre est terminée.

13

LE PALAIS DE GLACE

Les hommes en uniforme le cernèrent. Des mains le fouillèrent, lui confisquant ses grenades et son sac. Elles ne découvrirent pas le couteau de commando caché dans sa botte Mukluk.

Paula riait toujours lorsque les hommes arrachèrent Bond de sa motoneige et le firent avancer.

Il avait froid, il était fatigué. Pourquoi ne feindrait-il pas un évanouissement ? Il vacilla et laissa à deux des hommes en uniforme le soin de le soutenir. La tête inclinée sur l'épaule, il les suivit, les paupières mi-closes.

Ils étaient sortis de la forêt pour entrer dans une clairière en demi-cercle, qui se terminait par une légère pente, comme une petite piste de ski. C'était, bien entendu, la casemate, le Palais de Glace, car d'énormes portes, au camouflage blanc, étaient ouvertes du côté de la pente. De la chaleur semblait s'échapper de l'intérieur vivement illuminé.

Bond aperçut vaguement une entrée plus petite sur la gauche. Tout cela était conforme aux dessins que Kolya avait fournis. Deux parties : l'une pour l'entreposage des armes et leur entretien, l'autre pour les logements.

Il entendit un moteur se mettre en marche et vit l'un des BTR, le dernier, s'engouffrer dans l'entrée, puis basculer pour disparaître au bas de la longue rampe intérieure dont Bond savait qu'elle menait dans les profondeurs de la terre.

Tout près, il entendit à nouveau le rire de Paula et le vrombissement d'une motoneige. Sa propre motoneige passa, conduite par un homme en uniforme. Puis Kolya dit quelque chose en russe, et Paula répondit dans la même langue.

— Vous allez beaucoup mieux, dit l'un des hommes qui l'entraînaient, dans un anglais à l'accent lourd. Nous vous donnerons à boire à l'intérieur.

Quand ils eurent franchi les portes massives, ils le plaquèrent contre le mur, et l'un d'eux sortit un flacon qu'il porta aux lèvres

de Bond. Celui-ci eut l'impression qu'une flamme lui léchait les lèvres, le brûlait en descendant dans son estomac. Il eut un haut-le-cœur et, d'une voix entrecoupée, dit :
— Qu'est-ce... ? Qu'est-ce que... ?
— Du lait de renne avec de la vodka. C'est bon ? Oui ?
— Oui.

Il reprit sa respiration. Il était impossible de feindre l'évanouissement après avoir avalé cette eau de feu. Il secoua la tête et regarda autour de lui. Une odeur de gazole lui parvenait de l'arrière de la caverne, et la large rampe de l'entrée disparaissait, dans les entrailles de la terre.

A l'extérieur, les hommes en uniforme se rangeaient par colonnes de trois. Tous arboraient l'uniforme gris clair des Waffen SS : les courtes bottes d'hiver et l'ample pantalon de campagne, la capote flottante doublée de fourrure avec ses poches obliques, les insignes à peine visibles sur le col des vestes qu'ils portaient en dessous. Les officiers étaient chaussés de bottes à l'écuyère et portaient probablement une culotte de cheval sous leur longue capote.

Kolya était près de sa motoneige et bavardait toujours avec Paula. Tous deux avaient l'air concentré et Paula avait remis son écharpe et son bonnet pour se protéger du froid. A un moment, Kolya s'adressa à un officier sur un ton de commandement, comme s'il pouvait, à loisir, traiter n'importe qui en subordonné.

L'officier à qui Kolya venait de parler fit oui de la tête et donna un ordre. Deux hommes se détachèrent du groupe et emportèrent les motoneiges. A droite de l'entrée principale se trouvait un petit blockhaus en béton, assez grand pour abriter plusieurs motoneiges.

Les hommes en uniforme pénétraient à présent dans l'abri, passant devant Bond et les deux individus, armés d'AKM russes, qui le gardaient. Comme il le remarqua, c'était la seule note discordante dans cette scène teutonique. La troupe disparut au bas de la rampe, les bottes résonnant à l'unisson sur le béton armé.

Kolya et Paula se dirigèrent lentement vers la grande entrée comme s'ils avaient tout leur temps. Derrière eux, parmi les arbres, Bond découvrit quelques *kotas* lapons, semblables à des wigwams. Près de l'un d'eux brûlait un feu et une forme se penchait sur une marmite ; c'était une femme en costume lapon : la jupe noire richement ornée recouvrant l'épais pantalon à jambières, les pieds chaussés de bottes fourrées, la tête couverte d'un bonnet et d'un châle tricotés, les moufles aux mains. Avant d'atteindre l'entrée avec Kolya, Paula fut rejointe par un homme qui portait également le pittoresque costume lapon : la veste décorée de motifs, et une cape noire, brodée de couleurs vives, jetée sur les épaules. Quelque part derrière les *kotas* un renne renâclait.

Du toit incurvé de l'abri parvint un petit déclic métallique suivi d'une série de coups de sifflets aigus en guise d'avertissement. Paula et Kolya hâtèrent le pas, puis on entendit le sifflement d'un mécanisme hydraulique. Les grandes portes de métal, qui formaient un rideau de protection contre le monde extérieur, s'abaissèrent.

— Eh bien, James, on est surpris ? lui dit Paula, enlevant encore une fois son bonnet de laine.

A présent, il pouvait voir qu'elle portait une veste en cuir sur une sorte d'uniforme. Derrière elle, Kolya bougea, se déplaçant à la manière d'un boxeur. Il savait certainement s'adapter à toutes les situations.

— Pas vraiment. (Bond parvint à sourire. Bluffer était maintenant sa seule ressource). Nos agents sont renseignés. Ils connaissent même l'emplacement de cet abri. Son regard se dirigea vers Kolya. Vous auriez dû être plus prudent, Kolya. Vos cartes n'étaient pas si bien faites. Il est peu probable qu'il existe deux régions identiques, avec exactement la même topographie à vingt kilomètres l'une de l'autre. Vous êtes fichu.

Pendant une fraction de seconde le visage de Kolya trahit l'inquiétude.

— Il est inutile de bluffer, James, dit Paula.

— Est-ce qu'il veut nous voir ? demanda Kolya.

Paula fit signe que oui.

— En temps utile. Pour l'instant, je crois que nous pouvons nous permettre de faire visiter à James la casemate du Führer.

— Grands dieux, dit Bond en riant. Est-ce qu'ils ont vraiment réussi à vous embarquer dans cette affaire, Paula ? Au fait, pourquoi n'avez-vous pas laissé les deux gangsters m'achever dans votre appartement ?

— Parce que vous étiez trop fort pour eux. De toute façon, il s'agissait de vous prendre vivant.

— Dans quel but ?

— Fermez-la, dit Kolya d'un ton brusque à Paula.

Elle fit un geste élégant comme pour donner congé.

— Il le saura bien assez tôt. Il ne nous reste pas beaucoup de temps, Kolya. Comme promis, le chef a ce que vous désiriez. Les stocks actuels devront être déménagés dans un jour ou deux. Il n'y a aucun mal.

Kolya Mosolov fit entendre un petit claquement de langue impatient.

— Tout le monde est là, je suppose ?

Elle sourit en inclinant la tête, accentuant les mots : tout le monde.

— Bien.

Paula reporta son attention sur Bond.

— Vous aimeriez faire le tour du propriétaire ? Il faudra beaucoup marcher. Vous vous sentez en forme ?

Bond soupira.

— Je crois que oui, Paula. Mais quel dommage ! Quel gâchis pour une fille aussi charmante.

— Phallocrate ! (Elle n'avait pas l'air fâché.) Bon, allons nous promener. Mais, tout d'abord (elle regarda les gardes), fouillez-le ! Minutieusement. Ce type a sur lui plus de cachettes qu'un contrebandier grec. Fouillez-le partout, je dis bien *partout*.

Ils fouillèrent partout et trouvèrent tout : ils n'y allèrent pas de main morte.

Paula et Kolya prirent position de chaque côté de Bond. Prêts à se servir des AKM, les deux soldats suivirent. Au bout de quelques mètres, la déclivité de la rampe s'accentuait brusquement. Ils se rabattirent tous sur la gauche où l'on avait aménagé un passage pour piétons avec marches et main courante.

Les constructeurs de l'abri n'avaient renoncé à aucun perfectionnement technique. Il y régnait une température agréable et, très haut sur les murs, Bond remarqua les conduites pour l'eau et le mazout, les tuyaux pour l'air climatisé, et d'autres aménagements souterrains indispensables. Dans le béton étaient également encastrées de petites boîtes métalliques qui révélaient l'existence d'un système de communication interne. Des tubes fluorescents fixés au mur et au plafond voûté diffusaient une lumière uniforme. Au fur et à mesure qu'ils descendaient, le passage s'élargissait. En bas, il débouchait dans un hangar dont les dimensions surprirent Bond.

Les quatre BTR qu'on avait chargés à Lièvre bleu étaient alignés près de quatre autres : mais, dans ce décor démesuré, les véhicules ressemblaient à des jouets.

Des équipes d'hommes en uniforme déchargeaient la cargaison récemment arrivée. Des piles de caisses à claire-voie étaient enlevées par des chariots élévateurs, puis entreposées dans des salles équipées de portes coupe-feu et de grosses serrures. Aarne Tudeer, alias comte von Glöda, ne prenait aucun risque.

Les hommes travaillaient en chaussures de caoutchouc légères pour ne pas provoquer d'étincelles qui pouvaient mettre le feu aux munitions. Bond calcula que l'endroit devait contenir assez d'armes pour déclencher une guerre d'une certaine envergure ou du moins alimenter une opération terroriste soigneusement préparée, ou même une guérilla pendant un an ou plus.

— Vous voyez, nous sommes efficaces. Nous allons montrer au monde qu'il faut nous prendre au sérieux.

Paula sourit avec une fierté manifeste.

— Pas d'engins nucléaires ou à neutrons ? dit Bond.

Paula rit de nouveau, cette fois avec dédain.

— Ils auront des engins nucléaires, chimiques, à neutrons, si jamais ils en ont besoin, dit Kolya.

Bond ouvrit l'œil, observant les abris pour armes et munitions, repérant également les issues. Il pensa aussi à Brad Tirpitz. S'il avait réchappé de l'explosion, il était possible qu'il eût regagné quelque position avantageuse à ski ; peut-être n'était-il pas loin et pourrait-il donner l'alerte.

— Assez vu ?

La question, venant de Kolya, était brève et sarcastique.

— C'est le moment de prendre l'apéritif ?

Bond se détendit. Il n'y avait pas d'autre solution. Du moins apprendrait-il toute la vérité sur von Glöda, et sur les opérations de l'Armée d'action national-socialiste.

Il disposait déjà d'un minimum de renseignements sur Paula : elle faisait partie de l'appareil paramilitaire de von Glöda ; et Kolya, lui-même, était d'une façon ou d'une autre mêlé à l'affaire.

Bond pensa avoir repéré la cabine de contrôle principale, derrière une passerelle donnant sur la grande aire d'entreposage souterraine. C'est de là qu'on devait commander les grandes portes extérieures, et peut-être même les systèmes de chauffage et de ventilation. Cependant, il dut se rappeler que ceci n'était qu'une partie infime de l'abri. Les logements, dont il savait déjà qu'ils se trouvaient à côté, étaient certainement plus complexes encore.

— Le moment de prendre l'apéritif ? répéta Kolya. Peut-être bien. Le comte est très hospitalier. J'imagine qu'on nous aura préparé un repas.

Paula le confirma.

— Il est vraiment très compréhensif. Surtout avec les condamnés, James. Comme les empereurs romains qui nourrissaient bien leurs gladiateurs.

— Je m'attendais à quelque chose dans ce goût.

Elle eut un joli sourire, lui fit un petit signe de la tête, et les précéda à travers la vaste salle de béton. Elle se dirigea vers l'une des portes métalliques, encastrée dans le mur de gauche. Là, elle attendit Kolya, Bond et les deux gardes. Un petit interphone était installé à côté de la porte. Paula parla dans l'appareil. La porte coulissante s'ouvrit avec un déclic. La jeune femme se retourna :

— Le système de sécurité qui sépare les différentes parties de la casemate est très fiable. Les portes n'obéissent qu'à certaines voix.

Ils passèrent, et la porte se referma derrière eux.

De l'autre côté, les corridors étaient toujours tristes et nus. Les murs doivent être du même béton armé, se dit Bond. Différents tuyaux couraient tout le long.

D'après ce qu'il pouvait voir, la seconde partie de la casemate, avec les logements, occupait une superficie égale à celle de l'entrepôt. Elle aussi était disposée de façon symétrique, avec un enchevêtrement de tunnels et de passages souterrains.

Le couloir d'entrée croisait un corridor central plus large. Sur sa gauche, Bond aperçut des portes coupe-feu métalliques. L'une d'entre elles était ouverte, dans le prolongement. A en juger par la disposition de l'ensemble, Bond conclut que d'autres couloirs partaient du grand tunnel et conduisaient aux quartiers pour les hommes. L'entrée et la sortie des logements devaient être surveillées par des gardiens musclés. Pour sortir, il faudrait passer par la partie caserne et, probablement, par quelque poste de contrôle près de la porte principale.

Kolya et Paula tournaient à droite. Ils franchirent deux autres portes coupe-feu entre lesquelles de nouveaux corridors croisaient la voie principale. Derrière des portes, on entendait des voix, et, parfois, le cliquetis d'une machine à écrire. Les mesures de sécurité paraissaient très strictes. Des gardes armés, vêtus du vieil uniforme des Waffen SS, étaient postés devant les portes ou aux croisements des passages latéraux et du corridor central.

Une fois qu'ils eurent franchi la troisième porte coupe-feu, l'atmosphère changea du tout au tout. Les murs n'étaient plus en pierre froide et grossière, mais tendus de jute pastel. Les tuyaux et fils pour le chauffage, l'eau, l'air climatisé, l'électricité, disparaissaient derrière des corniches décoratives, et de chaque côté s'ouvraient des portes vitrées. Des hommes et des femmes travaillaient derrière leurs bureaux, entourés d'appareils électroniques et de radios. Tous étaient en uniforme.

Des photographies et des affiches accrochées de place en place sur les murs parurent particulièrement sinistres à Bond. Elles représentaient Heinrich Himmler, chef suprême des SS ; Reinhard Heydrich, son éminence grise, créateur de la puissance SS et des services de sécurité d'Hitler, et célèbre martyr nazi assassiné à Prague ; Paul Joseph Goebbels ; Hermann Goering ; Kaltenbrunner ; Mengele ; Martin Bormann ; le « Gestapo » Müller.

Les affiches étaient encore plus édifiantes. Un jeune soldat allemand portait une bannière nazie au-dessus de l'inscription SIEG UM JEDEN PREIS : « La victoire à tout prix ». Trois jeunes aryens, rangés par ordre de taille, se détachaient sur un fond wagnérien éclatant de lumière, traversé par un char d'assaut, tandis qu'un homme, de profil, placé devant un drapeau aux éclairs runiques, invitait la jeunesse à s'engager dans les Waffen SS dès l'âge de dix-sept ans.

Bond eut l'impression d'être projeté dans une autre époque. Il ne faisait aucun doute qu'en dépit de tous les efforts déployés pour oublier le passé et rayer de l'Histoire les excès du Parti national-socialiste, les idéaux hitlériens, les cérémonies et les théories nazies restaient vivaces dans certaines mémoires, de même que certains criminels de guerre vivaient encore en liberté. Cet endroit ressemblait à un musée ou à un sanctuaire, mais il était aussi plus que cela, car on ne s'y contentait pas de commémorer : on agissait. L'Armée d'action national-socialiste ? Une menace sérieuse, avait dit M. Une armée chaque jour plus nombreuse. Des terroristes aujourd'hui, pensa Bond, demain une puissance politique et militaire avec laquelle le monde devra compter.

Peut-être demain était-il déjà arrivé.

Ils se retrouvèrent encore devant une double porte métallique, mais, quand ils l'eurent franchie, ils marchèrent sur une épaisse moquette de laine. Paula fit signe de s'arrêter.

Ils étaient à présent dans une sorte d'antichambre qui ressemblait à un décor de cinéma. A l'autre bout de la pièce, une imposante porte en pin verni, flanquée de colonnes doriques, était gardée par deux hommes en uniforme bleu sombre, qui portaient la casquette à visière et l'insigne à tête de mort de la Gestapo. Leurs bottes reluisaient ; une croix gammée se détachait sur leur brassard rouge, noir et blanc. Leur ceinturon et leur étui à révolver cirés jetaient des reflets satinés.

Paula dit quelques mots en allemand, et l'un des hommes de la « Gestapo » inclina la tête, frappa à la porte, puis entra dans la pièce. Le second homme dévisagea Bond d'un regard terne tandis que sa main se portait constamment vers l'étui fixé à son ceinturon.

Au bout de quelques minutes, la porte s'entrebâilla et la première sentinelle reparut en faisant un signe de tête à Paula. Les deux hommes de la « Gestapo » abaissèrent les poignées de la porte et poussèrent les battants. Paula toucha le bras de Bond. Ils pénétrèrent dans la pièce, laissant les premiers gardes derrière eux.

Tout d'abord, Bond ne vit que l'immense portrait d'Adolf Hitler par Fritz Erler qui dominait la pièce. Il occupait presque tout le mur du fond. L'impression qui s'en dégageait était si puissante et si terrifiante que Bond resta pétrifié et le contempla pendant près d'une minute.

Il ne prit conscience de la présence d'autres personnes que lorsque Paula se mit au garde-à-vous et leva le bras pour le salut fasciste.

— Alors, vous aimez ce portrait, monsieur Bond ?

La voix venait de derrière un grand bureau sur lequel étaient disposés des papiers, soigneusement ordonnés, une rangée de téléphones, et un petit buste d'Hitler.

Bond se détourna du portrait pour regarder l'homme assis derrière le bureau. C'était le même teint hâlé, la même allure martiale, les mêmes cheveux soignés, gris acier. Le visage n'était pas celui d'un vieillard ; comme Bond l'avait déjà remarqué à l'hôtel, von Glöda était un homme dont les traits ne laissaient pas paraître l'âge : classiques, toujours beaux ; les yeux, en revanche, étaient sans expression. Pour l'instant, le regard du comte détaillait Bond, comme s'il s'agissait de prendre ses mesures afin de pouvoir lui confectionner un cercueil.

— Je n'en avais vu que des photographies, répondit Bond calmement. Je ne les ai pas aimées. Par conséquent, si ceci est l'original, je ne l'aime pas vraiment non plus.

— Je vois.

— Vous devriez dire Führer en vous adressant au comte.

Le conseil venait de Brad Tirpitz, assis dans un fauteuil près du bureau.

Rien ne pouvait plus étonner Bond. La découverte que Tirpitz, lui aussi, trempait dans ce complot ne lui inspira qu'un sourire et un hochement de tête, comme s'il tenait à faire comprendre qu'il connaissait la vérité, depuis toujours.

— Après tout, n'avez-vous pas réussi à éviter la mine ? dit-il sur un ton neutre.

Titpitz secoua lentement la tête.

— Vous vous trompez de personne, je crains, James, vieux frère.

Von Glöda ricana, tandis que Tirpitz continuait :

— Je doute que vous ayez jamais vu une photo de « Brad » Tirpitz. Comme Kolya, le « méchant » Brad s'est toujours trop méfié des photos. Je me suis laissé dire, cependant, que dans l'obscurité, à contre-jour, nous avions la même carrure. J'ai peur que Tirpitz ne s'en soit pas tiré. Il a été éliminé en douce avant même le début de l'opération Brise-Glace.

— Il a sombré à la verticale, dit Kolya. A travers un méchant trou dans la glace.

Von Glöda, en signe d'impatience, se mit à pianoter sur le bureau.

— Mes excuses, Führer. (Tirpitz lui témoignait un respect sincère.) Il me paraissait plus simple de tout expliquer à Bond.

— C'est moi qui donnerai les explications, si nécessaire.

— Führer (Paula prit la parole, mais Bond eut du mal à reconnaître sa voix), le dernier envoi d'armes est arrivé. Le tout sera prêt à prendre la route dans les quarante-huit heures.

Le comte inclina la tête, posa son regard sur Bond pendant une seconde, puis se tourna rapidement vers Kolya Mosolov.

— Je suis en mesure d'honorer notre contrat, Camarade Mosolov, puisque vous me remettez M. James Bond. Chose promise, chose due.

— Bien.

Kolya ne semblait ni satisfait, ni mécontent. Ce seul mot laissait simplement entendre que les clauses d'un marché avaient été respectées.

— Führer, peut-être... commença Paula, mais Bond lui coupa la parole.

— Führer ? cria-t-il. Vous appelez cet homme Führer ? Chef ? Vous êtes fous, tous autant que vous êtes. Surtout vous. (Il pointait son doigt sur l'homme assis derrière le bureau.) Aarne Tudeer, recherché pour crimes de guerre commis pendant la Seconde Guerre mondiale. Un officier SS de troisième ordre, à qui cet honneur douteux a été conféré par les nazis luttant aux côtés de troupes finlandaises contre les Russes, contre le peuple de Kolya. Vous avez réussi à regrouper autour de vous une petite bande de fanatiques, à les déguiser en figurants hollywoodiens, à mettre au point un cérémonial, et vous vous attendez à ce qu'on vous appelle Führer ! Aarne, qu'est-ce que ce petit jeu ? Où va-t-il vous mener ? Quelques opérations terroristes, un nombre négligeable de communistes tués dans la rue, c'est là un succès minuscule. Aarne Tudeer, au royaume des aveugles, les borgnes sont rois. Vous êtes borgne et dingue...

Bond ne put aller plus loin. Brad Tirpitz — ou quelle que fût son identité réelle — bondit de son fauteuil et le gifla violemment.

— Silence ! (L'ordre venait de von Glöda.) Silence ! Asseyez-vous, Hans.

Il se retourna vers Bond qui avait un goût de sang sur la langue. A la première occasion, Hans ou Tirpitz, peu importe son nom, serait payé de retour.

— James Bond (le regard de von Glöda était plus vitreux que jamais), vous êtes ici pour une seule raison. Je vous l'expliquerai en temps voulu. Cependant (il fit une pause), il y a certaines choses que j'aimerais partager avec vous. Il y a aussi certaines choses, je l'espère, que vous partagerez avec moi.

— Qui est ce crétin déguisé en Brad Tirpitz ?

Von Glöda restait inébranlable :

— Hans Buchtman est mon Reichsführer SS.

— Votre Himmler ? Bond éclata de rire.

— Oh ! Monsieur Bond, il n'y a pas de quoi rire. (Il bougea légèrement la tête.) Restez à ma disposition, Hans, à l'extérieur.

Tirpitz-Buchtman claqua des talons, fit le salut nazi et sortit. Von Glöda s'adressa à Kolya :

— Mon cher Kolya, je suis désolé, mais nos affaires devront être retardées de quelques heures, sinon d'une journée. Pouvez-vous me donner satisfaction à ce sujet ?

Kolya inclina la tête.

— Je suppose que oui. Vous avez conclu un marché et j'ai remis la marchandise entre vos mains. Qu'ai-je à perdre ?

— En effet, Kolya, qu'avez-vous à perdre ? Paula, occupez-vous de lui. Restez avec Hans.

Elle prit Kolya par le bras et le mena hors de la pièce.

Bond étudia l'homme avec soin. Si c'était vraiment Aarne Tudeer, son physique était exceptionnellement bien préservé. Se pouvait-il que... ? Non, Bond savait qu'il était inutile de se perdre en spéculations. Il y avait déjà eu tant de surprises : la disparition de Rivke ; la révélation que Tirpitz n'était pas Tirpitz ; Paula mêlée à un fantasme cauchemardesque nazi ; l'opération Brise-Glace anéantie ; et 007 lui-même prisonnier dans la casemate d'un Führer, juste au-delà de la frontière russe, sur le Cercle polaire.

— Bien, je puis parler à présent.

Von Glöda se tenait debout, les mains dans le dos, la silhouette très droite. Il faut au moins lui laisser cela, songea Brad : c'est un soldat, un vrai, il en a la prestance. Ce qui n'était pas le cas de Hitler.

Bond s'installa dans un fauteuil. Il n'allait pas attendre qu'on l'en priât. Von Glöda le regarda de haut.

— Pour mettre les choses au point et vous enlever toute illusion, commença le prétendu Führer, l'agent-résident d'Helsinki avec qui vous êtes censé communiquer...

— Oui ? Bond sourit.

Son seul contact avec le résident à Helsinki était un numéro de téléphone. Bien que le briefing à Londres eût été précis au sujet des rapports qu'il devait entretenir avec l'agent de Finlande, Bond n'avait jamais songé à lui, sachant par expérience qu'il fallait éviter les agents-résidents comme la peste.

— Votre agent-résident a été « retiré » pour employer un terme à la mode, tout de suite après votre départ de l'Arctique.

— Ah ! Bond prit un ton énigmatique.

— Une simple précaution. Regrettable, mais nécessaire. Nous disposions d'un remplaçant pour Tirpitz, et je devais faire particulièrement attention à ma fille. Kolya Mosolov a agi sous mes ordres. Vos services, la CIA, et le Mossad se sont tous vu enlever leurs contrôleurs, et ce sont mes hommes qui les ont remplacés pour les contacts par téléphones de liaison, ou radio, dans le cas du Mossad. Ainsi, mon ami, ne vous attendez pas à ce que la cavalerie vienne à la rescousse.

— Je n'attends jamais la cavalerie. Je ne fais pas confiance aux chevaux, ils sont capricieux même dans les circonstances les plus favorables ; et depuis cette histoire de Balaclava, la Vallée de la Mort, je ne crois guère à la cavalerie.

— Vous avez vraiment le sens de l'humour, Bond. Surtout pour un homme dans votre situation.

Bond haussa les épaules.

— Je ne suis qu'un homme parmi de nombreux autres, Aarne Tudeer. Derrière moi il y en a une centaine, et derrière ceux-là un millier. C'est la même chose en ce qui concerne Tirpitz et Rivke. Je ne me prononcerai pas pour Kolya Mosolov parce que j'ignore ses motivations. (Il marqua une pause.) Aarne Tudeer, un psychiatre débutant serait capable d'expliquer vos fantasmes. A quoi se résument-ils ? Un groupe néo-nazi se procure des armes et recrute des hommes. Il devient une organisation mondiale. Au bout d'un certain temps, le terrorisme cédera la place à un idéal, à une cause pour laquelle on est prêt à verser son sang. Le mouvement fera tache d'huile ; vous deviendrez une force avec laquelle les assemblées du monde devront compter. Et voilà. Vous avez accompli ce qu'Hitler n'a jamais réussi, la création d'un Quatrième Reich aux dimensions mondiales. Facile. (Il fit entendre un rire sec.) Facile, mais ça ne marchera pas. Ou ça ne marchera plus. Comment persuaderez-vous quelqu'un comme Mosolov, un membre dévoué du Parti, un agent supérieur du KGB, de vous suivre, ne serait-ce qu'une partie du chemin ?

Von Glöda regarda calmement Bond.

— Vous savez à quel département appartient Kolya, à la Première Direction du KGB, monsieur Bond ?

— Non.

Bond remarqua le sourire pincé, les yeux durs comme des diamants, les muscles du visage qui bougeaient imperceptiblement.

— Il appartient au Département V. Le département qui, il y a de nombreuses années, s'appelait le SMERSH.

Bond commençait à y voir plus clair.

— Le SMERSH a dressé une liste d'hommes à abattre. Ou, plutôt, à capturer vivants. Vous ne devinez pas quel est le premier de la liste, James Bond ?

Bond n'eut pas besoin de chercher. Le SMERSH avait connu de nombreux changements, mais, en tant que département des services secrets russes, il avait bonne mémoire.

— Hum. (Von Glöda inclina la tête.) Recherché pour activités subversives et crime contre l'Etat. Mort aux espions, monsieur Bond. Mais, avant la mort, voici quelques informations. James Bond est en tête de la liste du SMERSH et, comme vous le savez fort bien, il l'est depuis longtemps. J'avais besoin d'une aide d'un genre particulier. Quelque chose pour... comment diriez-vous ?... me tirer d'affaire auprès de certains messieurs du KGB. Le KGB, comme tout le monde, fait payer ses services. Leur prix, c'était vous, James Bond. Vous, livré en bon état, indemne. Vous m'avez fait gagner du temps, obtenir des armes. Vous avez assuré mon avenir. Lorsque j'en aurai fini avec vous, Kolya vous emmènera à Moscou dans ce charmant petit endroit qu'ils ont près de la Place Dzerjinsky. (Ce qui passait pour un sourire disparut complètement.) Ils attendent depuis longtemps. (Il se laissa tomber dans le fauteuil en face de

Bond.) Laissez-moi donc vous raconter toute l'histoire. Alors, vous comprendrez que j'aurai acheté le Quatrième Reich et l'avenir politique du monde en bernant l'Union soviétique et en lui vendant un espion anglais, James Bond, qu'ils désiraient ardemment. Ce sont des hommes peu raisonnables, si peu raisonnables de miser l'avenir de leur idéologie sur un Anglais.

L'homme était détraqué. Bond ne devait pas être le seul à le savoir. Ecoute, pensa-t-il. Ecoute bien tout ce que von Glöda te dira. Ecoute la musique et les paroles, puis tu trouveras peut-être la solution et le chemin de la sortie.

14

UN MONDE DE HEROS

— Lorsque la guerre a pris fin et que le Führer est mort, avec courage, à Berlin... commença von Glöda.
— Il a pris du poison *et* s'est brûlé la cervelle, interrompit Bond. Ce n'est pas *vraiment* ce qu'on appelle une mort courageuse.

Von Glöda ne semblait pas entendre.

— ... j'ai songé à retourner en Finlande, peut-être même à m'y cacher. Les Alliés avaient inscrit mon nom sur leurs listes, mais j'aurais probablement trouvé un abri. Cependant, penser à ma sécurité me sembla une lâcheté.

Au fur et à mesure que von Glöda racontait son histoire — sa vie clandestine en Allemagne, puis ses relations avec les groupes d'évasion organisés, *Spinne* et *Kameradenwerk* —, il apparut clairement à Bond qu'il n'avait pas simplement affaire à quelque vieux nazi nostalgique du glorieux passé, qui avait été anéanti dans l'Abri de Berlin.

— Les romanciers l'appellent ODESSA, dit-il d'un ton songeur comme s'il se parlait à lui-même ; mais il s'agissait là d'une organisation plutôt romantique, peu structurée, qui aidait les gens à sortir du pays. Le vrai travail a été accompli par des membres dévoués des SS qui étaient assez intelligents pour prévoir ce qui pouvait mal tourner.

Comme de nombreux autres, il s'était beaucoup déplacé.

— Vous savez sans doute que Mengele, l'Ange de la Mort d'Auschwitz, est resté cinq ans dans sa ville natale sans se faire repérer. Avec le temps nous sommes tous partis.

Tout d'abord, von Glöda et sa femme s'étaient rendus en Argentine. Plus tard, il avait été un des premiers à se cacher dans un camp fortifié et isolé au Paraguay.

— Tous ceux qu'on recherchait s'y étaient réfugiés. Müller, Mengele, même Bormann. Hé oui, Bormann était vivant. Il est mort à présent, mais il avait réussi à s'échapper de l'abri et il a vécu longtemps. Sur son lit de mort, il recevait encore la visite d'un écrivain américain dont tout le monde s'est moqué parce qu'il avait publié la vérité.

Mais Aarne Tudeer, comme on l'appelait encore à l'époque, se lassa de son entourage.

— Ils jouaient la comédie, dit-il, hargneux. Lorsque Peron était encore au pouvoir, et après, ils se montraient ouvertement. Il y a même eu des rassemblements et des meetings : des concours de beauté, Miss Nazi 1959. Le rêve de Führer se réaliserait, affirmaient-ils. (Il fit entendre un grognement d'indignation et de dégoût.) Mais ce n'étaient que de vaines paroles. Ils vivaient de rêves et ont laissé ces rêves devenir leur réalité. Ils ont perdu leur cran ; ont abandonné leur héroïsme ; sont devenus aveugles et n'ont plus vu l'idéologie qu'Hitler avait élaborée pour eux. Je suis convaincu qu'Adolf Hitler était le seul à avoir la solution : le seul à vouloir apporter au monde la paix authentique sous un régime national-socialiste. Les autres ? Du rebut, comme ceux qui ont suivi. Hitler était cent fois supérieur à tous les leaders de son temps : vous n'avez qu'à voir ses contemporains fascistes. Bien entendu, Franco savait tenir, mais il avait la mentalité d'un secrétaire de mairie ; ni vision, ni ambition. Après la guerre civile, il a eu la vie trop facile.

— Et Mussolini ? demanda Bond.

Cette fois-ci, von Glöda pouffa de rire.

— Ce camelot ? Paresseux, vaniteux, un maquereau. Ne me parlez pas de Benito Mussolini ; ni de ceux qui lui ont succédé ces derniers temps. Non, Bond, il n'y a eu qu'un seul et vrai chef. Hitler. Hitler avait raison. Si le national-socialisme était **réduit en cendres**, il devait, tel un phénix, renaître de ses cendres. Sinon, avant la fin du siècle, le communisme submergerait l'Europe, et en fin de compte, le monde.

Von Glöda avait encouragé la petite poignée d'hommes qui croyaient encore au rêve : le moment de frapper viendrait durant l'ère de transition, lorsque le monde donnerait l'impression de perdre son équilibre et sa direction, lorsque chacun réclamerait à grands cris un chef et un guide.

Ce serait le bon moment. Inévitablement, le régime communiste hésiterait avant d'engager toutes ses forces dans la conquête du monde.

— Nous n'en sommes pas encore là.

Bond savait que sa seule chance était de trouver quelque terrain d'entente avec cet homme, à la façon dont un otage doit se concilier ses ravisseurs.

— Non ? Vous voulez dire que c'est encore mieux que ce que

nous imaginions. Voyez donc ce qui se passe dans le monde. Les Soviétiques ont infiltré les syndicats et les gouvernements, de la Grande-Bretagne à l'Amérique, mais cela ne leur servira pas à grand-chose. Le bloc de l'Est, vous l'admettrez, s'écroule lentement sur lui-même.

Bond était d'accord jusqu'à un certain point ; et, aussi fou qu'il fût, von Glöda avait mis le doigt sur une vérité. Si la vieille idéologie nazie devait renaître, il lui faudrait d'abord être propagée par un nouveau groupe terroriste. De toute façon on l'attaquerait, on la considérerait comme un champignon vénéneux, à éliminer. Seulement, von Glöda veillait à ce qu'elle ne meure pas.

— L'année dernière, nous avons montré au monde ce dont nous sommes capables par une série d'opérations bien préparées, à commencer par l'incident de Tripoli. Cette année, ce sera différent. Nous sommes mieux armés et mieux équipés. Nous avons davantage de partisans. Nous aurons nos entrées dans différents gouvernements. L'année prochaine, le Parti se manifestera au grand jour. Dans deux ans, nous représenterons de nouveau une vraie force politique. Hitler *sera* réhabilité. L'ordre *sera* restauré, et le communisme, l'ennemi public n° 1, *sera* rayé de la carte de l'histoire. Les gens réclament un ordre, un ordre nouveau ; un monde de héros, sans paysans et sans victimes des régimes politiques.

— Sans victimes ? demanda Bond sur un ton sceptique.

— Vous savez ce que je veux dire, Bond. Bien sûr, le rebut devra disparaître. Mais ensuite il y aura une race supérieure, non seulement une race supérieure germanique, mais une race européenne.

L'homme avait réussi à convaincre certains des vieux nazis réfugiés au Paraguay que tout cela était possible.

— Il y a six ans, dit-il avec fierté, ils m'ont confié une importante somme d'argent. L'essentiel de ce qui restait sur les comptes suisses. J'avais pris, ou plutôt repris le nom de Glöda vers la fin des années 1960. Il existe d'authentiques liens de parenté entre ma vieille famille et la lignée, à présent éteinte, des Glöda. Je revenais de temps en temps, puis, il y a quatre ans, je me suis mis sérieusement au travail. J'ai parcouru le monde, monsieur Bond ; j'ai organisé, comploté, séparé le grain de la balle. J'avais prévu de commencer les actes dits « terroristes » l'année dernière. (Von Glöda était vraiment lancé à présent.) La difficulté, comme toujours dans ce cas, était de trouver des armes. Les hommes, je pouvais les entraîner : il y a toujours assez de troupes, et de nombreux instructeurs expérimentés. Les armes, c'est autre chose. Il m'aurait été difficile de me faire passer pour un membre de l'OLP, des Brigades rouges, ou même de l'IRA.

Il était donc retourné en Finlande. L'organisation de base prenait forme. La recherche des armes et d'un quartier général clandestin était sa seule véritable préoccupation. Puis il avait eu une idée...

— Je suis venu ici. Je connaissais bien la région. Je m'en souvenais encore mieux que je ne pensais.

Il se rappelait en particulier la casemate, construite à l'origine par les Russes et modernisée par les troupes allemandes. Six mois durant, von Glöda avait vécu à Salla et s'était servi des itinéraires de « contrebande » connus avec la Russie. Il avait découvert avec stupéfaction qu'une grande partie de l'ouvrage était restée intacte, et il était allé voir ouvertement les autorités soviétiques avec l'autorisation du ministère du Commerce finlandais.

— Il m'a fallu marchander un peu, mais finalement ils m'ont permis de travailler ici : d'exploiter d'éventuels gisements. Je ne suis pas entré dans les détails, mais c'était un bon investissement pour les Soviétiques. Cela ne leur coûtait rien.

Six mois plus tard, avec l'aide d'équipes venues d'Amérique du Sud, d'Afrique, d'Angleterre même, le nouvel ouvrage était prêt. Entre-temps, von Glöda avait pris contact avec deux dépôts d'artillerie de la région.

— L'un a été supprimé l'année dernière. C'est d'eux que j'ai eu les véhicules. C'est *moi* qui ai obtenu les BTR, dit-il en se frappant la poitrine, de même que c'est moi qui ai conclu tous les marchés avec ces imbéciles et traîtres de Lièvre bleu. Ils se sont vendus pour rien...

— Eux et un arsenal d'armes lourdes : des fusées dont vous ne vous êtes pas encore servi, je crois.

Bond ne s'appesantit pas sur ce détail, mais von Glöda lui lança un regard foudroyant.

— Bientôt, dit-il en inclinant la tête. L'année prochaine, nous utiliserons des armes lourdes et d'autres encore.

Il y eut un silence.

Von Glöda s'attendait-il à des félicitations ? C'était possible.

— Il semble que vous ayez réussi un gros coup, dit Bond.

Sa remarque devait faire penser à une bulle de bande dessinée, mais von Glöda la prit au sérieux.

— Oui, oui, je le crois. Aller conclure un marché avec des

sous-officiers russes qui n'ont pas la moindre idée de leur propre idéologie, sans parler de celle de l'AANS. Une bande de cruches. De crétins.

Il y eut un nouveau silence.

— Sur ce ils se font pincer ? insinua Bond.

— Oui. Ils se font pincer par les autorités, et ils s'empressent de venir chercher refuge auprès de moi. Je crois sincèrement que je peux m'enorgueillir des succès que j'ai remportés, jusqu'à présent. Un millier d'hommes et de femmes vivent dans cet abri. Cinq mille hommes sont sur le terrain dans le monde entier. Une armée qui grandit de jour en jour ; des offensives dirigées contre les principaux centres de gouvernement d'Europe et des Etats-Unis, toutes préparées dans le moindre détail. Après la prochaine attaque, nous essaierons la diplomatie. Si elle est inefficace, il y aura davantage d'action et davantage de diplomatie. Nous en viendrons à disposer de la plus grande armée et du plus grand nombre de recrues du monde occidental.

— Un monde réservé aux héros ? (Bond toussa.) Non, monsieur, vous êtes inférieurs en nombre et en armes.

— En armes ? J'en doute, monsieur Bond. Déjà, au cours de cet hiver, nous avons expédié d'ici de très grandes quantités de munitions : des BTR et autoneiges remplis à ras bords. Les véhicules ont traversé la Finlande en empruntant des routes accidentées. Ils attendent maintenant d'être acheminés comme machines-outils et matériel agricole. Mes méthodes pour ravitailler mes troupes sont à présent très raffinées.

— Nous savions que vous sortiez les armes par la Finlande.

Von Glöda se mit à rire.

— En grande partie parce que je voulais que vous le sachiez. Il y a des choses, cependant, que vous ne devez pas savoir. Une fois que cet envoi sera en route, je suis prêt à rapprocher mes forces des bases européennes. Nos abris sont déjà prêts. Cela, vous devez vous en douter, est un des problèmes qui vous concernent.

Bond fronça les sourcils, car il ne comprenait pas ; mais l'homme qui se proposait de devenir le futur chef du nouveau Reich racontait à présent comment il avait traité avec le personnel de Lièvre bleu.

Dans les premiers temps, nos relations commerciales avec les sous-officiers furent au beau fixe. Puis le commandant de la base, « homme de peu d'imagination », arriva, pris de panique, au Palais de Glace. Une inspection sans préavis avait été décidée, et deux colonels de l'Armée Rouge se démenaient comme des diables dans un bénitier, accusant tout le monde, y compris l'adjudant qui commandait la base. Von Glöda lui conseilla d'en faire une question d'honneur et de demander aux colonels de faire procéder à une enquête par le KGB.

— Je savais qu'ils donneraient dans le panneau. S'il y a une chose que j'aime chez les Russes, c'est bien leur habileté à se décharger d'une responsabilité sur quelqu'un d'autre. L'adjudant de Lièvre bleu et ses hommes étaient coincés ; les colonels étaient stupéfaits devant la quantité de matériel qui manquait. Ils étaient tous pris entre deux feux. Chacun voulait se débarrasser du problème en le confiant à quelqu'un d'autre. Ce quelqu'un d'autre, ai-je suggéré, pourquoi ne serait-ce pas le KGB ?

Bond dut admettre que le comte von Glöda avait fait preuve de bon sens. La Troisième Direction des Forces armées éviterait autant que possible de s'occuper d'un incident de ce genre. Une enquête sur la disparition d'un important stock d'armes et de munitions dans le désert arctique ne pouvait être de son goût. Le nouveau Führer connaissait au moins la stratégie, et la mentalité russes. Après être passé entre les mains du GRU, le dossier aboutirait au Département V, et la pensée qui se profilait derrière une telle manœuvre était claire. Si le Département V entrait en action, il ne laisserait aucune trace après son intervention : plus d'armes manquantes, plus personne à interroger non plus. Un bon coup de balai qui se traduirait sans doute par une explosion dans un dépôt d'artillerie tuant tout le personnel.

— J'ai demandé à cet imbécile d'adjudant d'avertir tout envoyé du KGB. De lui dire de venir me parler. Tout d'abord des hommes du GRU se sont vendus à Lièvre bleu. Ils ne sont restés que quelques jours. Puis Kolya est arrivé. Nous avons pris plusieurs verres ensemble. Il ne m'a pas posé de questions. Je lui ai demandé ce dont il avait le plus besoin pour avancer dans sa carrière. Nous avons conclu le marché, ici même, dans ce bureau. Lièvre bleu sera détruit dans une semaine ou deux. Personne ne fera d'histoires. Pas de transaction financière. Kolya ne voulait qu'une seule chose : vous, monsieur James Bond. Vous sur un plateau. Je me suis contenté de tirer les ficelles. Je lui ai expliqué comment il pouvait vous prendre au piège et il a accepté de me laisser ensuite quelques heures avec vous. Après cela, le Département V, dont vous vous êtes si souvent occupé quand il s'appelait le SMERSH, prendra livraison de vous. Pour la vie. Ou la mort, bien entendu.

— Et vous, vous partez construire votre Quatrième Reich ? dit James Bond. Et le monde sera heureux à tout jamais ?

— Je l'espère bien. Mais venons-en au fait. Mes hommes attendent pour s'entretenir avec vous...

Bond leva la main.

— Je n'ai pas le droit de vous poser la question, mais est-ce vous qui avez organisé l'opération conjointe ? La CIA, le KGB, le Mossad et mon pays ?

Il fit oui de la tête.

— J'ai expliqué à Kolya comment s'y prendre, et comment remplacer les agents. Mais je n'espérais pas que le Mossad enverrait ma fille dévoyée.

— Rivke. (Bond se rappela la nuit à l'hôtel.)

— Oui. C'est ainsi qu'elle se fait appeler en ce moment, si je ne m'abuse. Rivke. Comportez-vous comme il convient, monsieur Bond, et il se pourrait que j'aie le cœur assez tendre pour vous permettre de la voir avant votre départ pour Moscou.

Elle était donc vivante ; ici, dans le Palais de Glace. Bond fit un effort pour ne pas laisser paraître d'émotion. Il se contenta de hausser les épaules.

— Vous me dites que vos hommes aimeraient me parler ?

Von Glöda retourna à son bureau.

— Il est indéniable que les autorités à Moscou tiennent absolument à vous avoir, mais mon personnel de Renseignement désire également vous entretenir de certains sujets.

— Vraiment ?

— Vraiment, monsieur Bond. Nous savons que vos services tiennent l'un de nos hommes, un soldat qui a manqué à son devoir.

Bond haussa les épaules, feignant de ne pas comprendre.

— Mes troupes sont loyales et savent que la Cause importe plus que tout. C'est pourquoi nous avons réussi jusqu'ici. Pas de prisonniers. Tous les membres de l'AANS font serment de se tuer plutôt que de connaître le déshonneur. Au cours de toutes les opérations de l'année passée, aucun de mes hommes n'a été fait prisonnier, excepté... (sa phrase resta inachevée.) Eh bien, peut-être pourriez-vous continuer à ma place, James Bond ?

— Je n'ai rien à raconter, dit Bond sur un ton direct et monotone.

— Je crois que si. Rappelez-vous les trois fonctionnaires britanniques attaqués au moment où ils quittaient l'ambassade soviétique. Réfléchissez bien, Bond.

Bond l'avait devancé dans sa pensée. Il se souvint du briefing de M et de l'expression grave qu'avait prise son chef en faisant allusion à l'interrogatoire d'un des hommes de l'AANS qui avait essayé de se tuer et qu'on gardait prisonnier dans le bâtiment du quartier général. Qu'est-ce que M avait encore dit ? « Il a mal visé. » Sans donner de détails, cependant.

— Mon idée, la voix de von Glöda se transforma presque en un chuchotement, *mon* idée est que tout renseignement soutiré à ce prisonnier vous aura été communiqué lors de votre briefing, avant que vous ne rejoigniez Kolya. J'ai besoin de savoir, je *dois* savoir, ce que ce traître a livré. Vous me le direz, monsieur Bond.

Bond réussit à extraire un rire de sa gorge sèche.

— Je regrette, von Glöda...

— Führer, hurla von Glöda. Vous ferez comme tout le monde et vous m'appellerez Führer.

— Un officier finlandais qui est passé dans le camp des nazis ? Un Germano-Finlandais qui a la folie des grandeurs ? Je ne peux pas vous appeler Führer.

Bond avait parlé posément, sans prévoir la tirade qui devait suivre.

— J'ai renoncé à toute nationalité. Je ne suis pas finlandais, ni allemand non plus. N'est-ce pas Goebbels qui a proclamé les sentiments d'Hitler ? Le peuple allemand n'avait pas le droit de survivre : il n'avait pas été à la hauteur de l'idéal du grand mouvement nazi. Il serait éliminé pour qu'un Parti nouveau puisse naître et poursuivre la tâche.

— Mais il n'a pas été éliminé.

— Cela ne change rien. Je suis fidèle envers le Parti et l'Europe. Envers le Monde. Voici l'aube du Quatrième Reich. Mais ce petit renseignement m'est nécessaire, et vous me le donnerez.

— J'ignore tout de ce prisonnier de l'AANS. Je n'ai jamais entendu parler d'un interrogatoire.

L'homme qui se trouvait devant Bond fut secoué par des convulsions de fureur. Ses yeux lancèrent des flammes.

— Vous me *direz* tout ce que vous savez. Tout ce que les services de Renseignement britanniques ont appris sur l'AANS.

— Je n'ai rien à vous dire, répéta Bond. Vous ne pouvez me forcer à dire ce que j'ignore. De toute façon, que pouvez-vous faire ? Pour continuer votre lutte vous êtes obligé de me remettre à Kolya, c'est à ce prix que vous achetez le silence.

— Oh ! monsieur Bond. Ne soyez donc pas naïf. Je peux évacuer mes hommes et le matériel militaire dans les vingt-quatre heures. Kolya vendrait son âme pour satisfaire son ambition. Il croit pouvoir accéder à quelque pouvoir personnel s'il arrive Place Dzerjinsky avec vous, avec l'homme que le SMERSH pourchasse depuis si longtemps. Croyez-vous que ses supérieurs sachent ce qu'il fait ? Bien sûr que non. Kolya a le sens de la mise en scène comme tous les bons agents et soldats. Pour le Département V de la Première Direction, Kolya Mosolov est en mission pour découvrir comment des armes ont pu disparaître d'un dépôt. Il se passera du temps avant que quelqu'un parte à sa recherche si l'on est sans nouvelles de lui. Vous comprenez, James Bond. Vous m'aurez fait gagner du temps, c'est tout. Vous m'aurez donné l'occasion de conclure notre petit marché et de nous enfuir d'ici. Kolya Mosolov est remplaçable. *Vous* êtes remplaçable.

Bond fit un rapide tour d'horizon. L'armée terroriste de von Glöda avait en effet accompli un travail remarquable au cours de l'année passée. De plus, M en personne avait la conviction inébranlable que tous les gouvernements occidentaux prenaient l'Armée d'action national-socialiste au sérieux. Les mises en garde de M avaient suivi ses remarques concernant l'homme de l'AANS pris vivant et qui était maintenant prisonnier dans le bâtiment donnant sur Regent's Park. Logiquement, on devait en conclure que l'homme en avait dit assez pour fournir des renseignements de première importance sur la force et les cachettes de von Glöda. Donc, pensa Bond, la bonne réponse était que ses propres services, sinon d'autres, savaient exactement où se trouvait le QG clandestin de von Glöda en ce moment, et peut-être même, grâce à des spécialistes de l'interrogatoire, où se situerait tout futur poste de commandement.

— Donc, je suis remplaçable à cause d'un seul prisonnier, commença Bond. D'*un* homme qui se trouve peut-être aux mains de nos gens. Ça, c'est extraordinaire ! quand on pense aux millions de personnes que votre Führer a retenus captifs, assassinés dans des chambres à gaz, ou tués en les condamnant aux travaux forcés. A présent un seul homme rétablit la balance.

— Brillant raisonnement, répliqua sèchement von Glöda. Si seulement les choses étaient aussi simples. Mais ceci est une affaire sérieuse et je dois vous demander de la traiter comme telle. Je ne peux me permettre de prendre aucun risque.

Il s'arrêta une seconde comme s'il réfléchissait à la meilleure façon d'expliquer la situation à Bond.

— Voyez-vous, dit-il, il n'y a personne ici, même dans mon

état-major, qui connaisse l'emplacement de notre prochain quartier général. Ni Kolya, qui me devra sa promotion, ni Paula, ni Buchtman, ou Tirpitz si vous préférez. Aucun d'eux ne le sait. Malheureusement, il y a quelques personnes qui, même sans s'en rendre compte, possèdent ce renseignement. Les hommes et les femmes qui, en ce moment, m'attendent au nouveau quartier général le savent naturellement fort bien. Mais il y en a d'autres. Par exemple, l'unité qui a exécuté l'opération de Kensington Palace Gardens, devant l'ambassade soviétique, était partie d'ici pour rejoindre le nouveau poste de commandement où se tenait une réunion. Ensuite seulement elle a gagné Londres, pour y accomplir sa mission. On a su ce qu'étaient devenus tous les hommes, à l'exception d'un seul. Les renseignements dont je dispose m'apprennent qu'il n'a pas réussi à se suicider avant d'être pris par vos services. C'est un homme bien entraîné ; cependant, même les officiers les plus astucieux peuvent tomber dans un piège. Vous savez comment additionner deux et deux, monsieur Bond. J'ai besoin que vous m'appreniez deux choses. Premièrement, s'il vous a marqué l'emplacement du nouveau quartier général où j'ai l'intention de m'établir sous peu ; deuxièmement, l'endroit où on le retient prisonnier.

— Je ne sais rien au sujet du prisonnier de l'AANS.

Von Glöda jeta sur Bond un regard dénué d'émotion.

— Il est possible que vous me disiez la vérité. Mais j'ai le sentiment que vous savez où il se trouve et que vous êtes renseigné sur tout ce qu'il a dit. Seul un imbécile vous enverrait en mission sans vous apprendre tous les faits.

Von Glöda avait beau être astucieux, pensa Bond, il avait beau être attentif au moindre détail et posséder une vive intelligence, sa dernière remarque révélait sa méconnaissance totale des questions de sécurité. Pour d'évidentes raisons, Bond fut extrêmement offensé d'entendre insinuer que M était un imbécile.

— Croyez-vous qu'on me permettrait de connaître *tous* les faits ?

— J'en suis convaincu.

— Dans ce cas, c'est vous l'imbécile, monsieur, non pas mon supérieur.

Von Glöda fit entendre un rire dur et bref.

— A votre guise, mais je ne peux pas prendre de risques. Je *saurai* la vérité. Ici nous avons les moyens de pousser un homme à bout. Si vous n'avez rien à dire, vous ne direz rien, et je saurai ainsi qu'il n'y a pas de danger à redouter. Si vous savez où notre homme est détenu, ce renseignement pourra être télégraphié à Londres. Même s'il est prisonnier dans l'endroit le plus inaccessible, mon équipe sur place parviendra à le délivrer, avec un peu de temps.

L'une des équipes de von Glöda serait-elle capable de pénétrer dans le QG des services secrets ? Bond en doutait, mais il aurait hésité à prendre le pari.

— Et si je craque et que je raconte des mensonges ? Et si je dis : oui, nous avons un prisonnier — ce n'est qu'une supposition — et il nous a donné les renseignements voulus ?

— Cela prouvera que vous connaissez aussi l'emplacement du nouveau poste de commandement, monsieur Bond. Vous voyez bien qu'il n'y a aucune échappatoire.

Pas d'après vos règles, pensa Bond. Pour cet homme, rien n'était jamais que noir ou blanc.

— Autre chose, dit von Glöda en se levant. Ici nous faisons confiance aux vieilles techniques d'interrogatoire. C'est douloureux, mais très efficace. J'hésite encore à faire confiance à ce que l'ami Kolya appellerait un interrogatoire chimique. Donc, sachez ce qui vous attend, monsieur Bond. Une gêne physique extrême. C'est le moins qu'on puisse dire. J'ai l'intention de vous pousser jusqu'au seuil de tolérance de la souffrance : et les médecins me disent qu'il ne s'est encore trouvé aucun homme qui ait résisté aux méthodes que nous allons employer.

— Mais je ne sais rien.

— Dans ce cas, vous ne craquerez pas, et je serai fixé. Alors, pourquoi ne pas éviter le pire ? Dites-moi ce que vous savez sur le prisonnier. Où le retient-on ? Qu'a-t-il révélé ?

Les secondes passaient. Bond imaginait entendre des voix dans le lointain, remontant du passé, qui chantaient le vieil hymne de ralliement nazi : *Pour la dernière fois l'arme est chargée... Bientôt les bannières d'Hitler flotteront sur les barricades.*

Le chant de Horst Wessel, l'hymne qui avait aidé à cimenter le Parti nazi à ses débuts. Le chant de Horst Wessel ; le salut hitlérien ; les uniformes ; et les mots « Heil Hitler ! » qui se confondaient avec les voix hystériques scandant « Sieg Heil... Sieg Heil... ».

La porte s'ouvrit et l'homme que Bond avait connu sous le nom de Brad Tirpitz entra, suivi des deux gardes en uniforme sombre qui étaient restés dans l'antichambre.

Ils levèrent le bras pour saluer, et Bond comprit qu'il n'avait pas rêvé, que l'on chantait à l'intérieur de l'abri.

— Hans, vous savez quels renseignements j'ai besoin d'obtenir de cet homme, dit von Glöda. Usez de tout votre pouvoir de persuasion. Allez.

— *Jawohl, mein Führer.*

Les bras se levèrent en même temps, les talons claquèrent. Puis les deux hommes en uniforme se dirigèrent vers Bond et le prirent par les bras. Il sentit des menottes enserrer ses poignets, des mains se saisir de lui et l'entraîner hors de la pièce.

Ils s'arrêtèrent dans l'antichambre. Tirpitz-Buchtman s'approcha du mur tapissé de jute et exerça dessus une légère pression ; un panneau se rabattit avec un déclic.

Buchtman franchit la porte, suivi par l'un des officiers qui tenait Bond par la veste. L'autre homme ne lâchait pas les poignets de 007 serrés dans les menottes. L'un était devant lui. L'autre derrière. Bond comprit bientôt pourquoi : une fois de l'autre côté de la porte, ils se trouvèrent dans un couloir étroit, où deux personnes ne pouvaient avancer de front.

Après cinq ou six pas, Bond sentit sous ses pieds une légère déclivité, puis, très rapidement, ils aboutirent à un escalier en pierre, éclairé par de faibles lumières bleues, encastrées à intervalles réguliers dans le mur ; une corde passée à travers des anneaux métalliques servait de main courante.

Ils avancèrent lentement, car l'escalier descendait très bas. Bond essaya d'en calculer la profondeur, mais abandonna vite. Les marches semblaient se faire plus raides. Ils atteignirent une petite plate-forme qui menait à une salle ouverte. Buchtman et les deux gardes revêtirent d'épaisses capotes et mirent des gants. Ils n'en offrirent pas à Bond qui, malgré les vêtements qu'il portait toujours, commençait à sentir le froid intense qui montait des profondeurs.

Les marches devinrent glissantes. Bond s'aperçut que, par endroits, de la glace recouvrait les murs. Ils continuèrent à descendre, jusqu'à ce que, enfin, ils débouchèrent dans une grotte circulaire vivement éclairée : les murs étaient creusés dans le roc, le sol semblait une épaisse couche de glace.

De lourdes poutres de bois traversaient la grotte en son centre. On y avait attaché un palan auquel pendait une longue et solide chaîne d'acier qui se terminait par une sorte de crochet d'ancre.

L'un des SS en uniforme dégaina son pistolet et resta tout près de Bond. L'autre ouvrit une grande caisse en métal incrustée de glace, et en sortit une petite tronçonneuse. Dans cette oubliette glacée, la respiration des quatre hommes remplit l'air de nuages épais. Bond sentit une odeur d'essence lorsque la tronçonneuse se mit en marche.

— Nous la protégeons bien. (Buchtman n'avait pas perdu l'accent américain de Tirpitz.) Allez-y, dit-il au SS avec le pistolet. Déshabillez ce salaud.

Alors que des mains commençaient à ôter ses vêtements, Bond vit la tronçonneuse entamer le sol de la cellule et faire sauter des éclats de glace. Encore habillé, il sentit déjà que le froid était devenu terriblement paralysant. Mais, à présent qu'on lui enlevait brutalement tous ses vêtements, son corps semblait être pris dans une cuirasse d'aiguilles.

— Il vous découpe une jolie baignoire, James, vieux frère, dit Buchtman en désignant l'homme qui maniait la tronçonneuse. (Il rit.) Ici nous sommes bien au-dessous des fondations de l'abri. En été l'eau monte très haut. C'est un petit lac naturel. Vous allez faire intimement connaissance avec ce lac, James Bond.

Tandis qu'il parlait, la tronçonneuse traversa la glace qui avait au moins un pied d'épaisseur. Puis l'homme se mit à découper un cercle grossier dont le centre se situait juste au-dessous du crochet d'ancre qui pendait au palan.

15

LE FROID ABSOLU

Ils lui ôtèrent les menottes. James Bond avait trop froid pour opposer la moindre résistance. Il arrivait à peine à bouger et avait l'impression de ne même plus pouvoir frissonner.

L'un des SS ramena le bras de Bond vers l'avant de son corps entièrement nu, puis lui remit les menottes. Le contact du métal avec ses poignets fut comme une brûlure.

Bond se concentra. Essaie de penser à quelque chose... Oublie le froid... Ferme les yeux... Contemple un point dans l'univers, laisse ce point grossir...

Un cliquetis de chaînes, et Bond entendit, plutôt qu'il ne sentit, qu'on attachait ses menottes au crochet. Puis, pendant un instant, alors qu'on hissait le palan, il perdit son sens de l'orientation. Ses pieds quittèrent le sol, et il se balança et tournoya pendant que la chaîne montait. Une douleur aiguë le traversa à présent que ses poignets, enserrés dans les menottes, supportaient tout son poids. Ses bras s'étirèrent. Puis suivit un nouvel engourdissement. La traction exercée sur ses bras, ses épaules et ses poignets n'importait plus, car le froid agissait presque comme un anesthésique.

Etrangement, ce qui le gênait, c'était de se balancer et de tournoyer. D'habitude — lorsque, par exemple, aux commandes d'un avion, il se livrait à des acrobaties vertigineuses, ou lorsqu'il subissait les nombreux tests de résistance que comprenait son examen médical annuel —, il n'était pas sujet aux troubles de l'orientation. A présent, pourtant, il sentait la bile lui monter à la gorge tandis que le balancement se faisait plus régulier, comme celui d'un pendule, et que le tournoiement ralentissait.

Ouvrir les yeux était aussi pénible que le reste. Il fallait lutter contre la pellicule de gel qui se formait sur les paupières. Mais c'était indispensable : Bond avait désespérément besoin de fixer un point afin de concentrer son attention.

Les parois striées de glace tournaient devant lui pendant que la lumière crue qui venait d'en haut réverbérait des couleurs :

des jaunes, des rouges, des bleus. Il lui était impossible de garder la tête levée alors que ses bras tiraient sur ses épaules et supportaient tout le poids de son corps.

La tête de Bond retomba en avant. Au-dessous de lui, il perçut un grand œil noir ; des silhouettes se déplaçaient sur ses bords, et l'œil tournait lentement, oscillait. Il fallut un moment au cerveau et au corps engourdis de Bond pour comprendre qu'en fait l'œil était immobile. L'illusion était due à son propre mouvement au bout de la chaîne.

Les aiguilles continuaient à s'acharner sur son corps. Elles semblaient être partout à la fois, puis se concentrer sur une partie précise : piquer son cuir chevelu, se déplacer sur sa cuisse ou râper ses organes génitaux.

Concentre-toi. Il fit un effort pour voir les choses telles qu'elles étaient mais l'engourdissement était comme une barrière, une muraille glacée qui empêchait son cerveau de fonctionner. Plus fort ; concentre-toi plus fort.

Quand le balancement et le tournoiement se furent apaisés, Bond put enfin éclaircir le mystère de l'œil. C'était un trou circulaire dans la glace. Sa couleur noire était celle de l'eau glacée. Lentement, les hommes firent descendre la chaîne, de sorte que les pieds de Bond étaient suspendus au-dessus de l'eau.

La voix de Tirpitz-Buchtman se fit entendre :

— James, vieux frère, ça ne va pas être gai. Vous devriez parler avant qu'on continue. Vous savez ce que nous voulons ? Dites simplement oui ou non.

Que lui voulaient-ils ? Que lui arrivait-il ? Bond avait l'impression que même son cerveau gelait. *Quoi ?*

— Non, s'entendit-il dire d'une voix croassante.

— Vos hommes ont arrêté l'un des nôtres à Londres. Deux questions : Où est-il détenu ? Qu'a-t-il révélé au cours des interrogatoires ?

Un homme ? Détenu à Londres ? Qui ? Quand ? Qu'avait-il révélé ? Pendant quelques secondes l'esprit de Bond s'éclaircit. Le soldat de l'AANS détenu au QG de Regent's Park. Qu'avait-il révélé ? Aucune idée, mais une certitude : l'homme avait dû raconter beaucoup de choses. Se taire.

— Je ne sais rien sur ce prisonnier. Rien sur des interrogatoires, dit-il tout haut. Il ne pouvait reconnaître sa propre voix qui résonnait contre les parois de la grotte.

L'autre voix montait vers lui ; chaque mot était difficile à reconnaître et à comprendre.

— Entendu, James. A votre guise. Je vous reposerai la question dans une minute.

Un grincement lui parvint d'en haut. La chaîne. Son corps se rapprocha peu à peu de l'œil noir. De façon inexplicable, Bond eut l'impression de n'avoir plus d'odorat. Il fallait à tout prix se concentrer sur quelque chose. Il lutta, imprima une nouvelle direction à sa pensée. Un jour d'été, la campagne. Des frondaisons. Une abeille voltigeait au-dessus de son visage, et il pouvait sentir — car l'odorat lui était revenu — un mélange d'herbe et de foin. Au loin, le bruit d'une machine agricole, comme un ronronnement paisible.

Ne dis rien. Tu ne sais rien, excepté ceci : l'herbe et le foin. Rien. Tu ne sais rien.

Bond entendit la chaîne grincer une dernière fois au moment où il toucha brutalement le centre de l'œil noir. Son cerveau remarqua même qu'une légère pellicule de glace s'était déjà reformée à la surface de l'eau. Puis la chaîne se relâcha et il fut précipité dans le trou.

Il avait dû pousser un cri, car sa bouche se remplit d'eau. Du soleil. L'arbre. Ses bras étaient entraînés par la chaîne. Il ne pouvait respirer.

La sensation éprouvée n'était pas celle d'un froid mordant, mais simplement celle d'un vif contraste. Cela aurait aussi bien pu être de l'eau bouillante. Quand Bond reprit conscience après le premier saisissement, ce fut pour éprouver une douleur aveuglante, comme si ses yeux avaient été brûlés par une lumière blanche.

Il était toujours vivant, mais il ne s'en rendit compte qu'à cause de cette souffrance. Son sang battait dans sa poitrine et dans sa tête comme sur un tambour.

Il lui était impossible de dire combien de temps ils l'avaient laissé sous l'eau. Il cracha et toussa, essayant de respirer, le corps tout entier secoué de spasmes comme un pantin manipulé par un marionnettiste pris de convulsions.

En ouvrant les yeux, il vit qu'il était toujours suspendu au-dessus de l'œil découpé dans la glace. Puis le vrai froid commença tandis qu'il se balançait de-ci, de-là, et que les aiguilles se transformaient en barbelés qui lui déchiraient la peau.

Non. Son cerveau parvint à surmonter la douleur. Non, rien du tout n'existait véritablement. L'herbe ; les parfums de l'été ; les bruits de l'été : le tracteur qui approchait, et le murmure de la brise dans les branches.

— Alors, Bond. Ce n'était là qu'un avant-goût. Vous m'entendez ?

Il respirait normalement, mais ses cordes vocales lui obéissaient mal. Enfin, il put dire :

— Oui. Je vous entends.

— Nous savons exactement jusqu'où nous pouvons aller ; mais ne vous faites pas d'illusion, nous irons plus loin que ça. Où notre homme est-il détenu à Londres ?

Bond entendit sa propre voix, encore une fois comme si elle ne lui appartenait pas :

— Je ne sais rien de ce détenu.

— Qu'a-t-il raconté à vos agents ? Quoi exactement ?

— Je n'ai jamais entendu parler d'un détenu.

— A votre guise.

La chaîne fit entendre son grincement funèbre...

Ils le laissèrent longtemps sous l'eau. Il lutta pour retrouver sa respiration, la brume rouge se mélangeant à une lumière blanche qui semblait souder chaque muscle, chaque veine, chaque organe. Puis ce fut l'immense soulagement de l'obscurité, dissipée brutalement par la douleur, quand son corps nu fut retiré une nouvelle fois de l'eau glacée et qu'il se balança doucement dans le vide.

Ce fut pire que la première fois. Ce n'étaient plus de simples aiguilles, mais comme de petits animaux qui rongeaient et mordaient la chair transie. Les organes les plus sensibles étaient vivants de douleur, de sorte qu'il se débattit avec les menottes et le crochet, essayant de baisser les mains pour en recouvrir ses reins.

— Il y a un homme de l'Armée d'action national-socialiste qui est détenu en Angleterre. Où se trouve-t-il ?

L'été. Essaie, essaie l'été. Mais ce n'était pas l'été, seulement les petites dents pointues traversant la peau pour mordre la chair et les muscles. L'homme de l'AANS se trouvait au QG de Regent's Park. Serait-ce mal de le leur dire ? L'été. Les feuilles vertes de l'été.

— Vous m'entendez, Bond ? Dites-le-nous et tout sera plus simple.

L'été s'en vient,
Chantez coucou !...

— Sais pas. Sais rien d'un prisonnier... Personne...

Cette fois-ci la voix lui parvint de l'intérieur de sa tête ; la réponse fut interrompue par le fracas de la chaîne qui retomba, le replongeant dans le magma de glace.

Il se débattit sans réfléchir à ce qui se passerait si les menottes se détachaient. C'était un simple réflexe : le corps luttant machinalement pour échapper à un élément où il ne pourrait pas survivre longtemps. Il se rendit compte que ses muscles n'obéissaient plus, que son cerveau avait cessé de fonctionner de façon rationnelle. La douleur le traversa comme un éclair. Puis ce fut l'obscurité.

Toujours vivant et suspendu dans le vide, Bond se demanda où il se trouvait entre la vie et l'absence de toute conscience, car la douleur blanche était maintenant concentrée dans son cerveau, à la façon d'une explosion aveuglante, brûlante.

La voix criait, comme si elle essayait de se faire entendre de loin :

— Le prisonnier, Bond. Où le retiennent-ils ? Ne soyez pas stupide ; nous savons qu'il se trouve quelque part en Angleterre ! Indiquez-nous simplement l'endroit. Le nom. Où est-il ?

Au quartier général des services secrets. Dans le bâtiment près de Regent's Park. Transworld Export. Avait-il parlé ? Non, il n'avait rien dit, même si les mots s'étaient nettement formés dans son cerveau, prêts à jaillir.

Les feuilles vertes de l'été ; l'été s'en vient ; la vie est plus facile ; la dernière rose de l'été ; l'été de la Saint-Martin...

Des vipères s'attaquaient à son cerveau. Puis les mots : la voix de Bond disant tout haut :

— Pas de prisonnier. Je ne sais rien d'un prison...

Le fracas de la glace autour de lui, le liquide rouge, brûlant, aveuglant, puis la douleur alors que le corps retrouvait sa sensibilité. Il était sorti, se balançant, dégoulinant, cherchant sa respiration, le moindre centimètre de son corps déchiqueté. Le cerveau avait finalement trouvé la source authentique de la douleur. Le froid. Le froid absolu. La mort lente par le froid.

Le soleil était éclatant. Si chaud que la sueur ruisselait du front de Bond jusque dans ses yeux. Il n'arrivait même pas à ouvrir les yeux, et il savait qu'il avait trop bu. Qu'il était soûl comme une grive. Soûl pour un sou, entièrement soûl pour deux sous.

L'équilibre était rompu. Un rire. Le rire de Bond. Il ne s'enivrait pas normalement. Mais là, c'était autre chose. Il était gris... gris comme... Quand ? le 4 Juillet ? Au moins on se sentait bien. Il ne se souciait plus de rien. Il était étourdi... Il avait le cœur léger... puis vint l'obscurité. Seigneur, il allait s'évanouir. Se sentir mal. Non, il se sentait trop bien pour cela. Le bonheur... il était trop heureux... l'obscurité approchait, l'enveloppait. Rien qu'un soupçon de ce qu'était véritablement la nuit qui l'engloutit. Le froid absolu.

— James... James.

La voix lui était familière. Elle lui parvenait de loin, de très loin, d'une autre planète.

— James...

Une femme. Une voix de femme. Puis il la reconnut.

La chaleur. Il était couché et bien au chaud. Un lit ? Etait-ce un lit ?

Bond essaya de bouger, et la voix répéta son nom. Oui, il était enveloppé dans des couvertures, couché dans un lit, et la pièce était chaude.

— James.

Doucement Bond ouvrit les yeux, ses paupières brûlaient. Puis il bougea, lentement, parce que chaque mouvement était douloureux. Finalement, il tourna ga tête vers la voix. Ses yeux mirent quelques secondes à s'adapter.

— Oh ! James, vous allez bien. On vous a fait faire de la respiration artificielle. Je viens d'appuyer sur la sonnette. Ils m'ont dit d'appeler dès que vous reviendriez à vous.

La chambre était comme toutes les chambres d'hôpital, à ceci près qu'elle ne possédait aucune fenêtre. Dans le lit voisin était allongée Rivke Ingber. Elle avait les deux jambes dans le plâtre, mais son visage était animé et souriant.

Puis le cauchemar reprit, et Bond comprit ce qu'il avait vécu. Il ferma les yeux, mais ne vit que l'œil noir, froid, rond, de l'eau glacée. Il déplaça les poignets, et la douleur revint à l'endroit où les menottes d'acier avaient mordu la chair.

— Rivke.

Ce fut tout ce qu'il parvint à dire, car son esprit était assailli par d'autres démons. Avait-il parlé ? Qu'avait-il dit ? Il pouvait se rappeler les questions, mais pas ses réponses. Une scène lui traversa l'esprit : de l'herbe, du foin, un arbre, un bourdonnement lointain.

— Buvez ceci, monsieur Bond.

Il n'avait pas vu la jeune fille auparavant, mais elle était vêtue d'un uniforme d'infirmière et approchait de ses lèvres une tasse d'un liquide chaud et fumant.

— Du bouillon de viande. C'est chaud, mais il vous faut des boissons chaudes. Vous allez vous remettre. Ne vous souciez de rien en attendant.

Appuyé sur des oreillers, Bond n'avait ni la force, ni la volonté de résister. La première gorgée de bouillon abolit le temps. Le goût lui rappela un passé lointain tout comme un morceau de musique peut faire surgir un souvenir oublié.

Bond revit une enfance depuis longtemps perdue : l'odeur aseptisée des infirmières d'école, les attaques de grippe, en hiver, à la maison.

Il but une nouvelle gorgée et sentit la bonne chaleur lui envahir l'estomac. En même temps revint l'horreur : l'oubliette de glace, et le froid terrible, absolument terrible, lorsqu'on l'avait plongé dans l'eau glaciale.

Avait-il parlé ? Il avait beau se creuser la cervelle, il n'en savait rien. Parmi les images vivantes et démoniaques de la torture, aucune ne lui rappelait ce qui s'était passé entre lui et ses bourreaux.

Démoralisé, il regarda Rivke. Elle le fixait d'un regard tendre, comme celui qu'elle avait eu le matin avant l'explosion sur les pistes de ski.

Ses lèvres bougèrent, mais il n'en sortit pas le moindre son ; cependant Bond put aisément lire ce qu'elle essayait de dire : « James, je vous aime. »

Il sourit et lui fit un petit signe de la tête, pendant que l'infirmière inclinait la tasse de bouillon de viande pour lui permettre de boire.

Il était en vie. Rivke était là. Lui vivant, il était encore possible d'arrêter l'Armée d'action national-socialiste et d'éliminer son Führer et son « monde nouveau ».

16

COMPLICES DANS LE CRIME

Quand il eut fini de boire son bouillon, on lui fit une injection, et l'infirmière dit quelque chose à propos de gelures.

— Ce n'est pas grave, ajouta-t-elle. Vous serez rétabli dans quelques heures.

Bond se tourna vers Rivke et voulut parler, mais il sombra dans le sommeil. Plus tard il ne put dire si cela avait été un rêve ou non, mais à un moment donné, il eut l'impression d'être éveillé et que von Glöda se tenait au pied du lit. L'homme à la haute taille était souriant, mielleux, dangereux.

— Eh bien, monsieur Bond. Je vous avais bien dit que nous obtiendrions de vous tout ce qu'il nous fallait. Nos moyens sont plus efficaces que les drogues et autres produits chimiques. J'espère que nous n'avons pas compromis votre vie sexuelle. Je crois que non. En tout cas, merci de vos renseignements. Cela nous a vraiment été utile.

Lorsqu'il se réveilla pour de bon, Bond fut plus ou moins convaincu que cela n'avait pas été un rêve, tellement l'image de von Glöda était vivante. Il avait fait de vrais rêves cependant, des rêves concernant le même homme et dans lesquels von Glöda était habillé en nazi, entouré de nombreux dignitaires, au cours d'une sorte de rassemblement de Nuremberg. Sa voix avait ce charisme qu'Hitler lui-même possédait et qui amenait son auditoire à lui accorder une confiance quasi hystérique.

Dans son sommeil, Bond crut entendre le martèlement de bottes à l'écuyère, et une fanfare dont les échos se mêlaient à des chants rituels et à des voix allant crescendo. Il se réveilla finalement, trempé de sueur et convaincu que von Glöda avait raison. Von Glöda parlait sérieusement ; ses menaces n'étaient pas vaines. Il pouvait, comme il le prétendait, rassembler une armée d'hommes recrutés, pour l'essentiel, dans les rues des grandes villes européennes et peut-être américaines, les regrouper, comme avait fait Hitler, en un nouveau Parti.

L'idéologie pouvait se répandre au-delà des frontières et une vague national-socialiste déferler sur le monde.

Bond respira profondément et fixa le plafond. Il cherchait à savoir si le petit discours de von Glöda avait été un rêve ou la réalité. Puis il fut saisi d'un accès de terreur lorsque le souvenir de l'épreuve sous l'eau glaciale se présenta à lui avant de se dissiper rapidement. Il se sentait mieux à présent, même s'il était désorienté et impatient d'agir. En fait, il n'avait guère le choix. S'il ne trouvait pas comment sortir du labyrinthe de von Glöda, il lui faudrait accomplir ce voyage à Moscou et rencontrer les héritiers de SMERSH.

— Vous êtes réveillé, James ?

Pendant les quelques secondes qui suivirent son retour dans le monde des vivants, Bond avait oublié la présence de Rivke dans la chambre. Il tourna la tête en souriant.

— Des infirmeries mixtes ! Qu'est-ce qu'ils vont encore inventer !

Elle rit et regarda les deux grosses mottes de plâtre qu'étaient ses jambes suspendues à des poulies.

— Nous ne pouvons pas y changer grand-chose, cependant. Et c'est dommage. Mon salaud de père était là il y a quelques instants.

C'était ça l'explication. Le discours de von Glöda n'avait pas été un rêve. Bond jura au fond de lui-même. La souffrance et l'hébétude provoquées par le bain forcé dans l'eau glacée l'avaient-elles fait parler ? Qu'avait-il révélé ? Il était difficile de le savoir. Il calcula les chances de réussite qu'aurait une équipe décidée à pénétrer dans le bâtiment de Regent's Park. On pouvait parier à quatre-vingts contre un qu'elle échouerait. Mais il leur suffisait de faire entrer un seul homme, ce qui était beaucoup plus facile ; et s'il avait effectivement parlé, il pouvait être sûr que l'équipe de l'AANS avait déjà reçu des instructions. Il serait trop tard, même pour prévenir M.

— Vous avez l'air soucieux ? Quels sévices vous ont-ils fait subir, James ?

— Ils m'ont emmené à la piscine et il faisait un peu froid, chérie. Rien de bien terrible. Mais vous ? J'ai vu l'accident. Nous avions cru qu'une ambulance normale et la police vous avaient emmenée. Nous nous sommes évidemment trompés.

— Je faisais une dernière descente et me réjouissais à l'idée de vous revoir. Puis, pouf, plus rien. Quand je suis revenue à moi, mes jambes me faisaient horriblement mal et mon père se penchait sur moi. Il était accompagné de cette créature. Je ne pense pas qu'elle soit encore là. Ils ont improvisé un genre d'hôpital. J'avais les deux jambes cassées ainsi que plusieurs côtes. Ils m'ont mise dans le plâtre, m'ont fait faire un long voyage, et je me suis finalement réveillée ici. Le comte appelle cela son poste de commandement, mais je n'ai aucune idée de l'endroit où nous sommes. Les infirmières sont assez gentilles, mais ne veulent rien me dire.

— Si mes calculs sont exacts...

Bond se mit sur le côté afin de pouvoir parler plus facilement avec Rivke et la regarder en même temps. Les cernes autour des yeux de la jeune femme trahissaient la fatigue nerveuse et l'inconfort de sa position.

— Si je ne me trompe pas, nous nous trouvons dans une grande casemate située entre dix et douze kilomètres à l'est de la frontière finlandaise. Du côté russe.

— Russe ?

Rivke ouvrit la bouche, les yeux écarquillés de stupeur. Bond fit oui de la tête.

— Votre papa chéri nous a joué un sacré tour. (Il fit une grimace qui traduisait une certaine admiration.) Il faut reconnaître qu'il a été particulièrement astucieux. Nous cherchons des indices partout, et le voilà qui dirige ses opérations à partir de l'endroit le plus improbable, à l'intérieur du territoire soviétique.

Rivke rit doucement, d'un rire empreint d'amertume.

— Il a toujours été astucieux. Qui aurait l'idée de rechercher le quartier général d'un groupe fasciste en Russie ?

— En effet. (Bond garda le silence pendant un instant.) Et comment vont ces jambes ?

Elle leva une main dans un geste d'impuissance.

— Vous pouvez constater par vous-même.

— Ils ne vous ont pas encore fait suivre de traitement ? Essayé de vous faire marcher, même avec des béquilles ?

— Vous voulez rire. Je ne sens pas beaucoup la douleur. C'est tout simplement désagréable. Pourquoi ?

— Il doit y avoir un moyen de sortir d'ici, mais je ne veux pas partir seul et vous abandonner. (Il s'interrompit comme pour prendre une décision.) Pas maintenant que je vous ai retrouvée, Rivke.

Lorsqu'il la regarda de nouveau, il crut voir que ses grands yeux étaient humides.

— James, vous êtes merveilleux. Mais s'il y a un moyen de sortir, vous serez obligé de le découvrir seul, par *vous-même*.

Bond fronça les sourcils. S'il pouvait s'échapper, parviendrait-il à revenir à temps ? Avec des renforts ? Il traduisit ses pensées en paroles.

— Je ne crois pas que nous ayons le temps pour nous, Rivke. Certainement pas si je leur ai raconté ce que je crois...

— Ce que vous leur avez raconté... ?

— Se voir plonger nu dans l'eau glacée est quelque peu déroutant. Je me suis évanoui plusieurs fois. Ils voulaient que je réponde à deux questions.

Il lui dit qu'il connaissait seulement la première réponse et qu'il ne pouvait que deviner la seconde.

— Quel genre de question ?

Bond lui parla brièvement du membre de l'AANS fait prisonnier à Londres.

— Votre père possède un nouveau poste de commandement. Le prisonnier de Londres en sait suffisamment pour renseigner nos agents. Ce qui est idiot, c'est qu'il ignore probablement lui-même qu'il détient une information capitale. Votre détraqué de père avait envoyé une équipe dans son nouveau poste de commandement pour un briefing avant le départ du groupe pour Londres. Nos enquêteurs, comme ceux du Mossad, ne sont pas des imbéciles. Les bonnes questions amènent les bonnes réponses. Deux et deux font quatre.

— Vous pensez donc que vos services connaissent déjà l'emplacement de ce nouvel endroit, de ce second poste de commandement ?

— Je n'en mettrais pas ma main au feu. Mais si j'ai révélé à mes tortionnaires que nous tenons l'homme en question, et qu'on l'a interrogé, von Glöda pourra en tirer la conclusion qui s'impose. J'imagine que votre père est déjà en train d'évacuer tout le monde en quatrième vitesse.

— Vous avez dit qu'on vous avait posé deux questions ?

— Oh ! ils voulaient savoir où nos gens le détenaient. Cela n'est pas vraiment un problème. Il est possible qu'un homme puisse parvenir jusqu'à lui ; mais toute attaque d'envergure est hors de question.

— Pourquoi, James ?

— Nous disposons d'un centre d'interrogation au sous-sol du bâtiment de notre QG, à Londres. C'est là qu'il est détenu.

Rivke se mordit les lèvres.

— Et vous croyez vraiment le leur avoir dit ?

— C'est possible. Vous m'avez dit que votre père était ici tout

à l'heure. J'en ai un vague souvenir. Il m'a donné l'impression qu'il savait. Vous étiez éveillée...
— Oui.

Pendant une seconde, elle détourna les yeux, évitant de rencontrer son regard.

Bond se mit à songer que les agents du Mossad avaient tendance à choisir une pilule de suicide plutôt qu'un interrogatoire qui pouvait les compromettre.

— Pensez-vous que j'aie trahi mes propres services ? demanda-t-il à Rivke, et cette alliance impossible dont nous étions censés faire partie ?

Rivke garda le silence pendant une seconde. Puis elle dit :
— Non, James. Non. Il est clair que vous n'aviez pas d'autre choix. Non. Je pensais à ce qu'a dit mon père — Dieu sait pourquoi je l'appelle père, il n'est vraiment pas mon père. En entrant il a dit quelque chose au sujet de renseignements que vous lui auriez donnés. Je somnolais, mais il avait un ton sarcastique. Il vous a remercié de vos renseignements.

Bond sentit le poids du désespoir au fond de ses entrailles. M l'avait placé à froid dans une situation compromettante ; pourtant il ne pouvait blâmer son chef. M avait estimé que moins Bond en saurait mieux cela vaudrait. Ensuite, tout comme Bond, M n'avait certainement pas prévu ce qui était arrivé : l'élimination du Brad Tirpitz authentique, le double jeu de Kolya Mosolov avec von Glöda, et, finalement, la duplicité de Paula Vacker.

Bond était désespéré d'avoir lâché son pays et d'avoir trahi ses services. Il considérait cela comme autant de péchés impardonnables.

A présent, von Glöda devait faire les préparatifs d'usage pour évacuer l'abri : emballer, organiser les transports, charger les BTR avec toutes les armes et munitions qu'ils pourraient emporter, détruire les documents. Bond se demanda si von Glöda disposait d'une base provisoire — hormis le nouveau poste de commandement — à partir de laquelle il pourrait lancer ses opérations. En ce moment, il désirait certainement partir au plus vite, mais il lui faudrait peut-être vingt-quatre heures.

Bond regarda autour de lui pour voir si on lui avait laisé quelques-uns de ses habits. Il y avait une armoire en face de lui, mais elle n'était pas assez grande pour renfermer des vêtements. Le reste de la pièce était nu, à l'exception de l'équipement d'une chambre d'hôpital : une autre petite armoire en face du lit de Rivke ; dans un coin, une table avec des verres, une bouteille, des instruments médicaux. Il ne vit rien qui puisse lui être utile.

Un rail avec rideaux entourait chaque lit ; deux lampes étaient fixées au-dessus des têtes de lit ; un éclairage fluorescent au plafond. Il y avait également les grilles de ventilation habituelles.

Il conçut l'idée de maîtriser l'infirmière, de la déshabiller et d'essayer de sortir déguisé en femme. Mais l'idée était plus que saugrenue, car Bond ne possédait pas la stature qui lui aurait permis de se faire passer pour une femme. Quelques minutes de réflexion suffirent à le rendre à nouveau somnolent. Il se demanda quel produit on lui avait injecté dans les veines après la séance de torture.

Si von Glöda respectait le marché conclu avec Kolya — ce qui était peu vraisemblable —, la seule solution pour Bond serait de se soustraire à la garde de Mosolov.

Il y eut un bruit dans le corridor. La porte s'ouvrit, et l'infirmière entra, toute blanche dans son uniforme amidonné.

— Eh bien, dit-elle sur un ton alerte. J'ai des nouvelles pour vous. Vous allez bientôt partir d'ici, tous les deux. Je suis venue vous prévenir que vous allez être évacués d'ici quelques heures.

Elle parlait un anglais impeccable avec un très léger accent.

— L'heure de l'exécution des otages, soupira Bond.

L'infirmière sourit gaiement et lui dit qu'il pouvait bien avoir raison.

— Et comment partons-nous ?

Bond se dit qu'il pourrait être utile de continuer à la faire parler, ne serait-ce que pour tirer d'elle quelques renseignements.

— En motoneige ? BTR ? Quoi encore ?

L'infirmière souriait imperturbablement.

— Je vais voyager avec vous. Vous êtes en pleine forme, monsieur Bond, mais nous nous faisons du souci pour les jambes de Mlle Ingber. Elle préfère qu'on l'appelle Mlle Ingber, si je ne me trompe. Je dois rester à son côté. Nous allons tous partir dans l'avion personnel du Führer.

— Un avion ?

Bond n'avait jamais entendu parler d'une quelconque piste d'envol.

— Oui, oui, il y a une piste parmi les arbres. Elle est toujours déblayée, même par très mauvais temps. Nous disposons ici de quelques avions légers — équipés de skis, en hiver, bien entendu — et de l'avion personnel du Führer, un Mystère-Falcon converti. Très rapide, et qui atterrit sur n'importe quoi...

— Peut-il aussi décoller sur n'importe quoi ?

Bond pensa à la glace et à la neige.

— Lorsque la piste est déblayée. (L'infirmière ne semblait pas s'en préoccuper.) Ne vous en faites pas. Nous utilisons des chalumeaux tout le long de la piste juste avant le décollage. (Elle s'arrêta dans l'embrasure de la porte.) Avez-vous encore besoin de quelque chose ?

— De parachutes ? proposa Bond.

Pour la première fois l'infirmière perdit de son enthousiasme.

— On vous servira à tous les deux un repas avant le départ. D'ici là j'ai autre chose à faire.

La porte se referma et ils entendirent une clé tourner dans la serrure.

— Et voilà, dit Rivke. Si vous avez jamais rêvé pour nous deux à un petit cottage avec des roses autour de la porte, ils faudra en faire votre deuil.

— J'y avais songé, Rivke. Je ne désespère jamais.

— Tel que je connais mon père, il y a des chances pour qu'il nous lâche à vingt mille pieds d'altitude.

— Ce qui explique la réaction de l'infirmière lorsque j'ai mentionné les parachutes.

— Chut, dit Rivke, il y a quelqu'un dans le corridor, devant la porte.

Bond regarda vers elle. Il n'avait rien entendu, mais Rivke parut tout à coup vigilante, sinon nerveuse. Bond se leva, surpris de constater que ses membres fonctionnaient avec autant de vitesse et de facilité. La sensation de somnolence l'avait abandonné et avait fait place à une nouvelle et subite vivacité d'esprit. Bond se maudit une fois de plus, car il comprit qu'il avait enfreint une autre règle élémentaire : il avait bavardé devant Rivke sans même prendre les plus simples précautions.

Sans se soucier de sa nudité, il se précipita vers la table d'angle, saisit un verre et retourna tout aussi vite au lit. A voix basse, il dit à Rivke :

— Je peux toujours le briser. On est toujours surpris par les dommages qu'un verre cassé peut causer à un corps.

Elle inclina la tête, tendant l'oreille. Bond n'entendait toujours rien. Puis, avec une rapidité surprenante, la porte s'ouvrit et Paula Vacker entra dans la pièce.

Elle avança sans bruit. Avant que Rivke ou Bond aient pu réagir, Paula s'était glissée entre les lits. Bond vit la crosse de son automatique se lever deux fois et entendit tinter le verre alors que de deux coups rapides Paula fracassait les ampoules des lampes de chevet.

— Qu'est-ce que... ? dit Bond lorsqu'il comprit que le tube fluorescent du plafond continuait seul d'éclairer la pièce, avec autant d'intensité qu'auparavant.

— Ne faites pas de bruit, lui conseilla Paula qui, accroupie, le P7 à la main, se dirigeait vers la porte.

Elle tira un ballot et referma la porte à clé derrière elle.

— Les micros, James, étaient à l'intérieur des ampoules, reprit-elle. Chaque mot de conversation avec la petite Rivke vient d'être retransmis au comte von Glöda.

— Mais... ?

— Ça suffit comme ça.

Le P7 n'était pas braqué sur Bond, mais sur Rivke. Du pied, Paula poussa le ballot vers le lit de Bond.

— Mettez ça. Vous allez jouer quelque temps à l'officier dans l'armée du Führer.

Bond se leva et défit le ballot. Il contenait des sous-vêtements thermogènes, des chaussettes, un gros chandail à col roulé, un uniforme d'hiver gris avec veste et pantalon, des bottes, des gants et un bonnet de fourrure. Vite, il se mit à s'habiller.

— Que signifie tout cela, Paula ?

— Je vous expliquerai plus tard, répondit-elle sur un ton brusque. Ne perdons pas de temps. De toute façon, ça va être juste. Kolya s'est débiné, il ne reste donc plus que nous deux. Complices dans le crime, James. Du moins allons-nous sortir d'ici.

Bond avait presque fini de s'habiller. Il s'approcha de la porte à côté de son lit.

— Et Rivke ?

— Vous me parlez d'*elle* ? demanda Paula d'une voix tranchante.

— Nous ne pouvons l'emmener. De quel côté êtes-vous donc ?

— Du vôtre, James, même si cela vous étonne. On ne peut, hélas ! pas en dire autant de la fille du Führer.

Rivke fit alors un mouvement. Bond vit une sorte de tache floue quand, avec une rapidité déconcertante, elle dégagea ses jambes du plâtre et se leva, une main serrant la crosse d'un petit pistolet. Son corps ne portait aucune trace de blessure, et les jambes que Bond avait cru cassées étaient aussi valides que celles d'une athlète.

Paula poussa un juron, ordonnant à Rivke de jeter l'arme. Bond, qui passait les derniers vêtements, assista à cette scène comme si elle avait été filmée au ralenti.

Quand ses pieds touchèrent le sol, Rivke, vêtue uniquement d'un slip, leva la main qui tenait l'arme. Au même moment, Paula étendit les bras en position de tir. Rivke continua d'avancer ; puis on entendit la seule détonation, suivie de l'écho puissant, du P7. Un nuage de fumée tourbillonna. Le visage de Rivke se désintégra en une fine brume de sang et d'os, alors que son corps, projeté en arrière, décrivait un arc et retombait en travers du lit.

Puis vint l'odeur de la poudre.

Paula jura encore une fois.

— Je ne tenais vraiment pas à faire du bruit.

Ce fut l'une des rares occasions de sa vie où James Bond eut l'impression d'avoir complètement perdu le contrôle des événements. Il avait déjà commencé à se prendre d'affection pour Rivke. Il connaissait la perfidie de Paula. Maintenant qu'il se trouvait en équilibre sur la pointe des pieds, il se prépara à une dernière tentative désespérée : se jeter sur le bras de Paula qui tenait l'arme. Mais elle se contenta de lui envoyer le P7 et d'empoigner le petit pistolet de Rivke.

— Vous feriez bien de prendre ceci, James. Vous pourriez en avoir besoin. J'ai subtilisé la clé de l'infirmière que j'ai envoyée faire une promenade. Il n'y a personne dans cette partie du bâtiment, donc on n'a peut-être pas entendu la détonation. Mais nous allons avoir besoin d'ailes.

— De quoi parlez-vous ? dit Bond qui, au moment même où il parla, soupçonna l'atroce vérité.

— Je vous raconterai tout cela plus tard, mais pourquoi ne voulez-vous pas comprendre ? Vous n'avez rien dit sous la torture, alors ils vous ont fourré avec Rivke ! Vous avez tout raconté à cette fille parce que vous lui faisiez confiance. Elle est la petite assistante de papa, depuis toujours. J'ai cru comprendre qu'avec le temps elle espérait devenir la première femme Führer. Alors, est-ce que vous venez ? Je dois essayer de vous tirer d'ici. Comme je l'ai dit, nous sommes complices dans le crime.

17

UN MARCHÉ RESTE UN MARCHÉ

Sous une épaisse capote d'officier à la coupe impeccable, Paula portait l'uniforme dans lequel Bond l'avait vue la dernière fois. Ses bottes apparaissaient sous le manteau, et, pour compléter l'effet, elle était coiffée d'un bonnet militaire en fourrure.

Bond jeta un coup d'œil sur le lit récemment occupé par Rivke. Les plâtres trafiqués étaient incontestablement une supercherie qui confirmait les accusations de Paula. En regardant le mur opposé, éclaboussé de sang, comme quelque tableau surréaliste, il éprouva un début de nausée. On pouvait encore sentir la présence de Rivke dans la pièce.

Il se détourna, ramassa le bonnet d'officier en fourrure que Paula lui avait apporté. Tant de gens avaient changé de camp depuis le début de l'opération Brise-Glace qu'il ne pouvait pas être sûr des véritables sentiments de Paula ; du moins son intention de le faire sortir de l'abri semblait-elle sérieuse. Cela signifiait qu'il pourrait mettre une bonne distance entre lui et von Glöda, et cette perspective lui parut particulièrement séduisante.

— Si les gardes nous demandent quoi que ce soit, j'agis sur l'ordre du Führer, dit Paula. Voici un laissez-passer standard pour chacun de nous. (Elle lui remit un petit carré en plastique blanc semblable à une carte de crédit.) Nous allons éviter les ateliers principaux ou les dépôts de munitions. Baissez simplement la tête en cas où nous rencontrerions quelqu'un qui vous a déjà vu. Et laissez-moi parler, James. Nous sortirons par le petit abri, et nos chances de succès ne sont pas négligeables. Tout le monde s'affaire ; c'est le branle-bas *depuis* que vous avez vendu la mèche à Rivke.

— A ce propos, je..., commença Bond.

— N'en parlons pas, dit Paula sur un ton sec. Ce n'est pas le moment. Pour une fois, faites-moi confiance. Comme vous, je ne suis pas ici pour mon plaisir. (Sa main gantée se posa sur son bras l'espace d'une seconde.) Croyez-moi, James, ils vous ont eu en se servant de cette fille, et je ne pouvais pas vous prévenir. C'est le plus vieux truc du monde. Enfermez un prisonnier avec quelqu'un en qui il a confiance, puis écoutez la conversation. (Elle se remit à rire.) J'étais avec von Glöda lorsqu'on a apporté les bandes. Il a fait un bond de dix mètres. L'imbécile ! Quand il a su que vous aviez subi la torture de l'eau sans révéler quoi que ce soit, il en a déduit que vous ne saviez rien et il a cru qu'il n'avait rien à craindre. Allons-y, James, et restez près de moi.

Paula ouvrit la porte, ils sortirent dans le corridor et s'arrêtèrent un instant pendant qu'elle refermait la porte à l'extérieur.

Le couloir était désert. Les murs étaient recouverts de carreaux blancs, et une légère odeur de désinfectant flottait dans l'air. D'autres chambres s'ouvraient à droite et à gauche, et l'extrémité du corridor était fermée par une porte métallique. Von Glöda était bien organisé, c'est le moins qu'on pût dire.

Paula avança la première vers la porte métallique.

— Cachez votre arme, mais préparez-vous comme pour la dernière bataille de Custer, dit-elle. Si jamais il y a une fusillade, nous avons peu de chances d'en sortir vainqueurs. Sa main était enfoncée dans sa poche droite où elle avait placé le pistolet de Rivke.

A l'autre bout de l'aile où était aménagé l'hôpital, le corridor était bien décoré ; tendu de jute, avec des affiches et photos encadrées semblables à celles que Bond avait vues près de l'appartement de von Glöda. Il en conclut qu'ils se trouvaient au cœur de l'abri, probablement dans un couloir parallèle à ceux qui menaient aux bureaux du nouveau Führer.

Paula avait insisté pour ouvrir la marche ; et Bond, rasant les murs, ses doigts gantés serrant le P7 enfoncé dans la poche, la suivait à environ un mètre, légèrement sur sa gauche. C'était presque la position normale d'un garde du corps.

Au bout de quelques minutes, le corridor bifurqua. Paula prit à droite et gravit des marches recouvertes d'un tapis. L'escalier était raide et menait vers un petit couloir au bout duquel une porte à double battant, percée de fenêtres à treillis, donnait sur ce qui devait être un tunnel principal.

A présent ils marchaient entre ces murs grossiers au long desquels passaient des tuyaux et des conduits. Toutes les dix secondes, Paula jetait un regard en arrière pour s'assurer que Bond suivait. Elle tourna à gauche. A présent, le sol grimpait légèrement.

Alors que la montée se faisait plus raide, ils parvinrent à un trottoir aménagé sur leur droite, avec des planches pour éviter de glisser et une main courante, semblable en tout point à celui qu'ils avaient vu en pénétrant pour la première fois dans l'abri. Ici, de même que dans l'entrée principale, des portes et corridors s'ouvraient des deux côtés. Pour la première fois, depuis qu'ils avaient quitté la partie où se trouvait l'hôpital, Bond entendit du bruit : des voix, des claquements de bottes, un appel et des pas précipités.

En jetant un coup d'œil sur les passages latéraux, il remarqua tous les signes d'une activité fébrile mais ordonnée. Certains hommes transportaient des effets personnels, des classeurs métalliques, des boîtes et des dossiers ; d'autres semblaient vider les bureaux ; d'autres encore emportaient des armes. La plupart se dirigeaient vers la gauche, confirmant ainsi les déductions de Bond. Grâce à son sens de l'orientation, il était maintenant convaincu qu'ils se trouvaient dans le tunnel principal qui les mènerait à la petite entrée de l'abri.

Cinq ou six soldats descendaient la pente au pas de course, regardant droit devant eux ; le sous-officier qui les commandait donna l'ordre de saluer Paula et Bond. Puis un autre groupe les croisa, des visages durs, presque fanatiques, remplis d'un orgueil que Bond n'avait vu que dans de vieux films d'actualité sur les débuts du Troisième Reich.

A présent, devant eux, un petit détachement montait la garde devant ce qui apparaissait comme leur dernier obstacle : le tunnel était fermé par un imposant rideau d'acier. Dans le plafond était installé un dispositif hydraulique permettant de soulever le rideau, qui comprenait également, du côté droit, un portillon bas, solidement verrouillé.

— Bon, allons-y, murmura Paula. Soyez sûr de vous. N'hésitez pas et, pour l'amour du ciel, laissez-moi parler. Une fois dehors, dirigez-vous vers la gauche.

Bond pensa au conseil que lui avait donné, au début de sa carrière, un jeune officier de marine : « Comportez-vous toujours comme si vous saviez exactement où vous allez, et comme si vous étiez pressé. »

Le conseil était toujours valable.

En se rapprochant de l'entrée, il vit que le détachement se composait d'un officier et de quatre hommes, tous armés. Près de la porte était installé un petit appareil ressemblant à un distributeur de tickets de métro.

A quatre pas de la sortie, Paula cria en allemand :

— Préparez la sortie. Nous agissons sur l'ordre personnel du Führer.

L'un des soldats se rapprocha de la porte, et l'officier fit un pas en avant, se plaçant près de l'appareil.

— Avez-vous votre laissez-passer ?

Ils se trouvaient tout près maintenant.

— Bien sûr, dit Paula.

Elle tendit le morceau de plastique de sa main gauche. Bond en fit autant.

— C'est bien. (L'officier avait l'expression revêche et dénuée d'humour du vieux militaire qui ne connaît que le règlement.) Savez-vous quelque chose sur cet ordre d'évacuation ? Nous n'avons entendu que des rumeurs.

— Je sais un tas de choses. (La voix de Paula se fit dure.) Vous en serez informés en temps utile.

Ils se trouvaient maintenant devant l'officier.

— On dit qu'il nous faudra avoir quitté les lieux dans les vingt-quatre heures. Quelle corvée !

— Nous avons tous subi ce genre de corvée.

L'officier prit les deux cartes, les inséra l'une après l'autre dans une petite fente située sur l'appareil, puis attendit qu'une série de voyants s'allument et qu'un sifflement se fasse entendre pour chaque laissez-passer.

— Bonne chance dans votre mission !

Bond fit un signe de la tête. Le soldat près de la porte tirait déjà les verrous.

Paula remercia l'officier de service, et Bond la suivit en faisant le salut nazi. On entendit claquer des talons, résonner des ordres, et la porte s'ouvrit. Bond eut une nouvelle fois le sentiment que le temps avait fait un formidable saut en arrière ; qu'il vivait dans les années 1930 ou 1940.

Quelques secondes plus tard, ils se retrouvèrent à l'extérieur, et le froid mordant les frappa en plein visage comme de la fine glace pulvérisée. Il faisait sombre, et Bond, privé de sa montre-bracelet, avait perdu toute notion du temps. Il lui était impossible de dire si c'était la fin de l'après-midi ou la dernière heure avant l'aube. L'obscurité complète lui donnait l'impression d'être au cœur de la longue nuit polaire.

Ils avancèrent vers la gauche, se guidant d'après les minuscules repères lumineux bleus qui indiquaient les limites extérieures de l'abri. Sous la neige, Bond pouvait sentir le métal des longues plaques qu'on avait dû poser pour faire un semblant de « chaussée » autour du poste de commandement. De semblables plaques devaient recouvrir les pistes d'envol du terrain d'aviation de von Glöda.

Les portes principales de la casemate se dressaient toutes blanches au-dessus d'eux, et, en passant devant, Bond comprit où Paula le menait : au petit abri en béton où il avait vu qu'on remisait les motoneiges. Il distinguait à peine le bouquet d'arbres sur sa droite, et il se rappela que c'est de là qu'ils étaient sortis à découvert pour se retrouver inondés de lumière lorsque Kolya l'avait attiré dans cet avant-poste.

Paula semblait n'avoir rien négligé. Dès qu'ils eurent atteint le petit bâtiment appuyé à la paroi rocheuse, elle sortit un porte-clés.

L'abri sentait l'huile et le combustible et, après que Paula eut appuyé sur l'interrupteur près de la porte, il n'y eut qu'une faible lumière. Les motoneiges étaient alignées et faisaient songer à des insectes géants pelotonnés les uns contre les autres pour l'hibernation.

Paula choisit la première qui lui convint, une grosse et longue Yamaha noire, beaucoup plus grande que celles dont Kolya s'était servi pour leur faire traverser la frontière.

— Cela vous dérange si je conduis ?

Paula vérifiait déjà le niveau d'essence. Dans la pénombre, il ne put que deviner le petit sourire malicieux sur ses lèvres.

— Où allons-nous, Paula ?

Elle leva les yeux et dévisagea Bond dans l'obscurité.

— Mes hommes occupent un poste d'observation à environ dix kilomètres d'ici. (Elle fit un geste en direction du sud.) C'est en partie boisée, mais sur une éminence. De là on peut observer tout le Palais de Glace et la piste d'envol.

Elle tira sur la motoneige et la plaça en face de la porte.

La main de Bond serra la crosse du P7.

— Vous m'excuserez, Paula. Nous nous connaissons depuis longtemps, mais j'avais l'impression que vous étiez plus ou moins mêlée aux affaires du comte von Glöda, ou de Kolya. Cette opération était truquée dès le départ. Presque personne n'est ce qu'il semblait être. J'aimerais savoir de quel côté vous êtes et qui sont vraiment vos « hommes », comme vous les appelez.

— Allons donc, James. Tous nos dossiers disent que 007 est l'un des meilleurs agents britanniques. Pardon, vous n'êtes plus officiellement 007, n'est-ce pas ?

Bond sortit lentement le P7.

— Paula, mon instinct me dit que vous êtes du KGB.

Elle renversa la tête et rit.

— KGB ? Erreur, James. Allons-y, nous n'avons pas une seconde à perdre.

— Je vous suivrai quand vous aurez répondu à ma question. J'attends la preuve pour plus tard, même si vous faites partie du KGB.

— Imbécile, dit-elle, cette fois-ci d'un rire amical. J'appartiens à la SUPO, et je faisais déjà partie de cet organisme quand nous avons fait connaissance. En réalité, mon cher James, notre rencontre n'a pas été entièrement fortuite. Vos services sont maintenant au courant.

SUPO ? C'était possible. SUPO était l'abréviation pour *Suojelupoliisi*, la Force de police de protection. L'Agence finlandaise de Renseignement et de Sécurité.

— Mais...

— Je vous le prouverai dans les prochaines heures, dit-elle. Maintenant, pour l'amour du ciel, partons. Il nous reste tout à faire.

Bond hocha la tête. Il grimpa sur le siège arrière de la motoneige, derrière Paula qui mit le moteur en route, embraya et fit lentement sortir la machine de l'abri. A l'extérieur, elle s'arrêta pour revenir sur ses pas et fermer la porte. Puis, en l'espace de quelques secondes, ils se trouvèrent au milieu des arbres.

Paula attendit une minute avant d'allumer le phare au large faisceau lumineux. Bond s'était agrippé à elle de son mieux. Elle conduisait la Yamaha comme si c'était un prolongement de son corps, zigzaguant avec une habileté stupéfiante. Des lunettes protégeaient ses yeux et elle était chaudement emmitouflée, alors que Bond n'avait que le corps de Paula pour se protéger du vent qui tournoyait autour d'eux.

Ses bras encerclaient fermement la taille de la jeune femme. A un moment donné, elle fit entendre une nouvelle fois son rire charmant, lâcha les commandes et souleva les bras de Bond de façon à ce que ses mains lui touchent les seins à travers l'épaisse capote rembourrée.

Le chemin qu'ils empruntèrent n'était guère praticable. Ils contournèrent une petite colline en se faufilant entre les arbres, puis s'engagèrent sur une longue montée. Paula ralentissait à peine devant les obstacles. Accélérant à fond, elle faisait glisser la motoneige de côté dans les trouées, l'inclinait dangereusement le long de certains talus, sans cesser de garder le contrôle de la machine.

Enfin, elle réduisit la vitesse, glissa de droite à gauche sur la crête et suivit ce qui devait être un sentier naturel. Soudain, deux silhouettes se dressèrent de chaque côté de la piste. Ses yeux s'étant accoutumés à l'obscurité, Bond discerna la forme de pistolets automatiques se détachant sur la neige.

Paula ralentit, s'arrêta, puis leva un bras. La main de Bond chercha à atteindre le P7.

Il y eut une brève conversation à voix basse entre Paula et le plus grand des deux hommes, en costume lapon. Il portait une moustache énorme qui lui donnait l'air d'un brigand. L'autre était grand et maigre, et possédait le visage le plus malveillant que Bond eût jamais vu : des traits aigus pareils à ceux d'une fouine, des petits yeux qui dardaient leurs regards de tout côté. Bond espérait, pour son propre bien, que Paula lui avait enfin dit la vérité. Il n'aurait pas eu envie d'être à la merci de l'un ou l'autre de ces hommes.

— Ils se sont tenus à distance des deux *kotas* que nous avons ici, dit Paula en tournant la tête vers Bond. Je dispose de **quatre** hommes en tout. Les deux autres sont venus de temps en temps vérifier l'installation radio et raviver les feux. Tout semble être en ordre. Ils sont repartis pour le camp. Je leur ai dit que nous nous rendrions tout droit aux *kotas* : vous devez avoir faim, et, moi, il faut que j'envoie un message sur ondes courtes, à Helsinki. Ils le retransmettront à Londres. Avez-vous quelque chose à dire à votre chef, à M ?

— De simples détails sur ce qui s'est passé et l'endroit où je me trouve. Savons-nous où se dirigera von Glöda ?

— Je vous le dirai après avoir communiqué avec Helsinki, dit-elle en redémarrant.

Bond fit un signe de tête énergique.

— Entendu.

Ils avancèrent au pas, escortés par les deux Lapons. Bond se pencha en avant et murmura à l'oreille de Paula :

— Je vous descends sur-le-champ si vous essayez de me jouer un tour.

— Fermez-la et faites-moi confiance. Je suis la seule à qui vous *puissiez* faire confiance. Compris ?

En lisière de la forêt, perchés sur la crête, s'élevaient deux *kotas*. La peau de renne qui recouvrait leur ossature semblable à celle d'un wigwam se détachait sur la neige. De la fumée montait à travers l'enchevêtrement de perches fourchues qui se rejoignaient au sommet. Bond se dit que, vus d'en bas, ils devaient être difficiles à distinguer des sapins.

Paula arrêta la Yamaha et ils mirent tous les deux pied à terre.

— Je vais tout de suite me servir de la radio. Paula indiqua le *kota* de droite, et Bond parvint à discerner l'antenne qui se confondait avec les perches du sommet. Mes deux autres hommes sont là-dedans. J'ai demandé à Knut de monter la garde à l'extérieur. Elle désigna le Lapon à l'air malveillant. Trifon vous accompagnera dans l'autre *kota* où il y a de la nourriture sur le feu.

Trifon, le Lapon à la grande moustache, fit un grand sourire et inclina la tête en signe d'encouragement.

— D'accord, Paula, dit Bond.

A quelques pas du *kota*, il sentit l'odeur d'un feu de bois. Trifon avança, souleva le rabat de la peau de renne, et regarda à l'intérieur. S'étant assuré qu'il n'y avait aucun danger, il fit signe à Bond d'approcher. Ils pénètrèrent ensemble dans le *kota* ; immédiatement, la fumée picota les yeux de Bond.

Il toussa, se frotta les yeux et regarda autour de lui. Le mince écran de fumée s'élevait lentement vers l'ouverture au sommet de la tente. Il s'y mêlait une forte et agréable odeur de cuisine ; Bond s'accoutuma vite à la pénombre et il distingua des sacs de couchage, des couvertures, des assiettes et d'autres accessoires soigneusement rangés.

Trifon déposa son arme et fit signe à Bond de s'asseoir. Il montra la marmite sur le feu qui brûlait dans un carré creusé dans le sol. Trifon se toucha alors la bouche.

— Nourriture, dit-il, en inclinant la tête avec satisfaction. Nourriture. Bon. Mangez.

Bond signifia à l'homme qu'il avait compris.

Trifon prit une assiette et une cuillère, s'approcha du feu, se pencha et entreprit de remplir l'assiette d'un mets qui ressemblait à du ragoût.

L'instant d'après le Lapon se trouvait étendu, hurlant, dans le feu. Quelqu'un lui avait fait un croc-en-jambe. L'une des couvertures sembla prendre une forme humaine, mais avant que Bond eût pu saisir son pistolet la voix étouffée de Kolya lui parvint de derrière le foyer.

— N'y songez même pas, James. Vous seriez mort avant de toucher la crosse.

Il dit alors quelque chose en finnois à Trifon qui avait roulé hors du feu et qui, assis, se tordait les mains.

— J'aurais dû m'en douter, dit Bond aussi doucement que Kolya. Il est évident que je me suis fait avoir par Paula.

— Paula ? (Le visage de Kolya apparut un instant, éclairé par le feu.) Je viens de dire à ce bandit de me donner son pistolet mitrailleur. Je le tuerai s'il tente quoi que ce soit. Je souhaiterais être mieux armé lorsque Paula entrera dans cette tente. Voyez-vous, James, je suis tout seul. Inférieur en nombre. Mais j'ai des amis qui m'attendent, et je n'ai pas l'intention de retourner à Moscou les mains vides.

Le cerveau de Bond se concentra immédiatement sur le problème : devrait-il essayer de prévenir Paula ? Dans l'immédiat, comment fallait-il se comporter avec Kolya ? Son regard explora l'intérieur sombre du *kota*, pendant que Trifon, torturé par la souffrance, poussait lentement l'arme automatique vers Kolya.

— Dois-je en conclure que vous m'emmenez avec vous ?

Bond regarda à travers l'écran de fumée.

— C'est le marché que j'avais conclu avec ce porc fasciste, von Glöda. (Le rire de Kolya parut sincère). Il s'imaginait vraiment pouvoir diriger impunément une opération nazie à partir de l'Union soviétique.

— Mais il l'a *fait*. Toutes ses opérations terroristes ont réussi. Il s'est servi d'armes russes ; et maintenant il lève le camp.

Kolya secoua lentement la tête.

— Le prétendu comte von Glöda n'a aucun moyen de s'en tirer.

— Il devait m'emmener en avion. Il est peut-être déjà parti.

— Non, j'ai écouté et surveillé. Son petit avion à réaction personnel n'a pas quitté la piste, et n'essaiera pas de décoller tant qu'il fera nuit. Il nous reste deux heures.

Donc, on était deux heures avant l'aube. Du moins, Bond avait-il un point de repère temporel.

— Comment allez-vous l'arrêter ? demanda-t-il d'un ton neutre.

— La chose est déjà en cours. Von Glöda dispose d'une force militaire sur le sol soviétique. Ils vont se faire pilonner au lever du jour. Nos forces aériennes feront chauffer l'abri comme une bouilloire. (Le visage de Kolya changea d'expression dans la lueur des flammes.) Malheureusement, notre base de Lièvre bleu sera également rasée. Une erreur regrettable, mais tous les problèmes seront résolus du même coup.

Bond réfléchit un instant.

— Donc, vous allez anéantir von Glöda et sa petite armée. En rompant le contrat qu'il a, lui, respecté ?

— Mon cher James, un marché reste un marché, mais il arrive parfois, malheureusement, que l'une des deux parties soit lésée.

Comment pourrais-je vous laisser fuir, mon ami ? Surtout que mon département, l'ancien SMERSH, essaie de vous prendre en défaut depuis si longtemps. Non, mon marché avec von Glöda a toujours manqué d'équilibre.

18

LES FENCERS

Il y eut un bref silence, puis Mosolov adressa quelques mots à Trifon qui geignait.

— Inutile de laisser se gâter de la bonne nourriture, dit-il doucement. Je lui ai demandé de remettre la marmite d'aplomb et de tisonner le feu. Je doute qu'il essaie de faire une bêtise. Vous devriez savoir que j'ai quelques hommes par ici, et ils ont sans doute déjà pris Paula. Je pense donc que la meilleure chose...

Il s'interrompit en plein milieu de la phrase et inspira bruyamment, sous le coup d'une peur soudaine.

La fumée s'épaissit une seconde, puis se dissipa rapidement quand Trifon raviva le feu. Bond vit que la tête de Kolya était tirée en arrière. Une main l'avait empoignée par les cheveux, tandis qu'une autre lui mettait un couteau de chasse étincelant sur la gorge.

A la lueur du feu, le visage inquiétant de Knut apparut derrière l'épaule de Kolya.

— Mes excuses, James, dit Paula qui se tenait à l'entrée du *kota*, un lourd pistolet automatique à la main. Je ne voulais pas vous prévenir, mais il y a plusieurs heures déjà, mes hommes ont surpris Kolya en train de rôder autour des tentes. Vous avez servi d'appât.

— Vous auriez pu m'avertir, dit Bond sur un ton acide. J'ai l'habitude de jouer le rôle de la chèvre attachée à son piquet.

— Encore mes excuses. (Paula entra dans le *kota*.) Nous avions également d'autres ennuis. Le Camarade Kolya était accompagné de quelques amis, six au juste. Knut et Trifon se sont occupés de la petite bande une fois qu'ils ont vu Kolya confortablement installé ici. C'est pourquoi je suis une femme libre et non une prisonnière du KGB...

— Il y en a d'autres... commença Kolya avant de se raviser.

— Faites attention, Kolya, dit Paula. Le couteau de Knut est aussi tranchant que la guillotine. Il pourrait vous couper la tête d'un seul coup.

Elle se tourna vers Trifon et lui dit quelques mots.

Un large sourire s'épanouit sur le visage du grand Lapon qui devint encore plus effrayant à la lueur des flammes. En évitant de se servir de sa main brûlée, il s'approcha de Kolya, récupéra son pistolet mitrailleur, confisqua l'automatique, et entreprit de fouiller le Russe.

— Ils s'en donnent à cœur joie, comme des gamins, dit Paula. Je leur ai dit de le déshabiller, de l'emmener dans les bois et de l'attacher à un arbre.

— Ne devrions-nous pas le garder avec nous jusqu'au dernier moment ? proposa Bond. Vous dites qu'il était accompagné.

— Nous nous sommes occupés de ses camarades...

— Il se pourrait qu'il y en ait d'autres. Il a ordonné une attaque aérienne à l'aube. Sachant de quoi Kolya est capable, je n'aimerais pas le perdre de vue.

Paula réfléchit un instant, puis se ravisa et donna de nouveaux ordres aux Lapons.

Kolya était silencieux, presque maussade, lorsqu'ils lui lièrent les pieds et les mains, lui enfoncèrent un bâillon dans la bouche, et le poussèrent dans un coin du *kota*.

Paula fit un signe de tête à Bond pour lui demander de sortir. Une fois dehors elle baissa la voix.

— Vous avez raison, bien entendu, James. Il vaut mieux le laisser à l'intérieur ; d'autres de ses hommes pourraient se trouver dans les parages. Nous ne serons véritablement en sûreté que lorsque nous serons de retour en Finlande. Mais...

— Mais, comme moi, vous aimeriez voir ce qui va arriver au Palais de Glace.

Bond sourit.

— Vous avez raison, reconnut-elle. Une fois que cela sera terminé, je pense que nous pourrons le lâcher, à moins que vous ne teniez à le ramener à Londres en laissant à ses amis le soin de le rechercher.

Bond estima que Kolya Mosolov pourrait être un fardeau sur le chemin du retour.

— Mieux vaut se débarrasser de lui juste avant de partir.

Telle fut sa décision finale. Entre-temps ils avaient à faire : il y avait le message de Paula pour Helsinki, et celui de Bond pour M.

Dans le *kota* où se trouvait la radio, Bond se tapota les poches.

— C'est ça que vous cherchez ?

Paula se rapprocha en tendant l'étui à cigarettes en bronze et le briquet en or.
— Vous pensez à tout.
— Peut-être pourrai-je vous le prouver plus tard.

Malgré la présence des Lapons, Paula Vacker étendit les bras et embrassa Bond, d'abord doucement, puis avec une certaine passion.

Le *kota* renfermait un puissant émetteur à ondes courtes qui pouvait transmettre des communications en morse et en clair. Il abritait également un appareil à transmission rapide qui permet d'enregistrer un message sur bande, puis de l'envoyer en une fraction de seconde à son destinataire qui le passe au ralenti et le décode. Ces messages, comme le sait maintenant le grand public, sont souvent perceptibles sous forme d'un bip électrostatique dans les écouteurs des auditeurs qui sont branchés sur la fréquence.

Pendant que Paula préparait son propre message pour Helsinki, Bond regarda autour de lui. L'installation était de premier ordre, et Paula travaillait indiscutablement pour SUPO, chose qu'il aurait dû savoir depuis des années, vu l'ancienneté de leurs relations.

Déjà il s'était renseigné sur son cryptonyme et avait été ravi d'apprendre que, pour cette opération dirigée contre von Glöda, elle était connue sous le nom de *Vuobma* : vieux mot lapon désignant la palanque ou le corral, où l'on parque les rennes pour qu'ils se reproduisent.

Comme tout son équipement — excepté le Heckler & Koch P7 — avait disparu ou était toujours dans la Saab à l'hôtel Revontuli, Bond ne disposait d'aucun moyen pour envoyer son message en code. Tandis que Paula travaillait devant l'émetteur, l'un des deux Lapons qui étaient restés dans le *kota* se trouvait à ses côtés. L'autre reçut l'ordre d'aller surveiller l'abri et sa piste d'envol.

Enfin, après quelques ratés, Bond composa un message adéquat qui disait : VIA QGCG CHELTENHAM A M STOP BRISE-GLACE EN MORCEAUX MAIS OBJECTIF DEVRAIT ETRE ATTEINT AUJOURD'HUI A L'AUBE STOP REVIENDRAI DES QUE POSSIBLE STOP MESSAGE EXTREMEMENT URGENT JE REPETE EXTREMEMENT URGENT SORTEZ VOTRE MEILLEURE BOUTEILLE DE LA CAVE STOP JE TRAVAILLE PAR L'INTERMEDIAIRE DE VUOBMA 007.

Le 007 ferait froncer quelques sourcils, mais il n'y avait pas moyen de faire autrement. Ses instructions concernant le prisonnier étaient suffisamment claires. Ce n'était pas la méthode idéale, mais si quelques postes d'écoute de l'AANS captaient le message, cela ne les avancerait à rien puisqu'ils savaient déjà où le prisonnier de M était détenu. En interceptant ce message ils apprendraient seulement qu'on le changeait d'endroit. Vu le manque de temps et l'absence de moyens, c'est ce que Bond pouvait faire de mieux.

Après avoir expédié son message, Paula prit la feuille de papier de Bond, y ajouta un code personnel afin de s'assurer que le message de celui-ci serait renvoyé au QGCG de Cheltenham par l'intermédiaire du Département des communications de ses propres services, l'enregistra à toute vitesse sur bande, avant de le passer dans le petit appareil à transmission rapide.

Puis il étudièrent la situation. Bond proposa ce qui lui semblait être la meilleure façon de surveiller constamment l'abri. Il pensait avant tout à l'attaque aérienne de l'aube ; après, il faudrait évacuer les lieux aussi vite que possible, se défaire de Kolya Mosolov, et traverser la frontière sans prendre trop de risques.

— Pouvez-vous retrouver le chemin ? demanda-t-il à Paula.

— Les yeux bandés. Je vous donnerai les détails plus tard, mais cela ne pose pas de problème. Il nous faudra tout d'abord partir d'ici, puis attendre qu'il fasse assez sombre pour traverser.

Par l'intermédiaire de Paula, Bond fit démonter et rangea le *kota* abritant la radio. Les quatre Lapons avaient caché leurs grosses motoneiges non loin de là et l'un d'eux avait reçu l'ordre de réveiller ses camarades assez tôt pour qu'ils puissent démonter le second *kota* avant l'aube.

— Mosolov est un fardeau, déclara Bond. Mais il faudra le garder aussi longtemps que possible.

Paula haussa les épaules.

— Laissez ça à mes Lapons ; ils s'occuperont de Kolya.

Mais Bond ne tenait pas à avoir le sang du Russe sur les mains, sauf s'il n'y avait pas moyen de faire autrement ; tout fut arrangé en conséquence.

Pendant qu'on démontait le *kota* ils retournèrent dans l'abri qui leur restait. A travers les arbres, le vent leur apporta un hurlement prolongé, puis un autre, qui les glacèrent d'horreur.

— Des loups, dit Paula. Du côté finlandais, nos patrouilles ont eu une année record : au moins deux loups par semaine pour la plupart d'entre elles, et trois ours depuis Noël. L'hiver a été particulièrement rude, et ne croyez surtout pas tout ce qu'on raconte sur le caractère inoffensif des loups. Pendant un mauvais hiver, lorsque la nourriture se fait rare, ils s'attaquent à tout : homme, femme et enfant.

Sa main étant pansée, Trifon avait déjà donné à manger à Kolya, qu'il avait fait asseoir dans un coin du *kota*. Bond avait conseillé à Paula de ne pas discuter de leurs plans devant lui. Ils firent de leur mieux pour ne pas prêter attention au Russe, mais il y avait toujours un Lapon armé près de lui.

Le ragoût de renne préparé par Trifon était délicieux, et ils mangèrent avec plaisir, devant le Lapon souriant, flatté par leur appétit. Bond n'avait passé que peu de temps au poste d'observation de Paula mais il avait déjà conçu une grande admiration pour la robustesse et la vaillance de ses aides lapons.

Pendant le repas, Paula sortit une bouteille de vodka. Ils portèrent un toast au succès de leur entreprise et entrechoquèrent les petits gobelets en carton en disant à l'unisson : « *Kippis* », l'équivalent finnois de « A votre santé ».

Après avoir mangé, Paula s'installa avec Bond dans l'un des grands sacs de couchage. Mosolov semblait s'être assoupi, et, après plusieurs tendres étreintes, le couple s'endormit également. Bond fut réveillé par Knut qui le secouait avec insistance. Paula était déjà debout et annonça qu'il y avait une certaine activité autour de l'abri.

— Encore une demi-heure avant l'aube, ajouta-t-elle.

— Bien.

Bond prit alors la direction des opérations. On démonterait le *kota* sur-le-champ ; après cela, l'un des Lapons se tiendrait à couvert sous les arbres pour garder Mosolov, tandis que les autres pourraient se rassembler sur l'éminence et observer.

Cinq minutes plus tard, Paula et Bond avaient rejoint Trifon couché au milieu des rochers et de la neige ; il scrutait le paysage en contrebas à l'aide d'une paire de jumelles de nuit. Derrière eux, les autres Lapons étaient tranquillement occupés à lever le camp, et Bond entrevit Kolya qui marchait parmi les arbres, Knut le poussant avec une mitraillette.

Le jour ne se lèverait pas avant une vingtaine de minutes, mais, malgré la faible clarté de l'aube, le spectacle émerveilla Bond. La vue s'étendait sur la petite clairière et sur l'immense plaque rocheuse qui formait le toit de la casemate. On pouvait voir que l'entrée du Palais de Glace était aménagée au pied d'une haute falaise qui ressemblait à une gigantesque pierre de gué en demi-lune, au cœur d'une forêt épaisse. Les arbres avaient été abattus de façon à ne laisser qu'un minimum d'espace devant les entrées principales. D'autres chemins avaient été tracés à travers les rochers, les arbres et la glace pour former des pistes qui, autour de l'abri, aboutissaient à des terrains plus élevés et plus dégagés.

Vers le sud, au-dessus de l'énorme éperon rocheux, la forêt était parcourue de sentiers, soigneusement entretenus, coupés par une large piste d'envol. Celle-ci pointait comme un long doigt grisâtre dont le bout se perdait au cœur de la forêt environnante.

Il n'y avait nulle trace d'avion. Bond supposa que le Mystère-Falcon et les deux avions légers étaient remisés dans des hangars en béton, creusés dans le rocher qui faisait partie du toit de l'abri.

Dans la pénombre et à cette distance, il n'était pas possible de calculer la longueur exacte de la piste d'envol. Bond se dit que tout décollage au milieu des arbres n'autorisait pas la moindre erreur. Cependant, von Glöda avait déjà donné la preuve de ses capacités ; et la piste devait être assez longue pour que l'on puisse atterrir ou décoller sans danger.

Au-dessous d'eux l'armée de von Glöda s'apprêtait à se mettre en route. Les projecteurs étaient allumés sous les arbres tandis que les grandes portes qui donnaient sur la rampe d'accès s'enfonçant dans le Palais de Glace étaient ouvertes et laissaient jaillir un flot de lumière.

Paula dit quelques mots à Trifon, puis se tourna vers Bond.

— Aucun véhicule n'est sorti. Pas d'avion en vue, mais Trifon dit qu'il y a un grand mouvement de troupes dans la forêt.

— Espérons que Kolya a été précis, répondit Bond, et que les Russes vont attaquer à temps.

— Lorsqu'ils arriveront, nous ferions bien de nous enfoncer dans la neige et de nous camoufler en rochers, murmura Paula. Je crois que les instructions de Kolya ont été suffisamment précises, mais méfions-nous des roquettes égarées.

Elle avait à peine achevé sa phrase que la plainte stridente d'un avion à réaction se fit entendre à une bonne distance, comme un gémissement lointain porté par le vent. Et c'est alors que le soleil se leva, rouge sang, à l'est.

Ils se regardèrent. Bond leva les mains et croisa ses doigts gantés pour souhaiter bonne chance. Les trois observateurs changèrent légèrement de place pour s'enfoncer davantage dans la neige. Pendant une seconde, Bond se rendit compte combien il avait froid. En se concentrant sur la casemate tout en bas, à une distance d'environ un kilomètre, il avait oublié d'y penser.

Cependant, cette sensation d'inconfort disparut quand une double explosion immense sembla déchirer l'air autour d'eux.

Très loin, du côté du nord-est, ils virent une série d'éclairs orange suivis d'une colonne de fumée rose qui s'élevait parmi les arbres.

— Lièvre bleu, dit Paula à haute voix, comme s'il lui fallait crier pour dominer le bruit. Ils ont...

Les paroles suivantes furent inaudibles. Les ondes de choc supersoniques précédaient l'apparition des avions. Un grondement assourdissant enveloppa Paula, Bond et Trifon, effroyable présage de ce qui allait suivre.

Les deux premiers appareils du raid surgirent, rasant les arbres, et sans tirer, sans rien lancer, survolèrent en diagonale la cachette des trois observateurs.

Ils fendirent l'air glacé, laissant des traînées de vapeur dans leur sillage, de petits tourbillons de brume enveloppant leurs ailes. Ils ressemblaient à des flèches d'argent, avec de grosses boîtes pour l'admission d'air, des queues élevées, et des ailes repliées en forme de delta qui se raccordaient aux gouvernails d'altitude pour former une même surface porteuse, longue et svelte.

Comme s'ils étaient pilotés par un même homme, les deux appareils pointèrent ensemble vers le ciel et, prenant une vitesse terrifiante, s'élevèrent en hurlant jusqu'à ce qu'ils ne soient plus que deux petits points argentés disparaissant vers le nord.

— Des Fencers, souffla Bond.

— Des quoi ? des Fencers ? dit Paula en fronçant les sourcils.

— Des Fencers. C'est leur nom codé à l'OTAN. (Les yeux de Bond bougeaient sans cesse, observant le ciel dans l'attente de la vague suivante qui mènerait le premier assaut.) Ce sont des SU19, de redoutables chasseurs-bombardiers pour l'offensive au sol. Ils ont un sacré punch, Paula.

Dans sa tête, Bond pouvait presque entendre défiler, comme un relevé informatique, la liste des caractéristiques du Fencer.

Puissance : deux turbofans ou réacteurs à postcombustion de la catégorie poussée de 9 525 kgs. Vitesse : Mach 1,25 au niveau de la mer ; Mach 2,5 en altitude. Plafond : 60 000 pieds ; Ascension initiale : 40 000 pieds à la minute. Armement : un double canon GSH-23 de 23 mm monté sur la ligne centrale inférieure, et un minimum de six pylônes pour une panoplie de missiles guidés ou non guidés, air-air et air-sol. Rayon de combat : 500 milles tout armé.

Au total, un avion de guerre des plus efficaces et meurtriers.

Même les pilotes les plus optimistes de l'OTAN ne pouvaient le nier.

Bond pensa qu'après avoir repéré leur objectif les deux chefs de file allaient chercher le reste de l'escadrille ou même lui faire, à distance, des signes convenus, lui transmettant les coordonnées qu'ils taperaient sur un petit clavier.

Les pilotes avaient certainement reçu des instructions concernant l'ordre d'attaque, et la reconnaissance rapide qu'ils avaient effectuée garantissait que l'offensive se déroulerait en une série de piqués d'environ quarante-cinq degrés ; peut-être les avions viendraient-ils de différentes directions, deux d'entre eux étant chaque fois dirigés et contrôlés pour intervenir avec une précision qui s'évaluait en fractions de seconde.

Bond vit en imagination les pilotes soviétiques, choisis parmi les meilleurs puisqu'ils volaient sur des Fencers, se concentrer sur leurs appareils électroniques, amorcer leurs armes, surveiller constamment le ciel, transpirer dans leur combinaison et sous leur casque.

Le premier grondement annonçant leur approche vint de la gauche, suivi presque aussitôt d'un deuxième qui semblait se situer juste au-dessus d'eux.

— C'est parti !

En levant les yeux, Bond vit Paula tourner la tête : deux traits avaient transpercé le ciel maintenant clair et bleuté.

Il avait raison. Les Fencers venaient par groupe de deux, l'avant incliné pour l'attaque classique en piqué. On vit très distinctement les premiers missiles se détacher des ailes dans un éclair ; les flèches meurtrières qui fendaient l'air étaient suivies de longues flammes blanches, puis de traînées orange. Deux pour chaque avion, quatre au total, frappèrent l'avant de la casemate, la pénétrèrent et y explosèrent en formant comme de grandes fleurs de feu orange qui furent visibles avant que le vrombissement et la détonation ne soient audibles.

Au moment où les deux avions se rabattaient vers la gauche à une vitesse vertigineuse pour s'éloigner en basculant des ailes, deux autres surgirent de la droite. Les mêmes panaches de fumée en sortirent, puis le feu gronda à l'intérieur de la zone où se situait l'objectif.

Les missiles s'enfonçaient profondément dans la roche, l'acier et le béton, avant d'exploser. Bond regardait, fasciné, essayant d'identifier les armes employées.

Lorsque le troisième groupe déboucha de l'extrême droite, Bond parvint à suivre la trajectoire des missiles. Des AS-7, pensa-t-il, des Kerries pour l'OTAN ; et il existait plusieurs versions du Kerry, guidées ou non guidées, qui pouvaient recevoir différentes têtes : explosives ou blindées, ou encore avec charge à retardement destinée à pénétrer la roche.

Au-dessous d'eux, après trois assauts de douze Kerries, le Palais de Glace semblait prêt à se briser en deux. L'écho des explosions leur parvenait toujours d'en bas, et, à travers l'inévitable écran de fumée, ils purent distinguer la terrible lueur rougeoyante du feu qui, montant des dépôts d'armes et de véhicules, commençait à s'échapper par les portes principales.

Dans une plainte stridente, les avions s'éloignèrent en reprenant de l'altitude tandis que leurs roquettes semblaient suspendues un instant dans l'air avant de poursuivre leur vol. Droites comme des traits de feu tirés à la règle, elles disparurent dans la fumée et les flammes et explosèrent quelques secondes plus tard dans un double grondement qui se faisait de plus en plus puissant.

De leur observatoire privilégié, les Lapons, Paula et Bond ne pouvaient détacher leur regard de ce spectacle de destruction. Le ciel semblait maintenant rempli d'avions ; un groupe suivait l'autre avec la précision d'une patrouille d'élite se produisant à une fête aéronautique. Leurs tympans furent martelés par les ondes de choc supersoniques et les coups de foudre accompagnant les roquettes qui, les unes après les autres, atteignaient la cible.

L'abri devint pratiquement invisible ; seule une colonne de fumée noire et des coups de poing rougeoyants au cœur de la nuée sombre révélaient sa présence.

L'assaut, qui n'avait en fait duré que sept ou huit minutes, semblait s'éterniser. Finalement, un groupe de Fencers déboucha sur la gauche, suivant un angle d'attaque particulièrement bas. Les avions avaient épuisé leur provision de missiles et se mirent à mitrailler la fumée et les flammes.

Les deux avions semblèrent s'arrêter net au cœur de la colonne de fumée. Au moment même où ils disparaissaient dans le nuage noir, il y eut un immense grondement suivi d'un rugissement quasi volcanique.

Tout d'abord, Bond pensa que les Fencers s'étaient touchés des ailes et étaient entrés en collision au-dessus de l'objectif ; puis la fumée noire se transforma en une immense boule de feu qui s'étendit vers l'extérieur, grossit, vira de l'orange au blanc, puis au rouge sang. La terre trembla, et ils purent sentir la neige et la glace bouger sous leurs corps, comme si un tremblement de terre s'était soudain déclenché.

La chaleur brûla leurs visages tandis que la boule de feu s'élevait pour passer au-dessus de leurs têtes. Des langues de feu se tendirent vers eux et s'enroulèrent autour des arbres. Puis arriva le courant d'air ascendant, pareil au tourbillon d'une tornade, et le bruit colossal de l'explosion recouvrit tout. Rapide comme l'éclair, la main de Bond s'étendit, rabattant brutalement la tête de Paula dans la neige en même temps qu'il enfouit son visage et retint son souffle.

La chaleur se dissipa enfin. En levant les yeux, ils purent voir d'autres avions prendre de l'altitude et tournoyer. Lorsque Bond regarda vers le bas, tout devint clair.

De l'abri il ne restait plus qu'un immense cratère entouré d'arbres en feu ou calcinés. Des flammes jaillissaient de l'intérieur de la terre, et l'on pouvait voir le spectacle étrange de pans de maçonnerie, marches et poutres d'acier suspendus au-dessus d'un labyrinthe de murs éventrés et de corridors défoncés. Les décombres ressemblaient à ceux d'un bâtiment touché par une bombe et qu'on aurait fait tomber dans un gouffre.

Les explosions et incendies provoqués par la pénétration continue des missiles Kerry avaient fini par faire sauter, en une détonation unique, les chargements de munitions, les bombes, les stocks d'essence... Le résultat était la destruction complète du Palais de Glace de von Glöda.

De la fumée s'élevait en tourbillons, puis se dissipait ; il y avait moins de flammes, à présent, et la plupart des foyers étaient en train de s'éteindre. A part quelques craquements isolés, on n'entendait plus aucun bruit. Seule une terrible odeur de brûlé montait jusqu'à l'observatoire qui surplombait ce qui avait été une forteresse labyrinthique et apparemment imprenable.

On pouvait encore distinguer ce qui restait des tunnels principaux et la configuration de certaines pièces. La terre et les pistes entourant l'abri semblaient être devenues une immense décharge publique ; mais une partie des plaques métalliques de la piste d'envol subsistaient, tordues, renversées, jonchées de rochers, parmi les arbres.

— Seigneur, souffla Paula. Quoi qu'il arrive à Kolya, il s'est bien vengé.

Ce n'est que lorsqu'elle parla qu'ils comprirent qu'ils avaient retrouvé l'ouïe.

Encore quelque peu ébranlés par ce qu'ils avaient vu, ils

retournèrent à l'ancien emplacement du camp de Paula, et Bond s'enfonça dans la forêt pour retrouver l'endroit où Knut gardait Mosolov.

Il le repéra avant les autres, réagit vivement en faisant signe aux Lapons de se coucher. Se jetant à terre, il entraîna Paula avec lui.

— Restez là, ordonna-t-il doucement. (Tous ses sens étaient maintenant en état d'alerte, et il tenait fermement le P7 à la main.) Dites à vos gens de me couvrir s'il arrive quelque chose.

Paula inclina la tête, le visage blême.

Bond avança en courant parmi les arbres, s'accroupit, prêt à toute éventualité. Le visage de Knut paraissait encore plus étrange mort. A en juger aux traces dans la neige, quatre hommes s'étaient attaqués à lui en se servant de couteaux pour né pas faire de bruit. Le Lapon avait la gorge tranchée, mais d'autres blessures sur son corps indiquaient que Knut, surpris, s'était battu.

Il n'y avait pas la moindre trace de Kolya Mosolov ; et même le moins intelligent des hommes aurait vite compris que ce n'était pas un endroit où il convenait de s'attarder. En revenant vers Paula, Bond se demanda si les motoneiges étaient intactes, et si Kolya allait immédiatement contre-attaquer.

Plus tard, Paula devait dire à Bond que Knut avait travaillé avec elle de nombreuses années et qu'il avait été l'un de ses aides les plus loyaux du côté russe de la frontière. Mais sur le moment, elle apprit la nouvelle aux autres sans le moindre tremblement dans la voix. Ce n'est qu'en l'observant de près qu'on pouvait voir combien la mort de Knut l'avait affectée.

Sans perdre de temps, Bond donna quelques ordres précis. L'un des Lapons devait aller voir si les motoneiges étaient toujours cachées et en état de marche. Bond avait décidé que le groupe partirait au plus vite. Il craignait avant tout que les hommes qui avaient libéré Kolya ne se trouvent encore dans les parages, prêts à les surprendre.

— Assurez-vous que vos hommes sont prêts à se battre sur-le-champ ; je veux dire pour se dégager si nécessaire, dit-il à Paula.

Trifon revint au bout de quelques minutes et annonça que les motoneiges étaient intactes et que rien ne permettait de penser qu'elles eussent été découvertes.

Bond comprit alors pourquoi les Lapons s'étaient révélés de si formidables opposants à la puissance de l'armée russe en 1939. Ils se déplaçaient très vite dans la forêt, rusant, franchissant les obstacles à saut-de-mouton, se couvrant mutuellement et se rendant parfois invisibles, même à Bond.

Paula ne s'éloigna pas, car elle devait conduire le groupe. Lorsque Bond arriva avec elle aux motoneiges, les trois Lapons faisaient démarrer les moteurs. Le grondement des quatre machines semblait ébranler les arbres, et Bond s'attendait à une rafale de balles à tout instant.

En quelques secondes, Paula et lui furent installés sur la selle de la grosse Yamaha, et ils se mirent en route, accélérant, zigzaguant entre les arbres, se dirigeant vers le sud. Ils n'avaient pas eu d'ennuis jusque-là.

Le voyage dura près de deux heures, et malgré sa position inconfortable sur le siège derrière Paula, Bond put observer les manœuvres des trois Lapons qui tantôt décrivaient des cercles autour d'eux, tantôt se déployaient, les protégeant contre une embuscade tout le long du trajet. A un moment donné, lorsqu'ils furent obligés de ralentir pour traverser un endroit particulièrement difficile, Bond s'imagina entendre le bruit d'autres moteurs, d'autres motoneiges. Il était sûr d'une chose : Kolya Mosolov ne leur permettrait pas de passer sans encombre en Finlande. Ou bien il les suivait, ou bien il les attendait déjà à l'endroit où il pensait que Paula s'élancerait vers la liberté.

Enfin, ils s'arrêtèrent parmi les arbres au-dessus de la longue vallée qui sépare la Russie de la Finlande, et qui court du nord au sud comme un canal asséché.

Bond décida immédiatement des positions défensives. Il resta avec Paula à côté de la grosse Yamaha, tandis que les trois Lapons s'enfoncèrent plus profondément dans la forêt, formant un triangle autour d'eux. Là, ils attendraient qu'il fît assez sombre pour entrer en Finlande.

— Vous êtes convaincue que nous nous en tirerons ? demanda Bond à Paula dont il voulait éprouver la résistance nerveuse et la volonté. Je veux dire que je préférerais ne pas sauter sur une mine.

Paula resta silencieuse quelques instants.

— Si vous voulez faire le chemin seul et à pied... dit-elle, d'une voix légèrement irritée.

— J'ai toute confiance en vous, Paula.

Derrière la Yamaha, il se pencha pour l'embrasser. Elle tremblait, mais ce n'était pas le froid, et James Bond comprenait très bien ce qu'elle éprouvait. Si Kolya comptait agir du côté russe, il ne tarderait pas à se manifester.

Le jour baissait, et Bond devint de plus en plus tendu. Trifon avait grimpé sur un sapin et s'était assis sur une haute branche. Bond ne parvenait pas à le distinguer et ne l'avait même pas vu monter dans l'arbre ; mais il savait qu'il était là-haut, parce que le Lapon avait indiqué à Paula l'endroit précis où il se rendait.

Bond avait beau écarquiller les yeux, l'homme restait indiscernable, et la nuit qui tombait rapidement ne le dissimulerait que mieux. Soudain arriva le « moment bleu », cette brume bleu-vert qui se réfléchit sur la neige et métamorphose le paysage.

— Prête ?

Bond se tourna vers Paula et lui vit faire un signe de la tête. A la seconde précise où ses yeux quittèrent le sapin sur lequel il savait que Trifon était caché, ils entendirent le premier coup de feu.

Il avait été tiré depuis le sapin ; le Lapon avait donc été plus rapide que les hommes de Kolya. Le son se répercutait encore dans l'air lorsque d'autres coups de feu retentirent. Ils semblaient provenir d'un demi-cercle en face d'eux, parmi les arbres : des salves isolées, suivies par le déchirement meurtrier d'un tir de mitrailleuse.

Il était impossible de connaître les forces de l'ennemi, ou même de voir s'il avançait. Tout ce que Bond savait c'est qu'un échange de coups de feu d'une certaine intensité avait lieu devant eux.

Bien que le « moment bleu » ne se fût pas encore changé en obscurité, il était inutile d'attendre. Paula avait déjà dit que les Lapons étaient prêts à tenir à distance tous les hommes que Kolya pourrait envoyer pendant qu'elle essaierait de fuir avec Bond. A présent, il s'agissait de mettre ce plan à exécution.

— Allons-y ! cria Bond.

Paula n'hésita pas. La Yamaha démarra, et Bond s'assit derrière Paula. La machine glissa en diagonale sur le terrain découvert, puis dévala la pente glacée vers la vallée qui les mènerait en lieu sûr.

Le bruit des coups de feu s'intensifia et la dernière chose que vit Bond, ce fut une silhouette dégringolant des branches du sapin. Ce n'était pas le moment d'annoncer à Paula que Trifon avait rejoint son ami Knut.

Lorsqu'ils eurent fait un demi-kilomètre, l'obscurité les enveloppa, et le bruit des coups de feu s'affaiblit. Les deux derniers Lapons opposaient une forte résistance. Bond savait, cependant, que tout ne serait qu'une question de temps et que leur sort dépendait des forces de Kolya Mosolov. Essaierait-il de les poursuivre sur de puissantes motoneiges ? Ou, en tacticien consommé, préférerait-il arroser la vallée de balles ?

La réponse lui parvint alors qu'ils approchaient du fond de la vallée. Il leur restait encore à parcourir trois ou quatre kilomètres de piste accidentée avant d'atteindre la pente opposée et la sécurité.

Soudain, Bond entendit un grondement loin au-dessus de leurs têtes, qui couvrait le bruit du moteur. Puis le terrain fut éclairé par une fusée à parachute qui projetait une lumière étrange et éblouissante se reflétant sur la neige et la glace.

— Est-il prudent de zigzaguer ? cria Bond dans l'oreille de Paula en songeant aux champs de mines.

Elle tourna la tête :

— Nous allons bientôt le savoir.

Elle tira sur le guidon de sorte qu'ils se mirent à glisser brutalement de côté, cela au moment même où Bond entendit le crépitement sinistre de balles qui fendaient l'air sur leur gauche.

Une nouvelle fois, Paula souleva le guidon, dépensant des forces qu'elle tirait de ces réserves secrètes que chacun se découvre dans les moments désespérés. La motoneige glissait et faisait des embardées ; quelquefois, elle zigzaguait, quelquefois elle fonçait en ligne droite et à pleins gaz.

La première fusée pâlissait, mais les projectiles continuaient à siffler, et, à deux reprises, Bond vit les longs sillages de balles traçantes retomber, presque paresseusement, devant eux : rouges, verts, à gauche, puis à droite.

Machinalement, ils s'aplatirent sur la motoneige et Bond éprouva un curieux mélange de colère et de frustration. Il lui fallut un moment pour en découvrir la cause ; puis il comprit que son instinct lui dictait de rester du côté russe de la crête et de se battre avec Kolya Mosolov au lieu de fuir. Le vieux couplet résonnait dans sa tête : « Qui se bat et se taille, vit pour connaître une nouvelle bataille. » Il n'était pas dans le caractère de Bond de fuir un champ de bataille. Cependant, au plus profond de lui-même, il savait que c'était nécessaire. Paula et lui avaient tous deux une mission : revenir sains et saufs ; et fuir était le seul moyen de la mener à bien.

Bien que la fusée fût éteinte, les balles traçantes continuaient de traverser la nuit. Une nouvelle petite explosion annonça une seconde fusée, et cette fois-ci les armes se turent. A la place de leur crépitement, on entendit le bruit terrifiant d'un express approchant à toute vitesse : c'est du moins à cela que Bond pensa jusqu'au moment où l'obus de mortier tomba à gauche, loin derrière eux. Il fut suivi d'une déflagration assourdissante, puis d'une deuxième et d'une troisième.

Paula poussait la Yamaha jusqu'à l'extrême limite, comptant sur les lignes droites pour prendre de la vitesse. A certains moments, Bond avait l'impression qu'ils décollaient. Puis le cri strident des obus de mortier se fit de nouveau entendre. Dans l'obscurité, trois violents éclairs orange les éblouirent pendant un instant.

Cette fois-ci, les obus s'étaient abattus sur leur droite et devant eux. Cela ne pouvait signifier qu'une chose : les hommes de Kolya corrigeaient leur tir. Il y avait de gros risques pour que les suivants atteignent leur cible.

A moins que Paula n'arrivât à les battre de vitesse.

Elle faisait certainement de son mieux. A pleins gaz, la Yamaha effleurait la neige et la glace. De l'autre côté du désert blanc, les arbres de Finlande étaient maintenant visibles.

Il y eut encore un moment crucial lorsqu'ils entendirent un bruit sourd dans le lointain, puis le sifflement d'un dernier obus. Mais la pointe de vitesse effectuée par Paula leur avait donné de l'avance. Une demi-douzaine d'explosions retentirent, mais toutes se situaient derrière eux et à l'écart du chemin qu'ils suivaient. A présent, à moins de heurter une mine — ce qui avait failli arriver plus d'une fois —, ils s'en tireraient.

Un peu plus tôt, alors que Paula et Bond étaient engagés dans leur course désespérée pour franchir la frontière finlandaise, deux hommes sortaient des rochers près de l'abri dévasté et incendié du Palais de Glace de von Glöda. Il n'y avait personne pour les observer dans le crépuscule.

Depuis l'horrible assaut du matin, les deux hommes s'étaient frénétiquement dépensés dans la seule partie de l'abri qui n'ait pas été détruite, un hangar en béton et en acier qui renfermait un petit Cessna 150 Commuter gris, avec des skis fixés au train d'atterrissage à trois roues. Au moment même où le jour commençait à faiblir, ils réussirent enfin à ouvrir les portes déformées.

L'avion semblait n'avoir pas été endommagé, mais, devant eux, la piste d'envol était défoncée et jonchée de débris. Le plus grand des deux hommes donna quelques instructions amicales à son compagnon qui avait travaillé si dur. Sans faire de difficultés, l'homme se rendit sur la piste, déplaçant ce qu'il pouvait, déblayant une centaine de mètres devant le Cessna.

Le moteur de l'avion toussa d'abord de façon spasmodique, puis commença à tourner plus régulièrement ; bientôt, il fit entendre un vrombissement continu.

L'autre silhouette s'approcha, s'installa sur le siège au côté de l'homme plus grand, et le petit appareil avança précautionneusement comme s'il tâtait la résistance de la piste.

Puis le pilote se tourna vers son compagnon, leva le pouce et rabattit le volet pour s'assurer de la poussée maximale. Une seconde plus tard, il tira doucement la manette des gaz. Le moteur se mit à tourner à plein, et le Cessna s'avança en cahotant, prit de la vitesse pendant que le pilote tendait le cou et faisait glisser l'appareil à droite ou à gauche afin d'éviter les endroits les plus accidentés de la piste. Il y eut juste un petit choc au moment où le Cessna heurta une plaque de glace.

Des arbres se dressèrent devant eux, grossissant à chaque seconde. Le pilote sentit l'instant où le poids de l'avion est transféré aux ailes. Doucement, il tira le manche à balai vers lui. L'avant du Cessna se redressa. L'appareil sembla hésiter une seconde, puis s'élança, s'équilibra à une faible distance du sol mais en gagnant de la vitesse.

Le pilote tira un peu plus, pendant que la main gauche tenait les gaz grands ouverts, puis entreprit de transférer un peu plus de poids à la queue.

L'hélice accrocha le ciel. Le nez s'inclina légèrement, et l'hélice s'agrippa à l'air qu'elle envoyait tournoyer par-dessus le corps de l'appareil jusqu'à ce qu'il se stabilise, le nez redressé, et se mette à grimper.

Ils frôlèrent la cime des grands pins.

Le comte von Glöda sourit, choisit sa route, et dirigea le Cessna vers un nouveau but. Cette journée avait peut-être été défaite, une défaite écrasante, mais il ne s'avouait pas encore vaincu. Des légions d'hommes attendaient de se placer sous son commandement. Mais, tout d'abord, il avait un compte à régler. Il fit un signe de tête en direction du visage taillé à la hache de Hans Buchtman, que Bond avait connu sous le nom de Brad Tirpitz.

Paula et Bond arrivèrent à l'hôtel Revontuli à deux heures du matin, et Bond se rendit tout droit à la Saab pour envoyer un message chiffré à M. Il en soigna tout particulièrement l'énoncé.

A la réception il trouva un petit mot qui disait :

Nous occupons la chambre N° 5, James chéri. Pouvons-nous faire la grasse matinée et repartir pour Helsinki l'après-midi seulement. Affectueusement. Paula.

P.S. : Je ne suis pas vraiment fatiguée pour le moment et j'ai commandé du champagne et de l'excellent saumon fumé, spécialité de l'hôtel.

Avec une certaine satisfaction, Bond se souvint des délices cachés et du savoir-faire de Paula. D'un pas alerte il se dirigea vers l'ascenseur.

19

QUELQUES QUESTIONS DE DETAIL

Ils bavardèrent presque tout le long du chemin dans la Saab qui les ramenait à Helsinki.

— Il y a encore un tas de choses que j'aimerais savoir, avait dit Bond dès qu'ils eurent quitté Salla.

Il était à présent plein d'entrain, détendu, rasé, douché, et il portait des vêtements propres.

— Par exemple ?

Paula était d'une humeur de petite chatte satisfaite. Après avoir changé de vêtements et mis un manteau de fourrure, elle ressemblait davantage à une femme qu'à ce qu'elle avait appelé « un balluchon de sous-vêtements thermogènes ». Elle secoua sa belle chevelure blonde et se blottit contre l'épaule de Bond.

— Quand vos services, SUPO, ont-ils commencé à suspecter Aarne Tudeer, ou le comte von Glöda comme il aime à se faire appeler ?

Elle sourit d'un air satisfait.

— Ça, ç'a été mon idée. Vous savez, James, je n'ai jamais compris comment il se faisait que vous n'ayez pas découvert qui j'étais il y a des années déjà. Vous n'avez même pas eu le moindre soupçon !

— J'ai été assez stupide pour me laisser abuser par les apparences, dit Bond. J'ai fait vérifier votre identité un jour. Mais cela n'a rien révélé. C'est facile à dire maintenant, mais je me suis quelquefois demandé pourquoi nous nous rencontrions si souvent et dans des lieux si éloignés.

— Ah !

— Mais vous n'avez toujours pas répondu à ma question, dit Bond avec insistance.

— Eh bien, nous savions qu'il trafiquait quelque chose. Toute cette histoire concernant mon amitié pour Anni Tudeer pendant nos années d'école est absolument véridique. Il est vrai que ma mère l'a ramenée en Finlande, et que je l'ai rencontrée alors. Mais lorsque j'ai appris par la voie officielle, longtemps après avoir commencé à travailler pour SUPO, qu'Anni avait rejoint le Mossad, je n'ai pas pu le croire.

— Et pourquoi ?

Pendant une seconde, Bond détacha ses yeux de la route. Toute mention d'Anni Tudeer ramenait fatalement des souvenirs désagréables.

— Pourquoi je ne pouvais pas croire qu'elle était un vrai agent du Mossad ? (Paula n'hésita pas.) Je la connaissais trop bien. Elle était la prunelle des yeux de son père. Elle aussi l'aimait tendrement. Mon instinct de femme me l'avait appris. Je me fondais en partie sur ce qu'elle racontait, en partie sur mon intuition. Tout le monde savait au sujet de son père ; bien sûr, cela n'a jamais été un secret. Le secret d'Anni cependant, c'est qu'il lui avait fait subir un lavage de cerveau. Je crois que, déjà lorsqu'elle était enfant, il avait préparé le rôle qu'il lui destinait. Il était certainement en contact permanent avec elle, la conseillant, l'instruisant. Il était la seule personne qui pouvait apprendre à Anni comment s'infiltrer dans le Mossad.

— Ce qu'elle a admirablement bien réussi. (Bond jeta un coup d'œil sur le joli visage à ses côtés.) Pourquoi avoir mentionné son nom la première fois que je vous ai interrogée, après la lutte au couteau dans votre appartement ?

Elle soupira.

— A votre avis, James ? Je me trouvais dans une situation difficile. C'était la seule façon de vous livrer une sorte d'indice.

— Très bien. Racontez-moi tout.

Paula Vacker avait été mêlée à toute l'histoire de l'AANS dès le début, avant même le premier incident à Tripoli. Grâce à des renseignements et des filatures, SUPO savait que Tudeer était retourné en Finlande, qu'il avait pris le nom de von Glöda, et qu'il semblait trafiquer quelque chose dans la zone frontalière, en Russie.

— Toutes les agences de Renseignement imaginables ayant été interrogées au sujet de l'Armée d'action national-socialiste, j'ai avancé la thèse que cela pouvait être « l'œuvre de Tudeer ». Pour me récompenser de mes efforts, mes supérieurs m'ont donné l'ordre de m'infiltrer dans l'organisation. Alors je me suis placée aux bons endroits et j'ai dit les choses qu'il fallait. Cela a été rapporté à von Glöda. J'étais une bonne et saine nazie aryenne.

En fin de compte, von Glöda s'était mis en rapport avec elle :

— J'ai été nommée membre de son personnel, résidente à

Helsinki. En d'autres termes, j'étais un agent double et mes supérieurs étaient amplement renseignés.

— Vos supérieurs qui se sont abstenus d'en informer mes propres services ?

Bien des détails intriguaient encore Bond.

— Non. En fait, ils préparaient un dossier. Puis, au Palais de Glace il y a eu toute l'affaire Lièvre bleu, et il n'a plus été nécessaire de faire de rapports. Les supérieurs de Kolya ont monté Brise-Glace, et je devais rester à mon poste pour vous protéger. Si je comprends bien, vos services ont été renseignés plus tard, après votre départ pour le Palais de Glace.

Bond réfléchit pendant quelques kilomètres. Finalement, il dit :

— J'ai du mal à avaler toute cette histoire au sujet de Brise-Glace et du marché conclu avec Kolya.

— C'est difficile à croire, à moins d'avoir effectivement été présent, à moins de connaître la sournoiserie de von Glöda et les ruses de Kolya. (Elle fit entendre son rire charmant.) Ce sont tous les deux des égocentriques, assoiffés de pouvoir, chacun à sa façon, vous comprenez. Vous savez, j'ai fait une douzaine de fois le voyage d'Helsinki à l'Arctique et à la casemate de l'autre côté. J'y étais également, jouissant de la confiance de von Glöda, lorsque l'affaire a éclaté.

— Quelle affaire ? Celle de Lièvre bleu ?

— Oui. Cela aussi est absolument authentique. Il faut tirer son chapeau à Tudeer, ou von Glöda. Il avait du culot. Un culot incroyable. Remarquez, je crois que les Soviétiques l'avaient beaucoup plus à l'œil qu'il ne l'imaginait.

— Je me le demande.

Bond prit un virage un peu trop vite sur le verglas, jura, freina du pied gauche, accéléra et reprit le contrôle de la voiture en quelques secondes.

— Vous savez, c'est un général britannique qui a dit que les Russes méritaient la cuillère de bois pour leur stupidité. Ils sont capables de faire les choses les plus idiotes. Racontez-moi ce qui est arrivé à Lièvre bleu.

Paula était bien introduite dans le cercle intime du prétendu Führer.

— Il ne cessait de rappeler combien il avait été habile en achetant ces crétins de sous-officiers de Lièvre bleu. Il ne leur a pratiquement rien payé pour leur matériel ; et il ne semble pas qu'ils aient songé au risque de se faire attraper.

— Mais ils l'ont été.

— Effectivement. J'étais présente quand c'est arrivé. L'adjudant — un petit homme rondouillard — est accouru à la casemate. Comme tous ses pareils, ce n'était qu'un paysan en uniforme. Il sentait mauvais, mais von Glöda a été admirable. Je dois admettre que cet homme savait rester exceptionnellement calme dans les moments de crise. Bien sûr, il croyait à sa destinée de nouveau Führer. Rien ne tournerait jamais à son désavantage, et tout homme pouvait s'acheter. Je l'ai entendu dire au commandant de Lièvre bleu d'amener l'armée à faire appel au GRU. Il savait que ceux-ci, à leur tour, s'adresseraient au KGB. C'est bizarre, mais cela a marché. En un rien de temps, Kolya est arrivé.

— Et a demandé ma tête sur un plateau.

Paula dissimula un petit sourire.

— Cela ne s'est pas tout à fait passé de la sorte. Kolya n'avait pas l'intention de permettre à von Glöda de s'en tirer aussi facilement. Il a simplement fait semblant de jouer le jeu, lui a donné un peu de champ. Vous connaissez les Russes ; la seule faiblesse de Kolya était de vouloir faire oublier le problème de Lièvre bleu. D'un autre côté, je crois que von Glöda se prenait pour Satan tentant le Christ. En fait il a offert à Kolya de satisfaire son plus cher désir.

— Et Kolya a répondu : James Bond ?

— Dans son délire, von Glöda voulait régner sur le monde. Kolya, lui, n'était pas aussi ambitieux. Tout ce qu'il souhaitait, c'était de faire oublier Lièvre bleu, ce qui revenait à se débarrasser de l'organisation de von Glöda. Il aurait pu s'en occuper seul en quelques jours. Mais von Glöda a donné libre cours à ses rêves de grandeur. A son tour, Kolya s'est enflammé.

Bond inclina la tête.

— Kolya, qu'est-ce que vous désirez le plus au monde ? Kolya pense : être débarrassé de *vous*, camarade von Glöda ; et qu'on en finisse avec cette histoire de Lièvre bleu ; et pour moi : la gloire et une promotion. Puis, à voix haute, il dit : Bond, James Bond.

— C'est ça. L'ancien SMERSH, le Département V, comme il s'appelle à présent, tenait à vous avoir. Donc c'est vous qu'il a demandé. (Elle se mit à rire, comme si elle trouvait tout cela plutôt amusant.) Ensuite, von Glöda a eu le culot de conclure un marché, ce qui a obligé Kolya à travailler très dur. Après tout, c'est grâce à Kolya que la CIA, le Mossad et vos services ont été mêlés à l'affaire ; c'est grâce à Kolya qu'on vous a réclamé en personne, James ; c'est Kolya qui a tout manigancé.

— En suivant les instructions de von Glöda ? Cela ne me semble guère plausible.

— Sauf si vous tenez compte des personnalités concernées et de leurs motivations. Je vous ai dit que Kolya n'avait pas l'intention de permettre à von Glöda de s'en tirer. Mais sa soif personnelle de pouvoir et d'avancement l'a incité à se servir de l'organisation de von Glöda pour vous attirer en Russie. Cela a demandé beaucoup de travail : les cartes spécialement imprimées, le remplacement de Tirpitz...

— Faire nommer Rivke comme membre de l'équipe ? insinua Bond.

— C'est von Glöda qui a proposé que Kolya en fasse la demande, de même qu'il avait proposé qu'on demande Tirpitz aux Américains. Kolya, bien entendu, tenait à vous avoir, vous ; il a passé des heures dans le bureau de von Glöda à téléphoner au Centre de Moscou. Ils ont d'abord été réticents, mais Kolya leur a raconté des histoires, de sorte que ses supérieurs ont marché et ont fait la demande officielle auprès de l'Amérique, d'Israël et de la Grande-Bretagne. Tout le monde a été furieux d'apprendre que vous n'étiez pas libre avant quelques jours. C'est ce Buchtman qui est arrivé le premier. C'était une relation de von Glöda, et ils l'ont envoyé à la rencontre du vrai Tirpitz pour l'éliminer. Puis Rivke est venue en Finlande. C'était ennuyeux, j'étais obligée de me tenir à l'écart la plupart du temps. Von Glöda m'a nommée officier de liaison avec Kolya, ce qui était bien pratique, parce qu'à ce moment-là le Centre de Moscou lui avait donné carte blanche. Ils supposaient qu'il était simplement occupé à éliminer une bande de dissidents sur la frontière finlandaise et à faire table rase du problème de Lièvre bleu en se servant des Américains, des Britanniques et des Israéliens comme pigeons si cela tournait mal. Je suppose qu'ils imaginaient que l'AANS était une petite cellule de fanatiques. (Elle s'interrompit, prit l'une des cigarettes de Bond, puis continua :) Le plus difficile pour moi, c'était Rivke. Je n'osais pas la rencontrer, et Kolya voulait que je lui fasse parvenir des messages à Helsinki. J'ai dû passer par une tierce personne. A l'époque tout le monde attendait une occasion de vous faire intervenir. Lorsque von Glöda a échafaudé son petit plan, Rivke est entrée en jeu comme remplaçante...

— Quel petit plan ?

Elle soupira.

— Celui qui m'a rendue très jalouse. Il prévoyait que Rivke s'insinuerait dans vos bonnes grâces, puis disparaîtrait au cas où von Glöda aurait besoin d'elle pour vous prendre au piège. L'histoire de la piste de ski a demandé une sacrée organisation et pas mal de cran de la part d'Anni. Mais elle a toujours été une bonne gymnaste... Comme vous l'avez certainement découvert, ajouta-t-elle sur un petit ton rosse.

Bond fit entendre un grognement.

— Pensez-vous que von Glöda se doutait qu'on ne le laisserait pas s'en tirer comme ça ?

— Oh ! il se méfiait de Kolya. C'est pourquoi j'ai servi d'agent de liaison avec les Russes. Von Glöda tenait à être informé de tout. Puis, bien entendu, est arrivé le moment où notre noble Führer a voulu savoir ce qu'il en était de l'homme capturé en Angleterre. Vous étiez déjà condamné à mort. Ainsi que Kolya. Von Glöda avait prévu d'évacuer tout le monde pour l'envoyer en Norvège.

— En Norvège ? C'est donc là qu'était son nouveau poste de commandement ?

— C'est ce que me disent mes supérieurs. Mais ils avaient également connaissance d'une autre cachette en Finlande. Je suppose que c'est là que tout le monde se rendait lorsque Kolya a fait intervenir l'aviation.

Ils se turent pendant un long moment, Bond ressassant toute l'affaire.

— Eh bien, dit-il finalement. Mes ennuis proviennent du fait que von Glöda est le premier ennemi avec qui j'ai dû me mesurer à distance. La plupart de mes missions me permettent d'approcher les gens ; de connaître l'homme dont je dois m'occuper. Von Glöda ne m'a jamais vraiment permis de l'approcher.

— C'était sa force. Il n'a jamais permis à qui que ce soit de gagner sa confiance, même à cette femme qu'il promenait avec lui. Je crois qu'Anni, Rivke, était la seule à vraiment le connaître.

— Pas vous ? La voix de Bond était soupçonneuse.

— Qu'est-ce que vous voulez dire ? Paula prit un ton froid, comme si elle était offensée.

— Je veux dire qu'il y a des moments où je ne suis pas très sûr de vous.

Paula soupira.

— Après tout ce que j'ai fait pour vous ?

— Même après tout ce que vous avez fait. Par exemple, que pouvez-vous me dire des deux coupe-jarrets dans votre appartement ? Des marchands de couteaux ?

— Je me demandais quand vous aborderiez ce sujet. (Elle se tourna vers lui.) Vous pensez que je vous ai tendu un piège ?
— C'est une hypothèse.
Paula se mordit les lèvres.
— Non, cher James, soupira-t-elle. Non, je ne vous ai pas tendu de piège. Je vous ai fait faux bond. Comment expliquer cela ? Comme je vous l'ai dit, ni von Glöda, ni Kolya ne jouaient le jeu. Ils se trouvaient tous deux dans une situation où il ne pouvait y avoir de vainqueur. Je devais suivre les instructions de SUPO, mais aussi les ordres de von Glöda. La situation est devenue inextricable lorsqu'on m'a confié la liaison avec Kolya. Il venait tout le temps à Helsinki. Vous êtes arrivé sans crier gare, et j'ai dû en informer mes chefs. Je vous ai fait faux bond, James. Je n'aurais rien dû dire.
— Ce que vous essayez de me faire comprendre, c'est que SUPO vous a donné l'ordre d'en informer Kolya ? C'est ça ?
Elle fit un signe de tête affirmatif.
— Il a découvert un moyen de vous avoir à Helsinki, de vous faire monter dans l'Arctique, puis de vous faire passer en Russie, et cela tout seul. Je regrette.
— Et les chasse-neige ?
— Quels chasse-neige ?
Son humeur changea. Quelques minutes plus tôt, Paula avait été sur la défensive, avait montré du repentir. Maintenant elle était sincèrement surprise. Bond lui parla de ses ennuis sur la route d'Helsinki à Salla.
Elle réfléchit quelques instants.
— Je dirais que c'était encore une fois Kolya. Je sais qu'il faisait surveiller l'aéroport et les hôtels par ses propres hommes, je veux dire à Helsinki. Ils devaient savoir où vous vous rendiez. Je pense que Kolya était prêt à se donner beaucoup de mal pour vous coincer et vous faire passer en Russie sans employer les recettes de von Glöda.
Vers la fin du voyage, Bond était presque convaincu par les explications de Paula. Comme il l'avait dit plus tôt, il n'avait jamais eu le temps de se rapprocher de l'autocrate qu'était von Glöda ; et son expérience passée lui faisait comprendre la rivalité pour le pouvoir qui pouvait exister entre deux hommes aussi déterminés que von Glöda et Kolya.
— On va chez moi ou chez vous ? lui demanda Bond lorsqu'ils arrivèrent dans la banlieue d'Helsinki. Il était presque satisfait des réponses de Paula, c'est vrai, mais il continuait à avoir un petit doute, car tout dans l'opération Brise-Glace avait

démenti les apparences. Il était temps de jouer sa carte maîtresse.

— Nous ne pouvons aller chez moi, dit Paula en toussotant. Tout y est dans un sacré désordre ; j'ai été cambriolée, James, et pour de bon. Je n'ai même pas eu le temps d'en avertir la police.

Bond arrêta la voiture au bord de la route.

— Je le sais, dit-il. Puis il étendit la main vers la boîte à gants, en retira la croix de chevalier de von Glöda et l'écusson de la campagne de Finlande, et les laissa tomber sur les genoux de Paula. Voici ce que j'ai trouvé sur votre coiffeuse lorsque, avant de me rendre à la petite réception dans l'Arctique, je suis passé chez vous et que j'ai découvert que tout y avait été saccagé.

Paula se mit en colère.

— Mais, bon dieu, pourquoi ne vous en êtes-vous pas servi ? Vous auriez pu les montrer à Anni.

Bond lui tapota la main.

— C'est ce que j'ai fait. Elle les a identifiées. Ce qui m'a rendu soucieux, et également méfiant à votre égard. D'où les tenez-vous ?

— De von Glöda, bien entendu. Il voulait les faire nettoyer. Il était fier de ses médailles jusqu'à l'obsession, de même qu'il était obsédé par sa destinée. (Puis elle fit une moue de dégoût :) Oh ! j'aurais dû me douter que cette garce s'en servirait contre moi.

Bond prit les médailles et les jeta dans la boîte à gants.

— Très bien, dit-il soulagé. Vous êtes reçue. Tenez, nous méritons d'être gâtés un peu. Nous prenons la suite des jeunes mariés à l'Intercontinental. Ça vous va ?

— Si ça me va ?

Elle lui pressa la main, caressant sa paume de l'index.

Les formalités d'inscription à l'Intercontinental furent expédiées et le service des chambres qui fonctionnait vingt-quatre heures sur vingt-quatre servit à boire et à manger en un minimum de temps. Le voyage en voiture, les explications et leur ancienne intimité semblaient avoir aboli toutes les barrières.

— Je vais prendre une douche, annonça Paula. Après nous aurons tout le loisir de nous amuser. Je ne sais ce que vous en pensez, mais peut-être pourrions-nous ne pas avertir nos services respectifs de notre retour à Helsinki avant vingt-quatre heures.

— Vous voulez dire que nous ne devrions pas nous montrer ? Nous pouvons laisser croire que nous sommes toujours en route, proposa Bond.

Paula réfléchit.

— Oh ! je téléphonerai peut-être un peu plus tard. Si mon

contrôleur a un message urgent, il laissera un numéro. Et vous ?

— Prenez votre douche, et j'en prendrai une après vous. Sincèrement, je ne pense pas que M apprécierait que je le dérange avant le matin.

Elle lui adressa un sourire resplendissant et se dirigea vers la salle de bain, portant sa seule petite valise de voyage.

20

LA DESTINEE

James Bond rêvait. C'était un rêve qu'il faisait souvent. Il était au soleil, sur une plage qu'il n'eut pas de peine à identifier : le bord de mer à Royale-les-Eaux. C'était la promenade de huit kilomètres de long, telle qu'elle avait été, bien entendu ; non pas l'endroit tapageur, envahi par les voyages organisés qu'elle était devenue. Dans le rêve de Bond, la vie et le temps étaient arrêtés, et le paysage apparaissait semblable à celui qu'il avait connu dans son enfance.

Une fanfare jouait. Les parterres de fleurs s'épanouissaient dans une profusion de bleus, de blancs, de rouges. Il faisait bon, et il était heureux.

Le rêve revenait souvent lorsqu'il était heureux ; et cette nuit-là lui avait certainement apporté beaucoup de bonheur. Ensemble, Bond et Paula avaient échappé aux griffes de Kolya Mosolov, étaient retournés à Helsinki, et là, eh bien, les choses s'étaient déroulées encore mieux qu'ils ne l'avaient prévu.

Paula revint de la salle de bain. Elle ne portait qu'une chemise transparente ; sa peau était satinée et son parfum plus enivrant que jamais.

Avant de prendre sa douche, Bond appela à Londres un numéro réservé aux messages enregistrés de M. S'il y avait du nouveau il l'apprendrait maintenant, en réponse à son code envoyé de la Saab à Salla.

Oui, la voix de M était au bout du fil et lisait un message à la formulation ambiguë qui félicitait presque Bond et confirmait que Paula travaillait pour SUPO. Bond se dit qu'après cela il ne pourrait plus y avoir de surprises.

Paula avait pris l'initiative, lui faisant l'amour comme en guise de hors-d'œuvre ; puis, après un court repos, pendant lequel elle parla et rit des désastres qu'ils avaient frôlés, Bond avait repris là où elle s'était arrêtée.

A présent, ils se sentaient en paix, en sûreté, au chaud. Au chaud, à l'exception d'une zone froide qui s'étalait dans son cou, derrière l'oreille. Sa main entra en contact avec quelque chose de dur et de vaguement déplaisant. Ses yeux s'ouvrirent brusquement et il sentit l'objet froid appuyer contre son cou.

— Redressez-vous calmement, monsieur Bond.

Bond tourna la tête et vit Kolya Mosolov. Un lourd Stechkin, rendu plus volumineux encore par le silencieux qui en enveloppait le canon, était braqué contre le cou de Bond, hors de sa portée.

— Comment... ? dit-il.

Puis, pensant à Paula, il se retourna et la vit profondément endormie à côté de lui.

Mosolov fit entendre un gloussement inhabituel.

— Ne vous en faites pas pour Paula, dit-il d'une voix douce et assurée. Vous deviez être bien fatigués tous les deux. J'ai réussi à forcer la serrure, à me déplacer dans la pièce et à faire une petite piqûre sans vous déranger.

Bond jura en silence. Cela lui ressemblait si peu de manquer de vigilance et de s'abandonner entièrement au sommeil. Il avait pourtant pris toutes ses précautions. Il se rappela même s'être livré à la chasse aux micros dès leur arrivée.

— Quel genre de piqûres ?

Il essaya de ne pas paraître trop inquiet.

— Elle dormira paisiblement six ou sept heures d'affilée. Cela nous suffira pour faire ce qu'il y a à faire.

— C'est-à-dire ?

Mosolov agita le Stechkin.

— Habillez-vous. Il y a un travail que j'aimerais finir. Après cela nous allons faire un petit voyage. J'ai même un passeport flambant neuf pour vous. Nous quittons Helsinki en voiture, puis ce sera un hélicoptère, et plus tard un avion à réaction nous attendra. Lorsque Paula donnera l'alerte, nous serons loin.

Bond haussa les épaules. Il ne pouvait pas faire grand-chose. Cependant, sa main se rapprocha insensiblement de l'oreiller sous lequel il avait placé le P7 avant de s'endormir. Kolya mit la main à l'intérieur de sa veste molletonnée qu'il portait ouverte pour montrer à Bond le P7 enfoncé dans la ceinture.

— J'ai pensé que ce serait plus sûr, je veux dire pour moi.

Bond se leva et regarda le Russe.

— Vous n'abandonnez pas facilement. N'est-ce pas, Mosolov ?

— Mon avenir exige que je vous ramène.

— Vivant ou mort, semble-t-il.

— Vivant de préférence. L'incident à la frontière m'a causé

de grands soucis à cet égard. Mais maintenant je peux finir ce que j'ai commencé.

— Je ne comprends pas. (Bond se dirigea vers la chaise où ses vêtements étaient pliés.) Vos agents auraient pu m'enlever à tout moment au cours de ces dernières années. Alors pourquoi maintenant ?

— Habillez-vous sans poser de questions.

Bond s'exécuta, mais continua de parler.

— Dites-moi pourquoi, Kolya. Pourquoi maintenant ?

— Parce que c'est le bon moment. Moscou vous veut depuis des années. A une certaine époque, ils vous voulaient mort, et uniquement mort. A présent les choses ont changé. Je suis content que vous ayez survécu. Je dois admettre que je n'ai pas bien réfléchi en laissant mes troupes ouvrir le feu sur vous ; vous comprenez, sous le coup de la colère...

Bond fit entendre un grognement.

— A présent, comme je viens de le dire, les choses ont changé, continua Mosolov. Nous voulons simplement vérifier certains renseignements que nous possédons. Tout d'abord nous allons vous soumettre à un interrogatoire chimique. Après, nous disposerons d'un joli petit capital que nous pourrons échanger. Au quartier général de Cheltenham, vous détenez deux de nos hommes, qui ont fait un excellent travail. Je suis sûr qu'en temps voulu on pourra arranger un échange.

— Est-ce la raison pour laquelle Moscou a tout d'abord marché dans toute cette combine et accepté ces petits jeux avec von Glöda et sa bande de cinglés ?

— Oh ! en partie. (La main de Kolya se crispa sur la crosse de son pistolet.) Allons, dépêchons ! Nous avons un travail à achever avant de quitter Helsinki.

Bond mit son pantalon de ski.

— En *partie*, Kolya ? En *partie* ? C'était une opération un peu coûteuse, n'est-ce pas ? Pour le simple plaisir de me prendre... Et, par-dessus le marché, vous avez failli me tuer.

— Entrer dans le jeu de von Glöda nous a aidés à résoudre d'autres petits problèmes embarrassants.

— Comme Lièvre bleu ?

— Lièvre bleu, entre autres choses. La mort de von Glöda est réglée d'avance.

— Von Glöda n'est pas... ?

Bond le regarda, stupéfait. Kolya inclina la tête.

— C'est surprenant, en effet. La démonstration de nos pilotes était impressionnante. On n'aurait jamais imaginé que quel-

221

qu'un puisse survivre. Pourtant von Glöda a réussi à s'en sortir.

Bond avait peine à le croire. M ne le savait certainement pas. Il demanda où se cachait maintenant le chef du Quatrième Reich.

— Il est ici. Mosolov parlait comme si le renseignement était évident. A Helsinki. En train de regrouper, ou comme il dirait, de réorganiser. Prêt à recommencer à zéro, à moins d'être arrêté. C'est moi qui dois l'arrêter. Ce serait pour le moins embarrassant si on permettait à von Glöda de reprendre ses opérations.

— Bond avait presque fini de s'habiller.

— Vous m'emmenez hors du pays, en Russie. Et vous avez également l'intention de vous occuper de von Glöda.

Il ajusta le col de son chandail.

— Ah oui ! Vous faites partie de mon plan, monsieur Bond. Je dois me débarrasser de notre ami von Glöda, ou Aarne Tudeer, ou quelque nom qu'il souhaite avoir sur sa tombe. Le moment est propice...

— Quelle heure est-il ? demanda Bond.

Kolya, toujours aussi professionnel, ne jeta même pas un coup d'œil sur sa montre.

— Environ 7 h 45 du matin. Comme je disais, le moment est propice. Voyez-vous, von Glöda a quelques-uns de ses gens, ici, à Helsinki. Ce matin il part pour Londres, en passant par Paris. Si j'ai bien compris, ce fou furieux croit pouvoir organiser un genre de rassemblement à Londres. Il y a aussi la question du prisonnier de l'AANS détenu par vos services ; je crois qu'il veut également se venger de vous, Bond. Je pense donc que la meilleure solution est que vous lui serviez de cible. Il ne saura résister à la tentation.

— C'est l'évidence, répondit sèchement Bond. Il s'était senti terriblement découragé en apprenant que von Glöda était toujours vivant. Tout en lui se révoltait. Il devait y avoir un moyen. Et si quelqu'un allait en finir avec von Glöda, ce serait Bond.

Mosolov parlait toujours.

— Le vol de von Glöda part à neuf heures. Ce serait très joli si James Bond était assis dans sa propre voiture devant l'aéroport Vantaa. Cela suffirait pour faire sortir le camarade von Glöda du bâtiment des départs. Il ne saura pas que j'ai mes propres méthodes, un peu vieillottes peut-être, pour vous obliger à rester immobile dans votre voiture : des menottes, une autre petite piqûre, un peu différente de celle que j'ai faite à Paula.

La jeune femme dormait toujours profondément.

— Vous êtes fou. (Bond savait pourtant que la seule personne dont la présence pourrait attirer von Glöda, c'était lui.) Comment comptez-vous faire ?

Mosolov sourit d'un air rusé.

— Votre auto, monsieur Bond. Elle est équipée d'un téléphone plutôt spécial, je crois ?

— Peu de gens en connaissent l'existence.

Bond était vraiment contrarié. Mosolov était vraiment bien informé. Il se demanda ce que le Russe savait encore.

— Mais oui, j'ai même tous les détails. La base relais de votre téléphone dans la voiture a besoin de passer par un téléphone ordinaire qui relie le système à celui du pays dans lequel vous vous trouvez. Par exemple la base relais peut-être adaptée au téléphone de cette pièce. Tout ce qu'il nous suffit de faire est de raccorder votre base relais ici, puis d'aller à l'aéroport. Lorsque nous arriverons là-bas, vous aurez les menottes et serez immobilisé. Mais, juste avant d'arriver, je téléphone de la voiture au bureau des renseignements, je leur demande d'appeler von Glöda. On lui remettra un message l'informant que M. James Bond est dehors, sur le parking, seul et incapable de bouger. Je crois que je pourrais même signer Paula ; elle n'y verra aucune objection. Lorsque von Glöda sortira, je serai près de lui. Il tapota le Stechkin muni de son silencieux. Avec une arme comme celle-ci les gens vont croire qu'il s'agit d'une crise cardiaque, du moins au début. Lorsqu'ils sauront la vérité, nous serons loin. Il y a déjà une autre voiture qui nous attend. Tout ira très vite.

— Il n'y a aucun danger. Vous ne vous en tirerez pas, dit Bond d'une voix ferme ; mais il savait qu'il était tout à fait possible que Mosolov s'en tire. C'était là le genre d'entreprise audacieuse, insensée, mais qui, très souvent, réussit. Bond, cependant, se raccrochait à un fétu. Mosolov avait commis une erreur : il croyait que le téléphone de la Saab avait besoin d'une base-relais rattachée au système téléphonique principal. Or, cette fois-ci, il s'agirait d'un appel local, et le système électronique de la voiture pouvait entrer en communication avec tout interlocuteur situé à moins de 40 kilomètres. Bond saurait profiter d'une telle erreur.

Kolya souleva le Stechkin.

— Donc, donnez-moi simplement les clés de la voiture. Nous

irons ensemble. Vous me direz comment on a accès à la base-relais.

Bond fit semblant de réfléchir pendant une minute.

— Vous n'avez pas le choix, dit Mosolov.

— Vous avez raison, dit enfin Bond. Je n'ai pas le choix. Ce voyage à Moscou ne m'enchante pas, Mosolov, mais je suis moi aussi impatient de voir von Glöda éliminé. Sortir la base-relais est une affaire délicate. Je suis obligé de manipuler différents verrous pour atteindre le casier secret, mais vous pourrez surveiller tous mes gestes. Je suis prêt. Pourquoi ne pas y aller tout de suite ?

Kolya inclina la tête, jeta un coup d'œil sur Paula étendue sur le lit, et glissa le Stechkin dans sa veste. Il fit signe à Bond de prendre la clé de la voiture et celle de la chambre, puis de sortir le premier.

Tout le long du couloir, Mosolov resta trois pas derrière Bond. Dans l'ascenseur, il se tint dans un coin, aussi éloigné que possible. Le Russe était bien entraîné, cela ne faisait aucun doute. Un geste de la part de Bond et le Stechkin ferait entendre une détonation assourdie ; 007 s'écroulerait, mort.

Ils descendirent dans le parking et se dirigèrent vers la Saab. A environ trois pas de la voiture, Bond se retourna.

— Je dois prendre la clé dans ma poche. D'accord ?

Kolya ne dit rien, mais hocha la tête et déplaça le gros pistolet sous sa veste pour rappeler à Bond la présence de l'arme.

Bond sortit la clé en lançant de rapides coups d'œil à droite et à gauche. Personne d'autre ne se trouvait dans le parking, pas âme qui vive. La glace craquait sous leurs pieds et il était en sueur sous ses vêtements chauds. Il faisait tout à fait jour.

Bond ouvrit la portière du côté du conducteur, puis se tourna de nouveau vers Kolya :

— Je suis obligé de mettre le contact pour manœuvrer la serrure, sans démarrer le moteur, naturellement.

De nouveau Kolya fit un signe de tête et Bond se pencha par-dessus le siège du conducteur. En introduisant la clé, il déverrouilla l'antivol spécial et dit à Kolya qu'il devait s'installer sur le siège du conducteur pour ouvrir la cache du téléphone.

Une fois de plus, Kolya inclina la tête. Bond devinait le canon du pistolet automatique sous la veste du Russe, et savait qu'il devait maintenant jouer sur l'effet de surprise.

D'un mouvement presque désinvolte, il pressa le bouton noir et carré du tableau de bord, tandis que sa main gauche passait du côté droit. On entendit un faible sifflement pareil à celui du gaz qui s'échappe, lorsque le système hydraulique ouvrit la case secrète. Une seconde plus tard, le gros Ruger Redhawk lui tomba dans la main gauche.

Entraîné à se servir des deux mains, Bond agit si vite qu'il se retourna à peine. L'éclair de la cartouche du magnum lui brûla le pantalon et la veste quand il fit feu presque avant que le gros revolver ne fût délogé de sa cachette.

Kolya Mosolov ne se rendit compte de rien. Un instant plus tôt, il était prêt à appuyer sur la détente du Stechkin caché sous sa veste ; mais il y eut un éclair, suivi d'une toute petite douleur, puis l'obscurité et l'oubli.

La balle l'atteignit juste en-dessous de la gorge, le soulevant du sol et lui arrachant presque la tête du corps. Quand il retomba, ses talons raclèrent la glace, il se retourna en touchant le sol, et glissa encore sur un mètre et demi.

Mais Bond ne vit rien de tout cela. Au moment même où il fit feu, sa main droite claqua la portière. Le Redhawk retrouva sa cache et la clé de contact tourna à fond.

La Saab frémit et la main de Bond se déplaça avec confiance, poussa le bouton pour refermer la case qui contenait le Redhawk, engagea la première, accrocha la ceinture à enrouleur et desserra le frein à main. La voiture avança alors que les doigts tournaient les boutons du dégivrage de la lunette arrière et du chauffage.

En s'éloignant, Bond entrevit ce qui restait du Russe : un petit tas sur la glace, au milieu d'une flaque rouge qui s'élargissait. Une fois sur la Mannerheimintie et roulant en direction de l'aéroport, Bond étendit la main et saisit le téléphone qui avait été fatal à Kolya Mosolov. Son appel ne nécessitait aucune base-relais, aucun dispositif spécial. Il était destiné à l'agent résident dont Bond dépendait officiellement et qui habitait à moins de 15 kilomètres du centre d'Helsinki.

Bond composa le numéro, en se fiant beaucoup plus au toucher qu'à la vue, car il devait avoir les yeux partout à la fois. Il entendit une sonnerie continue. Mais personne ne décrocha. D'une certaine façon, Bond était satisfait. Puis il se rappela. Von Glöda ne lui avait-il pas dit que le résident avait été éliminé ? Peut-être bien.

Il conduisit avec prudence, respectant les limitations, car la police finlandaise est particulièrement pointilleuse en ce qui concerne les excès de vitesse. La montre du tableau de bord, mise à l'heure à Helsinki, indiquait 8 h 5 ; il aurait probablement juste assez de temps pour rattraper von Glöda.

Quand Bond arriva, il y avait déjà beaucoup de monde à l'aéroport. Il avait parqué la Saab dans un endroit facilement accessible, et portait maintenant l'encombrant Ruger Redhawk sous sa veste, le long canon passé en biais dans la ceinture de son pantalon. Dans les écoles de formation, on apprenait à ne jamais faire ce qu'on voit au cinéma, c'est-à-dire glisser le canon d'une arme droit dans la jambe d'un pantalon, mais à toujours le tourner de côté. En cas d'accident, la position verticale entraîne, si on a de la chance, la perte d'un pied. Mais un homme malchanceux risque d'endommager ce que l'un des instructeurs s'obstinait à appeler son « outil de notes », expression que Bond trouvait extrêmement vulgaire. Si l'on place l'arme en travers, on peut se brûler, mais c'est le malheureux voisin qui reçoit la balle.

La grosse horloge des départs internationaux indiquait 8 h 28.

Avançant très vite, jouant des coudes pour traverser la foule, Bond arriva au comptoir des renseignements et demanda le numéro du vol de neuf heures pour Paris. C'est à peine si la jeune fille releva la tête. Il s'agissait du vol AY 873 via Bruxelles. L'appel ne se ferait pas avant quinze minutes, car il y avait du retard dans l'approvisionnement.

Bond se dit que, pour l'instant, il n'était pas nécessaire de faire appeler von Glöda. Si ses collègues étaient présents pour lui souhaiter bon voyage, il aurait l'occasion de le coincer avant qu'il ne franchisse la porte d'embarquement. Sinon, il faudrait absolument bluffer pour le faire revenir de l'autre côté de la barrière.

En se protégeant le plus possible, Bond avança encore, dépassa les kiosques et se posta près du couloir qui menait au contrôle des passeports et aux salons réservés aux voyageurs en instance de départ.

Au bout de la salle des départs, devant de hautes fenêtres, il y avait un snack, entouré par une petite barrière à treillis recouverte de fleurs artificielles.

A gauche, tout près de l'endroit où se trouvait maintenant Bond, était aménagée la section pour le contrôle des passeports dont chaque cabine était occupée par un fonctionnaire.

Bond regarda les visages, cherchant von Glöda au milieu de la foule. De nombreux passagers se présentaient au contrôle. Le snack était plein de voyageurs installés à des tables rondes et basses.

Puis, de façon inattendue, presque du coin de l'œil, Bond vit sa proie : von Glöda qui se levait de l'une des tables.

Le prétendu héritier de l'empire ruiné d'Adolf Hitler semblait être aussi bien organisé à Helsinki qu'il l'avait été au Palais de Glace. Sa mise était impeccable et, même dans son grand pardessus civil gris, il avait un air martial, un maintien, qui le distinguaient du commun des hommes. Pas étonnant, pensa Bond, que Tudeer s'imaginât une destinée à l'échelle mondiale.

Le Führer passé et futur était entouré de six hommes, tous vêtus avec élégance, chacun d'entre eux ayant l'air d'un ancien soldat. Des mercenaires ? Von Glöda leur parlait à voix basse, ponctuant chaque mot d'un mouvement rapide des mains, et Bond ne s'aperçut pas tout de suite que les gestes étaient semblables à ceux de feu Adolf Hitler en personne.

Les haut-parleurs firent entendre un léger déclic puis le petit carillon d'avertissement. On allait annoncer le vol pour Paris ; Bond en était certain. Von Glöda redressa la tête pour écouter, et avant même la fin du carillon il sembla lui aussi avoir conclu qu'il s'agissait bien de son vol. Il serra solennellement la main à chacun de ses hommes et regarda autour de lui pour ramasser ses bagages à main.

Bond se rapprocha de la clôture à treillis. Il y avait trop de monde dans le snack pour prendre le risque de s'attaquer tout de suite à Von Glöda dans ce lieu. Mieux valait attendre qu'il sorte du snack et se dirige vers le contrôle des passeports.

Essayant de se fondre dans la foule toujours changeante, Bond avança lentement vers la gauche. Von Glöda regardait autour de lui, comme alerté de quelque danger.

Le carillon s'arrêta et la voix de l'annonceur sortit des innombrables haut-parleurs, inhabituellement claire et puissante, presque insupportable.

Bond sentit son estomac se retourner. Il s'arrêta, son regard ne quitta à aucun moment von Glöda dont le visage se figea quand il entendit l'annonce :

« M. James Bond est prié de se présenter au comptoir du bureau des renseignements au premier étage. »

Ils étaient au premier étage. Bond jeta un rapide regard circulaire ; ses yeux cherchaient le comptoir des renseignements et virent que von Glöda se retournait, lui aussi. La voix répéta en anglais : « Monsieur James Bond, on vous demande au comptoir des renseignements. »

Von Glöda se retourna complètement. Bond et lui avaient dû apercevoir, à peu près au même instant, la silhouette qui se tenait près du comptoir : Hans Buchtman que Bond avait d'abord connu sous le nom de Brad Tirpitz.

Comme leurs yeux se rencontrèrent, Buchtman se dirigea vers Bond, la bouche ouverte ; il en sortit des mots qui se perdirent dans le bruit. Von Glöda fixa Buchtman, fronçant les sourcils, incrédule. Enfin il vit Bond.

La scène tout entière sembla comme figée pendant une fraction de seconde. Puis von Glöda dit quelque chose à ses compagnons. Ils se dispersèrent et von Glöda souleva ses bagages à main et s'éloigna du snack.

Bond avança pour essayer de lui couper la retraite, conscient de l'approche de Buchtman qui se frayait un chemin à travers la foule. La main de Bond toucha la crosse du Redhawk lorsque les mots de Buchtman lui parvinrent finalement aux oreilles :

— Non ! Non, Bond. Non, il nous le faut vivant.

C'est ce qu'on va voir, pensa Bond, s'efforçant de dégager le Redhawk et se rapprochant de von Glöda qui traversait la salle devant lui en pressant le pas. Il était impossible d'arrêter Bond à présent.

— Arrêtez, Tudeer ! s'écria-t-il. Vous ne prendrez jamais cet avion. Arrêtez-vous immédiatement.

Les gens autour d'eux se mirent à crier, et Bond, qui n'était plus qu'à quelques pas de von Glöda, comprit que le chef de l'Armée d'action national-socialiste tenait un pistolet Luger dans sa main droite, à moitié caché par la petite valise dans sa main gauche.

Bond continuait à tirer sur le Redhawk qui ne voulait pas se dégager de la ceinture. De nouveau il cria, jetant derrière lui un regard qui lui apprit que Buchtman se précipitait vers lui en bousculant les gens sur son passage.

Au milieu de la panique qui gagnait la foule, Bond, qui faisait face à von Glöda, l'entendit pousser des cris hystériques.

— Ils ne m'ont pas eu hier, hurlait-il. C'est la preuve que j'ai une mission, une destinée.

Comme pour lui répondre, le Redhawk, enfin, se dégagea. La main de von Glöda se leva ; le Luger était pointé sur Bond qui mit un genou à terre et tendit le Redhawk à bout de bras.

La main de von Glöda et le Luger remplirent le champ de vision de Bond qui cria de nouveau :

— C'est fini, von Glöda. Ne faites pas l'idiot !

Puis une flamme sortit du canon de Luger, et le doigt de Bond pressa deux fois la détente du Redhawk.

Les deux détonations retentirent au même instant, et une grande main sembla rejeter Bond de côté. Les cabines du contrôle des passeports tournoyèrent devant lui, et il se retrouva étendu sur le sol tandis que von Glöda basculait et se cabrait comme un cerf blessé, criant toujours :

— Destinée... Destinée... Destinée...

Bond ne pouvait comprendre pourquoi il se trouvait à terre. Il aperçut vaguement un fonctionnaire du contrôle des passeports derrière une cabine. Puis, toujours étendu, il pointa le Redhawk sur von Glöda qui, de nouveau, essayait de viser. Bond pressa une nouvelle fois la détente, et von Glöda laissa tomber le Luger, puis fit un pas en arrière en même temps que sa tête disparaissait dans un épais brouillard.

C'est seulement alors que Bond fut submergé par la douleur. Quelqu'un lui tenait les épaules. Il y avait beaucoup de bruit. Puis une voix dit :

— Il n'y avait pas moyen de faire autrement, James. Vous l'avez eu, le salaud. Tout est fini maintenant. On a appelé l'ambulance. Vous vous en tirerez.

La voix s'était tue, mais la lumière disparut lentement aux yeux de Bond, et tout bruit s'évanouit comme si quelqu'un avait, de propos délibéré, baissé le volume.

21

CELA NE PEUT ÊTRE LE PARADIS

Le tunnel était très long ; ses parois blanches. Bond se demanda s'il se trouvait de nouveau dans l'Arctique. Puis il eut l'impression de nager. Il eut tour à tour chaud et froid. Il entendit des voix, une musique douce. Enfin, il vit le visage d'une jeune fille penchée sur lui et qui l'appelait par son nom : « Monsieur Bond... ? Monsieur Bond... ? »

La voix semblait chanter, et le visage de la jeune fille était très beau. Elle avait les cheveux blonds et semblait entourée d'une auréole de lumière blanche.

James Bond ouvrit les yeux et la regarda. Oui, c'était un ange blond avec une auréole.

— Je m'en suis vraiment tiré ? Pas possible. Cela ne peut-être le paradis ?

La jeune fille éclata de rire.

— Non, pas le paradis, monsieur Bond. Vous êtes dans un hôpital.

— Où ça ?

— A Helsinki. Vous avez des visiteurs.

Il se sentit soudain très las.

— Renvoyez-les. (Sa voix se fit hésitante.) Je suis très occupé en ce moment. C'est formidable, le paradis.

Puis il se retira vers le fond du tunnel, qui était devenu chaud et obscur.

Son sommeil avait peut-être duré des semaines, des mois. Il n'avait aucun point de repère. Mais, lorsqu'il se réveilla enfin, il ne fut conscient que de la douleur qui tenaillait le côté droit de son corps. L'ange avait disparu, remplacé par une silhouette familière assise sur une chaise près du lit.

— Vous voici de nouveau parmi nous, 007 ? dit M. Comment vous sentez-vous ?

La mémoire lui revint sous la forme d'une série de séquences tirées d'un vieux film. Le Cercle arctique ; des motoneiges ; Lièvre bleu ; le Palais de Glace ; le poste d'observation de

Paula ; les bombes ; puis les dernières heures à Helsinki. Le canon du Luger.

Bond avala sa salive.

— Pas mal, dit-il en bougonnant ; puis, se souvenant de Paula étendue sur le lit :

— Paula ?

— Elle va bien, 007. Elle se porte comme un charme.

— C'est bien.

Bond referma les yeux en se rappelant tout ce qui était arrivé. M resta silencieux. Et, malgré lui, Bond était impressionné. Il était rare que son chef quitte la sécurité du bâtiment donnant sur Regent's Park.

Finalement il ouvrit les yeux :

— La prochaine fois, chef, j'espère que vous me donnerez des renseignements plus complets.

M toussa.

— Nous avons pensé qu'il valait mieux que vous découvriez les choses par vous-même, 007 ! La vérité est que nous n'étions pas nous-mêmes sûrs de tout le monde. L'idée était de vous envoyer sur le terrain et d'attirer le feu.

— Vous avez réussi.

L'ange blond entra dans la chambre. C'était, bien sûr, une infirmière.

— Vous ne devez pas la fatiguer, dit-elle dans un anglais impeccable ; puis elle disparut à nouveau.

— Vous avez reçu deux balles, continua M, ne tenant aucun compte du rappel à l'ordre. Toutes les deux dans le haut de la poitrine. Rien de grave. Vous serez sur pied dans une semaine ou deux et je tâcherai alors de vous obtenir un mois de congé. Tirpitz allait nous amener Tudeer, mais vous n'aviez pas le choix dans la situation où vous étiez. (Contrairement à son habitude, M se pencha et donna une tape fraternelle sur la main de Bond.) Bien joué, 007. Du beau travail.

— Vous êtes trop gentil, patron. Mais j'avais *vraiment* l'impression que Brad Tirpitz était Hans Buchtman, un copain de von Glöda.

— C'est ce que je vous ai fait croire, James.

Pour la première fois, Bond se rendit compte que Tirpitz était également dans la chambre.

— Je regrette que les choses se soient passées de la sorte. En fin de compte tout a mal tourné. Je devais rester avec von Glöda. Je suppose que je suis resté un tout petit peu trop longtemps. C'est un pur hasard que nous n'ayons pas été tués avec les autres. L'armée de l'air russe nous en a fait voir. C'est le pire coup que j'aie jamais essuyé.

— Je sais. J'ai suivi toute l'affaire, dit Bond, qui, malgré son état, était irrité contre l'Américain. Mais qu'est-ce que c'est que cette histoire de Buchtman ?

Tirpitz se lança dans de longues explications.

Environ un an plus tôt, la CIA lui avait donné l'ordre de prendre contact avec Aarne Tudeer, que l'Agence soupçonnait de se livrer au trafic d'armes avec les Russes.

— Je l'ai rencontré à Helsinki, dit Tirpitz. Je parle suffisamment bien l'allemand, et j'avais un passé fictif tout préparé sous le nom de Hans Buchtman ; j'ai fait sa connaissance ; je me suis insinué dans ses bonnes grâces comme éventuel fournisseur d'armes. J'ai plusieurs fois laissé entendre qu'au physique je ressemblais beaucoup à un type de la CIA nommé Brad Tirpitz. Afin de me protéger, et cela m'a servi. Je suppose que je suis une des rares personnes vivantes qui aient été chargées de se tuer, si vous voyez ce que je veux dire.

L'infirmière revint avec un grand pichet d'orgeat et les prévint qu'il ne restait plus que quelques minutes. Bond demanda si on ne pouvait pas plutôt lui servir un Martini. L'infirmière lui répondit par un sourire réglementaire.

— Je ne pouvais pas faire grand-chose à propos de la torture ou vous sortir plus tôt, dit Tirpitz. Je ne pouvais même pas vous mettre en garde contre Rivke, pour la simple raison que je ne savais rien. Von Glöda ne se livrait pas beaucoup et ne m'a informé que très tard du coup de l'hôpital. Et les renseignements de nos agents étaient plutôt idiots, c'est le moins qu'on puisse dire.

Plutôt idiots, en effet, pensa Bond vaguement.

Puis il perdit de nouveau toute conscience de ce qui l'entourait ; et lorsque, quelques instants plus tard, il revint à lui, seul M était dans la chambre.

— Nous sommes en train de ramasser les morceaux, 007, disait M. Je crois que nous avons abordé l'AANS pour de bon.

M semblait content.

— Cela m'étonnerait que quelqu'un essaie de réactiver le peu qui en reste ; tout cela grâce à vous, 007. Malgré le manque de renseignements.

— Je n'ai fait que mon devoir, ajouta Bond avec sarcasme.

Mais la remarque glissa sur M comme la pluie sur les plumes du canard.

Après le départ de M, l'infirmière revint pour s'assurer que Bond ne manquait de rien.

— Vous êtes *bien* infirmière ? demanda Bond sur un ton méfiant.

— Naturellement. Pourquoi cela, monsieur Bond ?

— Je voulais en être sûr. (Bond réussit à sourire.) Que diriez-vous d'un dîner ce soir ?

— Vous êtes au régime, mais si vous avez envie de quelque chose, je vous apporterai notre menu...

— Je voulais dire : d'un dîner avec moi.

Elle s'écarta d'un pas et le regarda droit dans les yeux. Bond songea que ce type de beauté ne se rencontrait que rarement. Chez une Rivke ou une Paula.

— Je m'appelle Ingrid, dit l'infirmière avec une certaine froideur. Et j'aimerais bien dîner avec vous, lorsque vous serez remis. Je veux dire *entièrement* remis. Vous vous rappelez ce que vous avez dit en reprenant conscience après avoir été blessé ? (Bond secoua la tête sur l'oreiller.) Vous m'avez dit : « Cela ne peut être le paradis. » Monsieur Bond... James... peut-être puis-je vous montrer que *c'est* le paradis. Mais pas avant que vous ne soyez rétabli.

— Ce qui ne sera pas de si tôt. (La voix venait de la porte.) Si quelqu'un doit montrer à M. Bond le genre de paradis qu'on peut trouver à Helsinki, ce sera moi, dit Paula Vacker.

— Ah !

Bond sourit faiblement. Il dut admettre que, à côté de l'impressionnante Ingrid, Paula avait l'avantage.

— Vraiment, James. Il suffit qu'on tourne le dos, et voilà que vous vous faites tirer dessus et que vous vous mettez à flirter avec les infirmières. Ceci est ma ville, et aussi longtemps que vous serez ici...

— Mais vous étiez endormie, dit Bond avec un sourire las.

— Oui, mais à présent je suis complètement réveillée. Oh ! James, vous m'avez causé tellement de soucis.

— Vous ne devriez jamais vous faire de soucis pour moi.

— Non ? Eh bien, j'ai tout organisé. Votre chef — à propos, il est plutôt mignon — votre chef dit que je peux m'occuper de vous pendant quelques semaines, une fois qu'on vous aura laissé sortir d'ici.

— Mignon, dit Bond, incrédule.

Puis il laissa retomber la tête sur l'oreiller, et perdit une fois encore conscience de ce qui l'entourait alors que Paula se penchait pour l'embrasser.

Cette nuit-là, malgré tous les mauvais souvenirs — l'Arctique, la peur, la double et triple trahison —, James Bond dormit sans faire de rêves ou de cauchemars.

Il se réveilla à l'aube, puis retomba dans le sommeil. Cette fois-ci, il rêva, comme chaque fois qu'il était heureux, à Royale-les-Eaux, au bon vieux temps.

TABLE DES MATIÈRES

1. L'incident de Tripoli 9
2. L'homme qui a un faible pour les blondes 14
3. Des poignards au dîner 22
4. Un verre de madère 34
5. Le rendez-vous au Reid's 43
6. Argent contre jaune 58
7. Rivke 74
8. Tirpitz 89
9. Le câble de sauvetage 100
10. Kolya 109
11. Un safari dans les neiges 122
12. Lièvre bleu 129
13. Le Palais de Glace 141
14. Un monde de héros 154
15. Le froid absolu 167
16. Complices dans le crime 174
17. Un marché reste un marché 183
18. Les Fencers 193
19. Quelques questions de détail 210
20. La destinée 219
21. Cela ne peut être le paradis 230

*Cet ouvrage a été réalisé sur
Système Cameron
par la SOCIÉTÉ NOUVELLE FIRMIN-DIDOT
Mesnil-sur-l'Estrée
pour le compte des Éditions Belfond
le 10 février 1986*

Imprimé en France
Dépôt légal : février 1986
N° d'édition : 814
N° d'impression : 3954